本成果受到浙江省哲学社会科学规划后期经费资助

（编号：24HQZZ019YB），在此致谢

浙江省哲学社会科学规划
后期资助课题成果文库

当代美国气候小说中的
生态正义主题研究

张 娟 著

浙江工商大学出版社
ZHEJIANG GONGSHANG UNIVERSITY PRESS
·杭州·

图书在版编目（CIP）数据

当代美国气候小说中的生态正义主题研究 / 张娟著.

杭州：浙江工商大学出版社，2024. 11. -- ISBN 978-7-5178-6303-8

Ⅰ. I712.074

中国国家版本馆 CIP 数据核字第 2024B7Y979 号

当代美国气候小说中的生态正义主题研究
DANGDAI MEIGUO QIHOU XIAOSHUO ZHONG DE SHENGTAI ZHENGYI
ZHUTI YANJIU

张 娟 著

责任编辑	张莉娅
责任校对	王 英
封面设计	望宸文化
责任印制	祝希茜
出版发行	浙江工商大学出版社
	（杭州市教工路 198 号　邮政编码 310012）
	（E-mail：zjgsupress@163.com）
	（网址：http://www.zjgsupress.com）
	电话：0571-88904980，88831806（传真）
排　　版	杭州浙信文化传播有限公司
印　　刷	杭州宏雅印刷有限公司
开　　本	710 mm × 1000 mm　1/16
印　　张	18.5
字　　数	256 千
版 印 次	2024 年 11 月第 1 版　2024 年 11 月第 1 次印刷
书　　号	ISBN 978-7-5178-6303-8
定　　价	65.00 元

绪　论

20 世纪以来，愈加严重的气候变化影响着世界上数十亿人类的福祉，并且对生态系统的稳定性以及生物的多样性造成了极大的威胁。气候灾难在世界各地频发，但气候变化问题的时空错位特征导致每个国家和地区受到的影响是不成比例的，低地海岛国家和贫穷的边缘群体及无法为自己发声的非人类物种正承受着来自气候变化的最大程度的生态非正义。

当代美国气候小说[①]在呈现全球气候变化带来的一系列挑战方面具有得天独厚的优势。它植根于美国环境文学的沃土，在传承美国环境文学书写人与自然关系传统的基础上，以文学特有的方式回应科学领域有关气候变化问题的最新研究。正如龙娟（2009）在其著作《美国环境文学：弘扬环境正义的绿色之思》中所提到的，"人与自然之间的关系问题历来都是一个重要的文学主题"。当代美国气候小说描写的由人类活动导致的气候变化属于人与自然之间的关系问题，但它更是在向读者传达气候变化时代人类应该肩负的道德责任问题。在人类和非人类物种已经"不是在法律面前而是在气候变化面前生存不平等"（李春林，2010：46）的背景下，当

---

① 气候小说是以反映人为活动导致的气候变化问题为主要内容的文学体裁。

代美国气候小说家对道德责任问题的诘问才显得更为重要。鉴于此，如何表征被边缘化的人类群体及非人类物种遭受的气候灾难，如何传达他们在气候灾难中对生态正义的期待就成为当代美国气候小说关注的焦点。

文学评论家米勒（Miller，2018：352）认为："全球变暖会导致物种灭绝，人类也难以置身事外……任何可以有效规劝和缓解当前气候变化状况的文学研究都是有价值的。"从这个意义来看，当代美国气候小说的出现绝非偶然，而是与当前的气候变化状况、美国的气候变化政策、美国环境文学的纵深发展等密不可分。它通过文学想象的空间，生动阐明了人类活动导致气候发生巨变、异常的气候变化又反过来影响人类和其他非人类物种的生存状态的事实。

当前的气候变化问题具有不可划界性和不可察觉性，这导致公众在短期内很难认识到气候变化的危害。而且，在气候变化越发严重的当下社会，"原始世界已经消失，未来不会带来新的灾难，而会是旧灾难的升级版，会变得越来越糟"（Buell，2010：29）。对此，美国环境教育家大卫·W.奥尔（David W. Orr）在其《危险的几年：气候变化、长期紧急状态和未来之路》（*Dangerous Years: Climate Change, the Long Emergence, and the Way Forward*，2018）一书的序言中指出，"在一个被恐惧、威胁、暴力和战争统治的社会中，人类和自然系统之间不可能有可持续的、公正的经济以及和谐的关系"（Young，1990：4）。换言之，当前气候变化问题的严重性已经引发全球范围内政治、经济、文化、环境等领域的不平等现象。它急需一种能够准确表征并披露气候变化时代各种不公平现象的方式。

作为环境文学创作的重镇，美国虽然涌现出了像劳伦斯·布伊尔

（Lawrence Buell）等诸多举足轻重的环境批评[①]理论家，但长期以来，气候变化问题并未被纳入环境批评的框架，人文学科尤其是文学评论领域对气候变化的关注长期处于几乎不可见的边缘地位。但气候变化对人类生存世界带来的潜移默化的影响以及在世界范围内发生的无数气候灾难事件都在不断提醒着人类，"濒危的世界"[②]正面临气候变化引发的各种危机。对此，英国政府首席科学家大卫·金（David King，2004：176-177）认为："气候变化是当今人类面临的最为严峻的问题，甚至比恐怖主义的威胁更为严重。"

正是因为气候变化问题的诞生原因繁杂而多元，气候变化后果又衍生出了一系列更多的社会问题，因此，随着人类对生物圈的影响和科学家们测量生物圈能力的一再增强，到20世纪中期，越来越多的美国作家意识到，通过文学创作的方式来呈现气候变化的状况是必要的。在此之前，气候变化仅仅出现在科幻小说家描述的"新世界"[③]里。即使是在千禧年之

---

① 以劳伦斯·布伊尔等为代表的美国环境文学家和批评家认为，环境批评的研究范畴比生态批评更为宏大，环境批评跳出传统生态批评固有的"地方感"，超越纯自然批评的范畴，将批评的视野投向更大的星球空间，并将其与伦理、政治结合起来，具体阐释如何维护弱势人群和非人类物种的平等权益。可以说，环境批评理论是对全球化进程下"生态批评"理论的革新与深度拓展。详见：劳伦斯·布伊尔的著作《环境批评的未来：环境危机与文学想象》以及国内学者龙娟的专著《美国环境文学：弘扬环境正义的绿色之思》等。本书在具体的行文过程中，根据内容的需要，间或采用"环境批评"或"生态批评"的表述。以下涉及此点的地方，不再一一赘述。
② "濒危的世界"来自劳伦斯·布伊尔的著作《为濒危世界而作：美国的文学、文化环境及其他》（*Writing for an Endangered World: Literature, Culture, and Environment in the U. S. and Beyond, 2001*）。
③ 新世界：苏文在《科幻小说的变形：文学流派的诗学与历史研究》（*Metamorphoses of Science Fiction: On the Poetics and History of a Literary Genre*）中提出了"新世界"的概念。此举旨在说明科幻小说创作过程中运用的"新世界"其实并不是另一种更高层次的"更真实"的现实，而是与作者的经验现实在同一本体层面上的另一种选择。换句话说，"新世界"的必要关联是一种替代现实，它拥有不同的历史时间，对应不同的人际关系和社会文化规范，由叙事过程实现。"新世界"形塑时空体的运用，而时空体是在文学艺术中形成的时空关系的基本连接。在时空体中，时间的特征在空间中展开，而空间被赋予意义并由时间来衡量，最终两者都融入一个特定的情节结构中。

前，美国的气候小说仍然比较少见。对此，作家兼文学评论家罗伯特·麦克法兰（Robert Macfarlane）在《卫报》（Guardian）的在线文化板块上提出了一个"迫切的问题"："当代（对气候变化的）巨大焦虑的小说、戏剧、诗歌、歌曲和歌词在哪里？"（Mehnert，2016：37）而且，麦克法兰强调，为了传达气候变化的严重性，唤起人们对气候变化的情感共鸣，并引发一场关于采取行动应对其破坏性影响的辩论，文学性虚构的手段具有极其重要的意义。小说在形塑人类对世界的认知过程中扮演着不可或缺的角色，正如文学学者、环境人文主义者凯伦·索恩伯（Karen Thornber，2012：5）所言，"故事的力量尤其重要。我们对现实的感知，我们对自己是谁以及我们与周围环境之间关系的理解，通常都是围绕故事而展开的，而不是围绕定量的数据"。

鉴于文学想象传达气候现象的特殊意义，在千禧年之后的十年间，气候变化迅速成为美国电影、纪录片、诗歌和小说的主题。文学家们通过各种创作手段，用社会现实主义、讽刺文学等方式努力展现气候变化这一跨代跨国问题的演进过程，以及星球上的人类和非人类物种遭遇到的前所未有的气候危机挑战。美国早期的气候小说家不仅通过末日场景的细致描绘试图让读者亲自"见证"气候变化的事实，而且通过渲染气候灾难的恐怖气氛试图说服那些气候变化否定论者，以文学的表现力让他们直面气候变化的事实。

千禧年之后的美国气候小说家们则更多地通过描述气候变化的事实来呈现人类与非人类物种之间、同代之间、性别之间、代际之间等面临的生态正义问题，比如，T. C. 博伊尔（T. C. Boyle）的《地球的朋友》（*A Friend of the Earth*，2000）、苏珊娜·沃特斯（Susannah Waters）的《冷的安慰：在气候变化中寻爱》（*Cold Comfort: Love in a Changing Climate*，2006）、科马克·麦卡锡（Cormac McCarthy）的《路》（*The Road*，2006）、安·潘可可（Ann Pancake）的《这天气一直很奇怪》（*Strange as This Weather Has Been*，2007）、珍尼特·温特森（Jeanette Winterson）的《石神》（*The Stone Gods*，2007）、克莱夫·卡斯勒（Clive Cussler）与迪克·卡斯勒（Dirk Cussler）合著的《北极漂流》（*Arctic Drift*，2008）、芭芭拉·金弗索（Barbara Kingsolver）的《逃逸行为》（*Flight Behavior*，2012）、亚力克西斯·赖特（Alexis Wright）的《天鹅书》（*The Swan Book*，2013）等作品。作家们力图从不同的角度表现气候变化语境下"生态他者"的生存景观、展现气候灾难中那些处于社会边缘地位的弱势人群及非人类物种遭受的各种生态非正义现象等，并借此挖掘各种生态非正义现象背后隐藏的生态帝国主义的本质。

通过文学想象的力量，当代美国气候小说家将气候科学与文学有效交叉与融合，使其绽放五彩的光芒。如果站在宏观的视角来审视当代美国气候小说的话，其特征主要表现在以下三个方面。

首先是它在展现气候变化这一核心内容时突出的现实主义与实践性特征。当代美国气候小说的涌现，不仅是美国环境文学的重大进步，也是全球气候政治的重大进步。它为人类以及数百万其他物种谋求适宜的气候条件的愿望代言，为这个星球上的人类和非人类物种的美好未来进行抗争。在当代美国气候小说的描述中，气候变化不仅为故事的展开提供了背景，并且对人物的成长、情节的推进等都产生了很大的影响。例如，比尔·麦吉本（Bill McKibben）在他的短篇小说集《我与熊同在》（*I'm with the Bears*，2011）的序言中就强调了当代美国气候小说的一个重要特征："它们不再关注人与人之间的关系，而是越来越多地关注人与其他一切事物之间的关系。"

从一定意义上讲，当代美国气候小说的创作是"对（气候）将来的考古学，也就是把我们的现在转换成未来确定将要面临的过去"（转引自：

姜礼福，2020：64）。加勒德（Garrard，2004：149）认为，气候变化可以成为他所说的"后现代大危害"的一个例子。它需要"以一种既定的方式呈现和遏制环境危机"的叙事选择，因为"有关气候危机的叙事不仅代表气候危机的现状，更是人类通过它来解释他们周围世界的框架"。（Bracke，2019：10）因此，作为一种参与气候变化讨论的文化手段，当代美国气候小说的创作是在对地球生态环境关注的基础上来探索人类活动对地球生态环境造成影响的过程；其本质并不是依赖于天启或悲叹某些原始人类本性丧失的挽歌。相反，它"试图向无知人类揭示可怕的事实，敦促他们立即采取行动避免灾难"（Buell，2004：202），希望读者能够超越当代以娱乐为目的的"对世界末日的消极渴望"（Swyngedouw，2010：219），以此找寻到人类自身应该担负的道德责任。

其次，当代美国气候小说延续了美国环境文学的"启示录"修辞，呈现出极强的寓言性及预警性特征。美国环境文学上最具影响力的"启示录"修辞文本当属蕾切尔·卡逊（Rachel Carson）的《寂静的春天》（*Silent Spring*，1962）。其描写的毒物世界促使人们"从绿洲的幻想中清醒过来"（Buell，1998：648），而气候小说家阿瑟·赫尔佐（Arthur Herzog）的《热》则敦促人们直面气候变化导致的热浪，切身感受气候变化带给人类和非人类物种的生态"末日"危机，让读者在感受故事内容的同时，深刻体会到我们今日居住的世界已经不再是我们所设想的那个世界了。在气候变化导致的系列危机的逼迫下，人类想象中美好的"诗意栖居"已经成为"危机栖居"（Buell，2004：xiv），并随时可能会产生"爆炸性和壮观的事件"（Nixon，2011：2）。

为促使人们在生态保护问题上立刻采取行动，美国气候小说家在创作的过程中借用"启示录"的比喻，将读者置于气候灾难之后的"近未来"① 世界中。劳伦斯·布伊尔（1996：285）认为，"天启是当代环境想象中最强大的隐喻"，又是对"灾难的愿景和行动的呼吁"（De Goede et al.，2009：860）。对此，环境批评家修姆（Hulme，2010a：358）指出，"环境危机言论的目的一直是为了改变未来"，因为就当前气候变化发展的速度来看，其在未来产生的严重后果是"不可避免的"（US National Research Council，2002）。所以，当代美国气候小说的"启示录"修辞一方面是为了警醒世人重视当下的气候状况，另一方面是为了呼吁民众重视气候变化态势，树立起面向子孙后代的代际生态正义观。

气候异常已经导致星球上的部分生物物种濒临灭亡，或者已经灭绝殆尽，而自诩为生物链顶端的人类也同样面临生存环境的困扰。当"我们"已经不能完整，失去生命依赖的人类开始幻想借助高科技来摆脱气候困境，幻想通过"克隆人"来拯救深陷气候旋涡中的人类自身。这种阴郁的灰色情感基调促使读者不得不思考要怎样从自身做起才能改变当前糟糕的环境现状，才不至于滑向无可拯救的未来。根据美国气候小说家描述的气候变化的未来景观，如果人类再不改变当前的消费模式，等待我们的将是死亡。然而，"改变还是死亡"（Killingsworth et al.，1996：31）取决于人类主体的伦理选择。

然而，西方资本主义国家和富裕阶层在当前并未对"有关全球变化的辩论在很大程度上没有考虑到地球气候系统固有的混乱、敏感的平衡以及其阈值负载的性质，突然的气候变化可能性的增加"（Gagosian，2003：

---

① "近未来"：斯坦利·罗宾逊在《想象突变的气候变化》（"Imagining the Abrupt Climate Change"）一文中提到了"near-future（近未来）"一词。罗宾逊将他的"资本中的科学"三部曲定义为"后天式小说，认为它是科学小说的一个分支，有时也称其为"近未来科幻小说"。罗宾逊用"近未来"将"资本中的科学"三部曲与之前的科幻小说区分开来，将故事的发生地从地外星球转移到地球，以此构建地球的"近未来"气候变化。约翰斯－普特拉（Johns-Putra）指出，"近未来"的场景设定允许读者以一种心理上和意识形态上，有时附加政治性的富有想象力的方式构建气候变化。

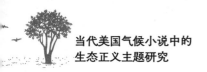
12）有足够的认识，他们的无知与傲慢使气候变化的阈值无限地逼近临界点，间接造成了大量长期处于底层的边缘化人群沦为气候难民等现实问题，这些问题的叠加极有可能使得未来全球生命体面临灭顶的危机，也许未来世将要继承的是一个无法生存的世界。

例如，帕特里克·克武（Patrick Cave）的气候小说《锋利之北》（*Sharp North*，2004）就描述了一个物种几乎灭绝、人类自身也岌岌可危的世界末日景观；保罗·巴奇加卢皮（Polo Bacigalupi）的《水刀子》（*The Water Knife*，2015）表现的更是气候危机逼迫下充满谋杀和死亡的水资源抢夺战；罗宾逊的《未来发展部》（*The Ministry for the Future*，2020）则讲述了气候变化时代负责人类未来发展的玛丽·墨菲（Mary Murphy）与在印度遭受致命热浪创伤的美国人弗兰克·梅（Frank May）之间互相救赎的故事；克莱尔·维也·沃特金斯（Claire Vaye Watkins）的《金光堂柑橘》（*Gold Fame Citrus*，2015）以去乌托邦的方式描写了遭受极端干旱天气肆虐的加利福尼亚州的末日场景。当欧洲内部陷入困境、大批难民涌入其海岸，亚洲在食品和水的问题上陷入严重的危机的时候，灾难导致颠覆和冲突成为生命的固有特征。一旦发生严重的气候突变问题，当代人会过度消耗未来世应该享有的资源，而这将会对未来世造成严重的代际非正义。这些气候小说都通过"启示录"修辞的方式，将气候科学家的预测、人们在气候变化问题中伦理正义的缺失逐一呈现出来，以此说明当前各国在解决气候变化问题上存在的不平等现象。

因此，在气候变化的问题上，我们需要找到一种方式来参与人类情感系统，正如韦伯（Weber，2006：115）所言，"也许通过描述全球变暖对人们的家园或他们重视的事物造成的严重后果"能激发人类在气候变化问题上的责任心和道德感。当代美国气候小说采用"启示录"修辞的作用则是按下了气候变化的快速键，提前呈现了气候变化的灾难性本质，以及其可能给后代带来的苦难。也许只有像小说《路》《洪水之年》(*The Year of the Flood*，2009)《石神》等描写的气候灾难有一天真正出现的时候，人们才能真正认识到气候变化的潜在灾难性，才能意识到只有基于公平正义的团结协作才有可能应对气候变化危机。在气候变化导致的危机问题上，英国危机论坛(the UK Crisis Forum)指出，"除非我们彻底改变全球政治和经济实践，否则人类很有可能无法在可预见的未来生存下去"(Skrimshire，2010：131)。

由此，当代美国气候小说在延续灾难性"启示录"修辞的基础上，一方面打破环境文学书写中人类对荒野、对未来自然景观过于理想化的设想，另一方面重点聚焦气候变化造成的后果，将生态灾难的场景如特写镜头般放大在读者眼前，促使人类强烈地认识到自身活动在整个生态系统中的地位已经发生了历史性转变：人类活动造成的气候变化已是不争的事实，其将"使人类文明面临崩溃的危机"(Fagan，2017：228)，或最终导致沉默的自然。比如，美国小说家保罗·巴奇加卢皮的气候小说《破船者》(*Ship Breaker*，2010)一书中明确指出，由于气候生态环境的恶化，极地冰盖融化导致新奥尔良也最终被洪水淹没，人类文明正在快速衰退。

当代美国气候小说家采用的灾难性"启示录"修辞很好地回应了当前气候变化问题解决过程中生态正义缺失的情况，并以一种扎根于"此在"的环境想象向我们呈现出了这种生态正义缺失在未来可能对人类造成的巨大冲击，是一种面向未来的寓言，具有极强的预警价值。针对气候变化语境下物种多样性的丧失、少数族裔无力应对气候灾难、女性在气候灾难中"他者"地位的更加凸显、欠发达国家在气候变化协商中的失语、未来世将要遭遇的资源匮乏状况等情况，当代美国气候小说采用的"启示录"想象"内在地唤起一种包罗万象的、普遍的威胁"(Methmann et al.，2013：176)，并以这种威胁来刺激我们的情感，刺激我们去反思当前解决气候变

化问题中公平正义原则缺席的现实原因，刺激我们将气候变化问题的解决与伦理正义联系起来。当伦理正义话语与生态"启示录"话语互文生成，它们之间的关系就决定了当代美国气候小说正是阐述气候变化与生态正义之间关系的最佳文本。

最后，当代美国气候小说在展现气候变化这一重要情节时表现出了创作技巧的多样性。为了有效回应当前气候变化的状况，当代美国气候小说家在创作的过程中对气候变化问题的存在进行了不同的处理。

第一种情况是，作者并没有直白地对气候变化的现状进行描述，而是将气候变化的事实与小说的故事情节融合起来，并不同程度地推动故事情节的发展。比如，金·斯坦利·罗宾逊的"资本中的科学"三部曲就描述了极端天气引发的灾难导致美国的地缘政治发生极大的变化，伊恩·麦克尤恩（Ian McEwan）的《逐日》（*Solar*，2010）则描写了一位太阳能科学家，这位科学家试图通过研究太阳能来改变美国能源危机的现状，以减少温室气体排放，进而缓解气候变化问题。这部小说暗示现代人类，"社会崩溃将是人类导致的全球变暖的结果"（Andersen，2020：24），而导致全球变暖的原因则是资源消耗和温室气体责任担负中的不公平现象。

第二种情况是，气候变化的现状充当作品中人物活动的背景，尽管气候变化不是显性的存在，但其产生的影响也足以改变故事人物的生存处境。比如奥克塔维亚·巴特勒的《播种者的寓言》（*Parable of the Sower*，1995）以及玛格丽特·阿特伍德的《洪水之年》。在这些作品中，气候变化并不是显性的存在，但它又是影响作品中人物身份和生活的重要因素之一。例如，在阿特伍德的《洪水之年》中，故事的主线并没有提及气候变化，但是故事的发展以及故事中人物生活方式的改变却围绕气候变化问题而展开。

第三种情况是，气候变化作为显性的存在出现在小说的故事情节中，并与其中的人物成长及作者试图表达的主题相结合。比如，在芭芭拉·金弗索的《逃逸行为》中，主人公黛拉洛比娅的生活和思想因遭遇气候异常的"帝王蝶"而发生重大变化。简而言之，当代美国气候小说家采用不同的方式来有效表征当前气候变化的现实，目的就是促使读者更加认识到气候变化的潜在危害，同时也能全方位表征气候变化问题对地球万物造成的巨大影响。

当代美国气候小说跳出环境文学关切的"地方感"意识，转而把目光投向范围更大、更复杂的全球性气候变化问题。它的涌现为读者和环境批评家打开了一扇全新审视气候变化问题的窗口，有助于"建构（气候小说）本身的意义"（Andersen，2020：7）。对此，国内外众多学者和文学批评家在重审环境批评理论的同时，也将批评视野转向当代美国气候小说，试图从文学批评的角度探究其传达出的人文意义。

国外文学批评领域有关"气候变化"的研究成果大多以"气候变化文学"或"气候（变化）小说"的相关评论性文章和专著出现。ProQuest 学位论文全文检索平台输入关键词"climate change and literature"（气候变化与文学）或者"climate（change）fiction"［气候（变化）小说］的搜索结果显示，专门研究"气候变化和文学"的博士和硕士论文鲜有出现。从 JSTOR 和 Spring LINK 全文期刊检索结果来看，以"气候变化与文学"或者"气候（变化）小说"为关键词的评论性文章从各个方面探讨了当前文学领域研究气候（变化）小说的必要性及其呈现的典型的跨时空气候想象。本书在阅读相关专著和文章的前提下，将从以下三个方面对国外的研究现状进行综述。

其一，宏观视野中的文学与气候变化。

从 20 世纪 90 年代开始，文学家和文化批评理论家开始有意识地关注气候变化问题。但由于导致气候发生变化的"原因是分散的，部分是不可

预测的，并且由于空间和时间上的巨大差距导致其影响与原因之间是相分离的"（Clark，2011：11）。截至20世纪末，环境批评仍旧未能将最紧迫的环境问题之一——气候变化纳入其批评领域。直到千禧年之后，《地方意识与星球意识：环境想象中的全球》（*Sense of Place and Sense of Planet: The Environmental Imagination of the Global*，2008）一书的作者厄休拉·海塞（Ursula Heise）才指出，气候变化的全球化对人类和非人类物种产生巨大影响。海塞直接将气候变化的全球性影响呈现在世人面前，引导环境文学家和环境批评家突破"地方感"的局限，站在全球的高度重新看待气候变化问题。海塞的这部著作是研究气候小说发展过程中的一个重要里程碑。

之后几年，在汤姆·科恩（Tom Cohen）参编的《末路进程：气候变化时代的理论》（*Telemorphosis: Theory in the Era of Climate Change*，2012）的前言部分中，科恩指出，人类无节制的贪婪摧毁了全球经济，破坏了自然世界。大气已经无法呼吸人类排放的碳，碳浓度的不断升高造成了全球性气温升高。未来，"经济灾难和生态灾难将是人类社会的新常态"（Cohen，2012：13）。无论是淡水、石油、人口的数量，还是气候环境，一切都到了"峰值"（14）。科恩认为，气候变化涉及影响生物量和能源、消除边界和微生物、地质和纳米时间以及物种灭绝事件的机制，但到目前为止，文学和文化领域尚未有"任何关于气候变化的共同或可能的想象，我们缺乏一个关键的想象'母体'"（18）。

科恩有关"想象气候变化'母体'"的问题在大卫·A. 柯林斯（David A. Collings）那里得到了进一步延伸。在柯林斯主编的《被盗的未来，破碎的当下：气候变化的人文意义》（*Stolen Future, Broken Present: the Human Significance of Climate Change*，2014）一书中，他从人文主义的视角阐述了当前气候变化给人类社会带来的危机。他认为，科学界早期针对气候变化达成的共识在某种程度上过于乐观。他们预测北极冰盖最终会在21 世纪后半叶融化，但根据近些年冰盖融化的速度来看，如果人类不尽快采取行动控制温室气体排放，气候变化的最坏影响将是可怕的，而且数十年后就会发生。柯林斯认为，气候变化不仅仅是生物圈的危机，也是人类存在的意义和未来的危机，它是"一场前所未有的危机，给我们带来了前所未有的挑战"（12）。

作为有效回应和传达气候变化现状的艺术表征手段，文学很好地建构了气候文化的叙事模式。2022 年，美国环境批评家、教育家瑞贝卡·L. 杨（Rebecca L. Young）主编的《透视气候变化的文学：以叙事守护未来世》（*Literature as a Lens for Climate Change: Using Narratives to Prepare the Next Generation*）出版发行。此书再次强调了文学叙事在表征气候变化现状过程中的积极作用。同时，杨结合自身的教育教学经历指出，文学作品阐释的气候文化能够提升学生群体的环保意识。而学生一代作为星球未来的主体，他们对气候变化问题的关注将会直接影响未来大气环境的发展趋势。对此，杨从 9 个方面详细探讨了文学作品中的生态灭绝、气候变化、社会正义、人类与环境的关系、生态批评的价值、失衡的自然、语言习得与提升环境意识之间的关系、可持续发展的话题以及气候小说在重构年轻人对气候变化的关注等方面的重要性。通过对文学作品的阐释，读者很容易就能意识到，现代化工业尤其是以美国为首的西方资本主义国家在早期资本积累时期以及当今经济发展时期在很大程度上损害了我们依赖生存的气候环境。可以说，这部专著再次刷新了读者对当代美国气候小说的认知，再次令读者意识到文学在表征气候变化、生态灭绝以及未来世将要面临的诸多非正义方面具有的强大的力量。

其二，微观视野中气候（变化）小说的具象化研究过程。

随着 2015 年二氧化碳排放量"再创新高"，全球变暖进一步加剧，越

来越多的文学和文化批评家开始着意探讨小说文本中的气候变化问题。他们希望通过故事的形式来呈现气候变化的现实。因为小说作品不是气候科学报告，读者能够在理解小说故事情节和人物身心变化的过程中发现与他们相互关联的人和事，这有利于他们反思自身行为。还有就是，小说可以更加有效地探索全球气候变化到底对社会发展、人类的心理、星球的未来、想象中的未来气候景观、政治以及文化等领域产生何种程度的影响。从一定程度讲，当代美国气候小说充当架构气候事实与虚构的气候未来的桥梁，使现实世界与虚构的未来世界能够积极对话，并试图在二者的对话中寻求有效缓解当前气候变化状况的途径。

因此，当海塞的《地方意识与星球意识：环境想象中的全球》一书出版 3 年之后，"小说中就涌现出更多的对气候变化的概述性表征作品"（Trexler et al.，2011：185）。较为典型的当数亚当·特雷克斯勒（Adam Trexler）与英国文学家约翰斯 – 普特拉在《威利跨学科评论：气候变化》（*Wiley Interdisciplinary Reviews: Climate Change*）杂志上发表的《文学中的气候变化与文学批评》（"Climate Change in Literature and Literary Criticism"，2011），该文章首次提出了"气候（变化）小说"的术语。此二人认为，气候（变化）小说的出现绝非偶然，这与全球性的环境危机和大气中温室气体浓度不断升高以及各国应对气候变化的政策之间存在必然的联系。然而，到了 2015 年，亚当·特雷克斯勒在其出版的第一部系统研究"人类世小说"[①]的专著——《人类世小说：气候变化时代的小说》（*Anthropocene Fictions: The Novel in a Time of Climate Change*）中将"气候（变化）小说"

---

① "人类世小说"指的是特雷克斯勒提出的一个聚焦"气候（变化）小说"创作的术语，其探讨人类活动产生的温室气体与气候变化之间的关系，但不能被简化为"气候小说"。因为当代美国气候小说往往以生态科幻、生态灾难、生态反乌托邦小说的面貌出现，聚焦全球变暖引发的干旱、洪水等非常规事件，以反思人类与地球之间的关系、人性的复杂等为主题，更多地是将气候变化因素作为推动和影响小说故事情节发展及人物变化的核心要素。

换成"人类世小说"。特雷克斯勒将书写气候变化的小说统称为"人类世小说"。从"气候（变化）小说"到"人类世小说"，特雷克斯勒着意将人类活动对气候变化造成的巨大影响凸显出来，强调了人类活动对地球改造力量之宏大。

本书认为，"气候（变化）小说"指的是明确反映人为活动对气候变化造成影响的小说，侧重的是气候变化对人类及非人类物种造成的破坏性影响，而"人类世小说"囊括的范围更大，涉及的环境危机谱系宏大，只要是书写人为活动造成的环境破坏的小说都可以称为"人类世小说"。国内学者为了构建中国特色的"人类世"话语体系，比较倾向于使用"人类世小说"。比如，亚裔美国作家山下凯伦（Tei Yamashita）的《穿越雨林之弧》（*Through the Arc of the Rain Forest*，1990）描写了人类无节制的消费造成的白色塑料垃圾对亚马孙热带雨林地区造成的环境破坏。很明显的一点是，这部作品的内容并未涉及气候变化，而气候变化也不是作为塑造人物形象或推动故事情节而存在，因此，《穿越雨林之弧》是一部"人类世小说"，是一部"气候变化时代的小说"，但它不是真正意义上的"气候小说"。

特雷克斯勒的这部专著围绕科马克·麦卡锡的《路》、玛格丽特·阿特伍德的《秧鸡与羚羊》（*Oryx and Crake*，2004）、博伊尔的《地球的朋友》《洪水之年》等文本，从科学的真实性与其文学建构性、气候变化呈现的"地方性"灾害、官僚主义政治在气候变化问题上的态度以及与家庭等相关的生态经济4个方面对"人类世小说"进行了详细的解读。

如果说特雷克勒斯有关"人类世小说"的论述为环境批评注入了新的活力的话，那么2016年安东尼娅·梅内特（Antonia Mehnert）的专著《气候变化小说：全球变暖在美国文学中的表征》（*Climate Change Fiction: Representations of Global Warming in American Literature*）再次刷新了读

者和批评家对气候变化的认知。梅内特并未采取特雷克斯勒"人类世小说"的说法，而是选用了"气候变化小说"。这一变化更加说明气候变化话语正逐步与小说文本进行融合。"气候变化小说"就是"明确论述人为因素引起气候变化的文学"（4）。梅内特以芭芭拉·金弗索的《逃逸行为》、史蒂文·阿姆斯特丹（Steven Amsterdam）的《我们没有预见的事情到来了》（*Things We Didn't See Coming*，2009）、博伊尔的《地球的朋友》、让·麦克尼尔（Jean McNeil）的《冰上恋人》（*The Ice Lovers*，2009）、纳撒尼尔·里奇（Nathaniel Rich）的《末日将至》（*Odds Against Tomorrow*，2013）以及巴奇加卢皮的《柽柳猎人》（*The Tamarisk Hunter*，2011）等为代表性文本，从气候变化小说中"地方"意义的改变、重新想象时间的意义、"高度安全时代"[①]人为因素造成的不确定性、金·斯坦利·罗宾逊的"资本中的科学"三部曲中的"气候文化"（Mehnert，2016：10）以及《柽柳猎人》对气候变化中弱势群体的描述等方面详细分析了全球变暖在美国文学中的表现。

随后，史代夫·克拉普斯（Stef Craps）和瑞克·柯荣秀（Rick Crownshaw）在《小说研究》（*Studies in the Novel*，2018）的前言部分中再次采用"气候变化小说"的说法。他们认为，虽然近年来"气候变化小说"的数量呈增长态势，但评论界对"气候变化小说"的界定一直不太明朗。此外，阿米塔夫·高什（Amitav Ghosh）认为，"气候变化小说"不是"严肃"（Craps et al.，2018：1）的现代文学。这可能与当前相关的研究成果相对较少有关。而这也许是导致批评领域缺乏气候变化文学评论性文章

---

① 梅内特提出"高度安全时代"的说法实际上是来对应德国社会学家乌尔里希·贝克（Ulrich Beck）提出的"风险社会"的观点的，以此说明在气候变化大环境下，人类生活的社会并不安全，危机重重。按照贝克的说法，风险社会指的是一个发现自己在自己的现代化进程在被自己造成的危险所威胁的社会。

的原因之一。为此，史代夫·克拉普斯和瑞克·柯荣秀在文章中呼吁"气候变化小说"的"去经典化"（1），认为其在范围上可以兼容不同的小说类型。比如，马克·麦格尔（Mark McGurl，2012）认为"气候变化小说"的出现使科幻小说和恐怖小说，以及更怪异的推理小说获得了新生，因为它们有能力表现"非人类的庞大和漫长"（539）。

2019年，约翰斯－普特拉在前期研究的基础上出版了《气候变化与当代小说》（*Climate Change and the Contemporary Novel*）。在具体阐述的过程中，约翰斯－普特拉交叉采用"气候小说""气候变化小说"的说法。这足以说明当前评论界对"气候变化小说""人类世小说"抑或是"气候小说"的使用还存在争议。值得肯定的是，约翰斯－普特拉倡导从道德伦理维度去关爱子孙后代的生存环境，这无疑再次拓宽气候小说的研究维度。她引用美国印第安人的一句话"我们并非从祖辈那里继承土地，我们只是从子孙后代那里借来土地"（2）来说明当代人类要正视自身活动对气候造成的影响，要关爱和善待我们的子孙后代。更重要的是，当代人不应该牺牲后代人的生存环境来换取一时的舒适。

为了全面了解并把握气候小说的内涵及相关小说文本的阐释，阿克塞尔·古德博迪（Axel Goodbody）与约翰斯－普特拉合著的《气候小说伴读》（*Cli-Fi: A Companion*，2019）对气候小说的概念进行了详细的界定。他们认为，气候小说是出现于21世纪的新的文学现象，它的涌现是对当今社会面临的气候变化问题的最好回应。气候小说在描述气候变化导致的极端天气事件、洪水、沙漠化以及海平面上升等气候危机的同时，指出解决气候危机的核心是伦理和政治问题。换言之，作为自然界的物种之一，人类是否会为了维护良好的气候环境，适当降低当代人的需求标准？人类是否会为了生的希望而进行绿色独裁？人类是否会为了未来世的生存利益而勇于接受集体行为的挑战？所有这些都成为气候小说探讨的话题。此外，

除了引言和结语外，这本书的每一章都提供了一种阅读特定文学文本的方式，以此吸引读者对气候小说的主题、形式特征、接受度等方面的关注。总体来看，这本书采用通俗易懂的风格写作，填补了学术界在气候小说研究领域的空白，并向读者提供了气候小说这一新文学流派的全面介绍。

其三，评论性文章对文学文本的多样化解读。

2016 年开始，全球极端天气现象愈加严重，各国政府不得不调整气候变化政策。2016 年摩洛哥马拉喀什气候大会期间，以中国为代表的国家认为，我们要逐步增强应对气候变化的信心。反观美国国内，特朗普政府在气候变化问题上的态度为"其他国家以及美国的民众利益犯下了错误，对我们这个星球的未来犯下了错误"（转引自 Umbers et al., 2021：1），与气候变化相关的国际公约和政策面临崩溃的危险。与此同时，美国国内部分敏锐的学者和评论家开始聚焦代表性的气候小说研究，希望以此唤起民众关注气候变化、关注那些深受气候变化影响的"生态他者"群体。

约翰斯－普特拉的《"我的工作就是照顾你"：气候变化、人类以及麦卡锡的〈路〉》（"My Job Is to Take Care of You": Climate Change, Humanity, and Cormac McCarthy's *The Road*, 2016）探讨的是气候变化与人类未来之间的关系，尤其是气候变化与儿童未来之间的关系。约翰斯－普特拉将人类对气候变化问题的反思拓展到未来的时间，这无疑为气候小说的创作者以及评论家提供了新的视角。2017 年，里克·克朗肖（Rick Crownshaw）的《气候变化小说与记忆之未来：反思纳撒尼尔·里奇的〈末日将至〉》（"Climate Change Fiction and the Future of Memory: Speculating on Nathaniel Rich's *Odds Against Tomorrow*"）着重探讨气候变化小说中的"未来时间"。2018 年，彼得·弗默伦（Pieter Vermeulen）发表《必死之美：〈11 号车站〉、气候变化小说和形式之生命》（"Beauty That Must Die: *Station Eleven*, Climate Change Fiction, and the Life of Form"），此文标新立异，从小说的节奏、模式和时间跨度等方面来捕捉小说《11号车站》对气候变化语境下生物物种命运及人类群体发展轨迹的描述，以此捕捉气候变化时代人类及非人类物种的生命形式是如何交织在一起的。

2018年，约翰斯－普特拉发表《接下来就是沉默：气候变化小说中的后现代和后殖民之可能性》（"The Rest Is Silence: Postmodern and Postcolonial Possibilities in Climate Change Fiction"）。此文提出，"人类世"一词尽管确定了人类在当前地球的主导作用，但也揭示了人类例外论的谬论，提醒我们气候变化问题凸显的正是人类与非人类行为相互纠缠的本质，而人类活动导致的气候变化则对生物圈造成了前所未有的影响。约翰斯－普特拉认为，气候变化小说催生一种后现代情感。比如，亚力克西斯·赖特的《天鹅书》以及李昌来（Change-rae Lee）的《在如此一片大海上》（On Such a Full Sea，2014）表现的情感都是后现代的，他们在对气候变化的描述过程中，颠覆了主导西方文化的"霸权中心主义""男性中心主义""欧洲中心主义""种族中心主义"以及"人类中心主义"（Plumwood，2001：101）。

仍然是在2018年，马赫卢·梅尔滕斯（Mahlu Mertens）和史代夫·克拉普斯发表《当代小说与想象气候变化时间跨度的挑战》（"Contemporary Fiction Vs. the Challenge of Imagining the Timescale of Climate Change"）。这篇论文以珍尼特·温特森的《石神》、戴尔·彭德尔（Dale Pendell）的《大海湾：崩塌的传奇》（The Great Bay: Chronicles of the Collapse，2010）以及理查德·麦圭尔（Richard McGuire）的《这里》（Here，2014）为分析文本，分别探讨了这3部作品呈现的不同时间跨度中的气候变化演变，试图通过作品中时间的转换把读者置于超越我们现在的现在，然后回顾我们的时间，看看"我们对这个星球到底做了什么"（148）。

2019年，黛布拉·J.罗森娜（Debra J. Rosenthna）发表《气候变化

小说与贫困研究：以金弗索的〈逃逸行为〉、迪亚兹的〈怪物〉以及巴奇加卢皮的〈柽柳猎人〉为例》（"Climate Change Fiction and Poverty Studies: Kingsolver's *Flight Behavior*, Diaz's '*Monstro*', and Bacigalupi's '*The Tamarisk Hunter*'"）。本书认为，对这 3 部气候变化小说的生态贫困解读能够有效地将生态和经济的不平等结合起来。而且，通过研究气候变化与贫困之间的关系，我们能够更加清晰地看到穷人遭受的经济、政治、文化等方面的非正义对待。

环境文学批评家普遍关注人为活动对气候产生的影响以及气候变化给人类及其他非人类物种的生存环境带来的破坏性危险，却很少围绕气候变化小说中的非人类物种进行解读。2019 年，吕克·关尼奥·乌卢鲁（Lykke Guanio Uluru）发表《想象气候变化：北欧三部气候小说中植物的表现》（"Imagining Climate Change: The Representation of Plants in Three Nordic Climate Fictions for Young Adults"）。吕克采用"气候小说"来指称气候变化小说。吕克关注的是当前气候变化大环境下的自然生物，尤其是植物的生存状况。这将有助于环境批评家在研究气候变化小说的过程中，不仅仅关注人类遭遇的气候非正义，还能关注非人类物种生存栖息地被破坏的现状。

综合国外的研究成果可以发现，国外学者对气候变化与文学之间关系的思考呈动态发展过程，从早期纯粹讨论气候变化与文学之间的关系到"人类世小说"或者"气候（变化）小说"的提出，再到对特定作家的作品进行详细论述，其评论呈现多样化发展的态势。他们开始跳出"地方性"的局限，以"生态世界主义"的视角看待气候变化问题以及气候变化对当代的人类与非人类物种、未来的子孙后代造成的影响。再者，近 5 年内的评论性文章更多地聚焦"气候变化小说"中的时间想象，从时间跨度来表征气候变化的"慢暴力"。不可否认的是，国外学者近些年对气候小说的研究已经取得一定的成果，然而，从总体来看，尽管也有学者提出全球变暖可能会加剧基于种族、性别和阶级差异的社会不平等（Sze，2008：12-37）等事关正义的问题，但评论家对此还未有正面的回应，即使有，也仅仅停留在较为浅显的层面，或者是在强调正义的某一方面的同时却忽略了另一方面。这为本书将要研究的当代美国气候小说中的生态正义主题留下了继续探索的契机。

相比之下，国内学术界对气候小说的研究尚处于探索阶段。通过中国知网知识资源总库的搜索发现，我国学术界对气候（变化）小说的关注和研究最早是从探讨英美文学或诗歌中的气候书写研究开始的。比如闫建华的《当代英美生态诗歌的气候书写研究》（2017）和谢超的《英语文学中的气候书写研究述评》（2018）。随着全球气候状况的日益恶化以及国家"双碳"目标政策的出台，国内部分学者开始有意识地关注美国气候小说的研究，从总体上来看，国内学者对该类小说的研究主要集中在以下 3 个方面。

其一，建构人类世批评话语体系。

李家銮和韦清琦在《气候小说的兴起及其理论维度》（2019）一文中明确表示，气候变化是一个典型的"超级物[①]"，"气候小说"的出现被视为书写这种典型的"超级物"的表征方式。李家銮和韦清琦（2019）认为，"将气候小说与一般科幻小说分开的正是基于'末日预言'的反思生态政治和人类出路的出路探索主题"（102）。

袁源的《人类纪的气候危机书写——兼评〈气候变化小说：美国文学中的全球变暖表征〉》（2020）对梅内特的著作进行了详细的评析。她首先

---

① "超级物"：相对于人类在时间和空间上大规模分布的事物，"超级物"有许多共同的属性。它们是黏性的，这意味着它们"粘"在与它们相关的生物上。它们涉及的时间与我们习惯的人类尺度的时间完全不同。它们已经对人类的社会和心理空间产生了重大影响。

肯定了气候变化小说存在的合理性，认为其是"环境危机话语中出现的新文类"（166），是生态批评的"星球转向"（166）。但她也指出了梅内特著作的不足之处：其一，梅内特在分析文本的时候鲜有提及气候小说创造时的政治语境变迁，缺乏美国普通民众、两大党派及环保人士对气候变化问题的诉求过程；其二，梅内特"没有关注人们在气候灾难来临前的各种忧虑以及灾难来临时的各种复杂心理"（170）；其三，在伦理层面上，梅内特认为公众应该将注意力放在那些深受气候灾难影响的弱势人群身上，并给予他们应有的关怀。诚然，由于气候变化影响面过大，我们在关注大范围弱势群体的生存困境的过程中，也要注意身处气候危机中的家庭伦理变化。

姜礼福的《气候变化小说的前世今生——兼谈人类世气候批评》回应了特雷克斯勒的《人类世小说：气候变化时代的小说》（2020），提出了构建"人类世气候批评"的理论框架，希望能够为国内的批评实践提供话语支撑。之后他的《"人类世、气候变化与文学再现"专题学术论坛综述》（2021）则再次强调了构建人类世批评话语的重要性。而其《人类世批评话语体系的建构——21世纪西方气候小说研究面面观》在对已有的研究成果进行梳理的基础上，重点考察了国外学者在气候小说的叙事策略、社会功能等方面的分析和批判（姜礼福，2022）。李家銮的《走向生态世界主义共同体——气候小说及其研究动向》（2020）认为气候变化小说倡导了生态世界主义共同体的愿景。

华东师范大学金秋容博士的论文《反思生态纯粹：论当代北美人类世小说》（2021）从3个方面具体论述了当代北美人类世小说对长期主宰西方主流环境话语的意识形态——"生态纯粹"的反思。值得肯定的是，金秋容的研究具有创新性和前瞻性，且与当今国内外环境文学家与批评家对气候变化的关注度契合。围绕当今气候变化的问题，"人类世小说"或者

"气候小说"作家试图引导公众思考如何看待各国在国际气候变化政策中的政治博弈，如何寻求公平正义的办法来协调和平衡各国气候责任分担问题，如何赋予遭遇气候灾难的难民以及陷入濒危境地的非人类物种以应有的正义。

2021 年，围绕"人类世、气候变化与文学再现"的主题，南京航空航天大学外国语学院举办线上专家学者学术论坛。发言的 9 位学者（南宫梅芳、姜礼福、张慧荣、谢超、李家銮等）都是国内较早涉足人类世和气候变化文学领域的研究者。针对"人类世"概念的内涵、人类与气候变化书写之间的关系、人类世批评话语的适用范围，以及人类世批评话语的具体运用路径和模式等话题，专家之间展开热烈讨论，这标志着国内对与气候变化相关的文学研究又向前推进了一步。

在气候变化的问题上，华媛媛在其《暗合"道"妙——道家思想与人类世的理论和现实相关性》（2022）一文中指出，人类世时期的气候和生态危机不仅仅是技术、经济和政治维度的危机，更是一场文化维度的危机。对此，华媛媛从"弱人类世"概念入手来分析以气候小说为代表的人类世文学是如何与道家哲学倡导的生态整体主义和无中心主义的生态文化契合的，以此指出中国古代文化蕴涵的生态哲理或许可以帮助解决气候和生态危机引发的"文化危机"（Hartman，2017：73）或"想象的危机"（Ghosh，2016：9）。这不但与中国文化走出去的战略思想一致，并且再次强调了中国文化蕴涵的生态哲理在解决当今气候变化问题上的重要意义。

从以上国内研究成果可以看出，目前国内学者比较倾向于将书写气候变化问题的小说称为"人类世小说"，而且他们在使用"人类世"概念的时候，着重强调的是人类活动对当前地球环境的主导作用，其指涉范围比"气候小说"更为宏大。而且，秉承文化自信的原则，国内学者试图以"人类世"概念为突破口，建构具有中国特色的"人类世"批评话语体系，希

望将"人类世"话语批评与中国环境文学相结合,继而站在中国环境文学与批评的立场与国外的环境文学和批评话语进行有效沟通对话。

其二,当代美国气候小说的多元化批评实践

当代美国气候小说的出现拓展了环境批评的内涵,使气候小说中的末日叙事研究与反乌托邦、非人类物种、后人类、性别、正义等话题相结合。比如,金秋容在论文《超越生态反乌托邦——论气候小说〈纽约2140〉》(2019)中指出,气候小说凸显的生态反乌托邦主义是参与建构"二战"后美国环境话语的重要角色。她以罗宾逊的《纽约2140》(*New York 2140*)为阐释对象,明确指出气候变化导致的系列危机并不是彻底的生态悲剧,它们反而可以激发人类以全新的视角来认识并改善当前的气候变化状况。张慧荣和朱新福的《气候小说〈突变的飞行模式〉的代际正义追寻》(2020)从正义论的视角解读了芭芭拉·金弗索的作品。葛悠然与姜礼福的《气候变化与推想记忆——论巴奇加卢皮〈怪柳猎人〉中的人类世叙事》(2020),从"人类世"的视角对文本进行了解读。

陈诗凡、姜礼福的《气候危机中的共同体崩溃——人类世小说〈水刀〉研究》(2021)通过想象水源急剧短缺的美国西南部图景,呈现气候变化对自然、社会和精神价值造成的破坏性影响,认为这是由气候危机引发的血缘共同体、社会共同体和精神共同体的崩溃。毛凌滢、向璐的《多物种共同体的建构——人类世视野下的〈回声制造者〉》(2021)认为"人类世"概念的提出大大拓展了生态批评的研究范畴,它不但认真践行了跨学科研究的总体趋势,更在一定程度上促使人类反思自身与非人类物种之间的关系,思考在气候变化的时代如何协调跨物种之间的关系。

刘英、朱新竹的《关系空间与气候小说》(2022)一文指出,气候变化是21世纪环境危机的"解域化"表征,是"关系空间"兴起的缘由之一,而"关系空间"的出现间接消解了人类中心主义以及生态地方主义。

该文着重分析了以金弗索的气候小说《飞行行为》^①为代表的气候小说中气候变化引发的"解域化"过程及其对传统"地方"观念产生的影响。袁霞在其发表的《气候变化小说的文化价值》（2022）一文中指出，应对气候变化、保护地球家园、构建人类命运共同体是每一个地球公民应尽的职责。气候小说通过想象地球气候环境的未来境况来引导读者关注当下的风险社会、培养应有的责任意识，进而在情感上引发共鸣，共同保护地球家园。为了详细阐述以上观点，袁霞以《突变的飞行模式》《秧鸡与羚羊》《世界末日》等为分析对象，倡导人们在情感和伦理上将气候变化问题与个人生活联系起来。这篇论文短小精悍，以简洁的语言高度概括了气候变化小说具有的文化价值，不足之处是尚需要聚焦"文化价值"进行理论层面的深度阐述，将文本分析与理论有效融合。

气候变化的跨时空性及不可控性促使批评家尝试归纳气候小说研究的方法论问题。对此，王虹日的论文《尺度批评·非人类能动性·网状纠连——气候变化小说研究方法述论》（2022）对研究气候小说的生态批评范式、叙事学视角及气候变化批评等主要的研究视角进行了综述，认为克拉克提出的"尺度批评"有利于放大我们对气候变化这一"超级物"的想象，从而跳出"地方"的桎梏继而转向全球的视野。此外，气候小说的非人类能动性需要批评家站在物质叙事的视角来看待气候变化问题。

由以上可知，目前国内对当代美国气候小说的研究呈现多样化、跨学科发展的态势，但总的来看，国内学者对气候小说的研究尚处于起步阶段，这为后来的学者继续探究气候小说的深刻内涵提供了巨大的挖掘空间。

---

① 该文将金弗索的气候小说 *Flight Behavior* 译为《飞行行为》，国内也有其他学者将其译为《突变的飞行模式》（详见：张慧荣，朱新福：《气候小说〈突变的飞行模式〉的代际正义追寻》），还有的译为《逃逸行为》（详见：胡碧媛：《"知"与"信"：〈逃逸行为〉的生态自我》）。本书在详细研读小说文本的基础上，认为"帝王蝶"异常的飞行路径隐含逃离异常天气影响的意义，所以在具体行文过程中采用的是胡碧媛的译法。

其三，当代美国气候小说研究的中国观照及构建世界文学史的视角。

气候变化是当前全球面临的最大环境危机之一。在结合我国政府一贯坚持绿色发展及"双碳"目标的前提下，越来越多的中国学者将积极参与到与气候小说相关的研究中，并在解读和阐释气候小说呈现的主题意义的过程中试图构建具有中国特色的气候批评话语体系。姜礼福和孟庆粉的《人类世权力话语的建构——论21世纪西方气候小说的中国形象》（2021）站在中国现实的立场，深度探讨了当代美国气候小说构建的中国形象，揭露了以美国为主导的西方国家长期掌控的政治话语权，进而展现中国一贯坚持的"共商应对气候变化挑战之策，共谋人与自然和谐共生之道"（习近平，2021：1）的生态思想。李珂在《气候小说的"人为"原因与人类中心主义——兼谈中国气候小说》（2021）一文中，通过对国内以郑军的作品为代表的气候小说分析，阐明了"人为"原因与以人类为中心的正面叙事的关系。

在对梅内特专著进行批判性评析的基础上，袁源进一步探讨了约翰斯－普特拉的著作《气候变化与当代小说》。袁源指出，普特拉的研究对象针对的是英语小说中的气候变化书写，着重探讨的是小说作品凸显的幸福伦理。《气候变化与当代小说》对21世纪的生态批评以及世界文学的研究具有举足轻重的启示意义，也为国内研究气候小说的学者提供了坚实的文献基础。袁源发表的《气候变化批评：一种建构世界文学史的理论视角》（2022）认为气候变化的全球性特征及当前国内外批评家在哲学、历史、情感及政治等方面对气候小说进行的评论有利于将人类置于星球发展的历史语境中，深度挖掘文学在表征气候变化现状、缓解气候变化问题及积极推进生态可持续发展等方面的现实价值。袁源提出的建构世界文学史的理论视角有效回应了美国学者安德鲁·米尔纳撰写的《人类世小说与世界体系理论》（2021），后者认为在研究气候小说的过程中，可以尝试采用伊曼纽尔·沃勒斯坦（Immanuel Wallerstein）等提出的世界体系理论。

当国内外学术界都在关注英语国家的气候小说研究的时候，国内学者金进和朱钰婷发表了《1990 年代以来中国科幻小说中的气候灾难书写》。（2022）与其他研究气候小说的学者不同的是，金进和朱钰婷并未直接采取气候小说的术语，而是从中国科幻小说入手来解读小说展布的气候灾难。本书认为，这有利于读者进一步理解科幻小说与气候小说之间的异同。换言之，气候小说可以是科幻小说，而科幻小说并非全是气候小说。这与前面提到的刘英和朱新竹在《关系空间与气候小说》一文中阐述的观点有异曲同工之妙，后者也认为，气候小说是当代科幻小说的一个分支。从一定意义来看，此观点利于拓宽气候小说的研究范畴。

通过对比国内外研究现状，本书发现国内外学术界对当代美国气候小说的研究尚处于探索阶段。虽然近来国内学者在此领域的研究成果数量突飞猛进，但从整体来看，其一，国内部分学者的研究方向与国外研究方向基本保持一致，而且倾向于采用"人类世小说"；其二，在具体的论述过程中，间或使用"人类世小说""气候变化小说"以及"气候小说"，术语界定还不明朗；其三，虽然国内也有少数学者和评论家尝试从正义的视角去解读当代美国气候小说，但基本限于代际正义的研究，系统性地去探讨小说作品中的生态正义主题的研究成果极少。鉴于以上原因，本书在充分借鉴国内外学术界已有的研究成果的基础上，在代表性文本的支撑下，采用综合分析与具体文本阐释相结合的方法，试图对当代美国气候小说中的生态正义主题展开深入系统的研究。

研究当代美国气候小说中的生态正义主题不仅仅是因为国内外学者目前对这个主题的研究还不够充分，还因为倡导生态正义有助于正确看待当前气候变化对边缘群体及非人类物种造成的生态正义上的不公平，对缓解气候变化引发的各种危机具有重要的理论意义和现实价值。

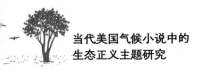
从理论意义来看，首先，本书对有关"气候变化小说""人类世小说""气候小说"的争论进行了梳理。三个术语的交叉使用表明当前国内外学者对气候小说的研究还处于探索阶段，亟须学者对此进行更深的探讨；其次，对气候小说的探究拓展了环境文学的研究范畴，明确将气候小说纳入环境批评理论的研究视域；再次，本书对当代美国气候小说进行研究有利于凸显美国作家在气候变化问题上的态度，以及其作品呈现的美国政府在气候变化问题上一贯采取的"漠视"①态度对全球气候环境造成的破坏性影响；最后，本书对当代美国气候小说中的生态正义主题进行研究有利于将气候变化问题与伦理道德结合起来，以此探析小说作品反映的气候变化语境下的各种生态非正义。

从现实价值来看，其一，探讨当代美国气候小说中的生态正义主题为我国公众了解气候小说、批评家探究国内及国外的气候小说提供了新的窗口。

其二，这有利于对美国政府在气候变化问题上存在的生态正义缺失问题做出中国回应。在气候变化的问题上，中国坚持以身作则，积极主动地应对全球气候变化问题，倡导公平正义地解决气候变化问题，呼吁构建人与自然命运共同体，反观美国，其各界政府在应对气候变化问题上往往持回避或观望态度。在国内层面上，美国不能打破石油大鳄的经济控制，无力推行新清洁能源措施，更难以赋予少数族裔本应该享有的生存和发展权；在国际层面上，美国在气候变化公约和协定上不能做到公平正义地承担碳排放责任。

其三，这在推动国内环境文学家和环境批评家在关注国外气候小说研

---

① "漠视"这一术语首先由美国社会学家卡里·诺加德（Kari Norgaard）提出，意指人类对时刻发生、无所不在的环境变化感觉无从下手、无能为力，从而陷入一种不愿承认、行动麻痹的状态。

究动态的同时，拓展了国内气候小说的创作和批评力度。国内学者站在中国立场书写中国特有的气候小说，传达了中国在应对全球气候变化过程中的大国担当精神。

其四，探讨当代美国气候小说中的生态正义主题将有助于我们更好地理解气候变化语境下人类及非人类物种遭遇的各种非正义对待，以及造成这些非正义现象背后的政治、经济、文化等方面的原因，从而促使读者深度思考气候变化时代该如何行使生态正义的原则。

对此，维勒（Wheele，2012）指出，气候变化影响下的普遍的不可持续发展性成为一个国家内部和世界范围内部不平等现象加剧的根本原因。因此，在当今跨学科研究的推动下，气候科学、环境文学、环境伦理学等诸多学科都开始关注生态正义的问题。各学科之间的交叉融合将气候小说对生态正义主题的呼吁呈现在世人面前，使之成为当代人类无法回避、必须解决的问题。要想改变当前的气候变化状况，消除困扰人类和非人类物种的气候危机，人类必须正视如何实现生态正义的现实问题，必须诉诸科学、文学、道德等多学科手段，才有可能洞察人为活动导致的气候变化问题的严重性以及气候变化问题引发的各种生态非正义现象。各国政府在解决气候变化的问题上只有遵循公平正义的原则，才有可能为解决这一问题寻求新的出路。

当代美国气候小说家对气候问题的关注无疑代表了一部分真正关心星球现状以及未来星球"可持续发展"或"承载能力"（Elliott et al.，2017：17）状况的环保人士的心声。而且，在彰显伦理正义方面，"文学一直是最响亮和最持久的声音之一"（Thornber，2012：11），气候小说家希望文学"作为持续发展不可或缺的"（Johns-Putra，2019：6）的感召力能够警醒人类，激发他们保护人类和非人类物种赖以生存的气候环境的决心和勇气，从而为构建人与自然生命共同体、维护深陷气候危机中的边缘弱势人

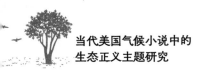

群及非人类物种的平等生存和发展权益而贡献自己的一份力量。

在国内外研究成果的基础上，本书以文本细读为基础，以环境批评倡导的人类与环境和谐共生的生态理念为依托，用生态整体主义的思维方式来看待气候变化的全球化趋势，以伦理学来考量当代美国气候小说中的正义主题，并借助环境批评、后殖民生态批评、生态女性主义等理论来详细阐述当代美国气候小说中的生态正义主题的道德价值及其合理性。具体来说，本书为了探究当代美国气候小说中的生态正义主题，首先从生态正义主题在小说中的重要性谈起，然后根据西方哲学中正义观、生态正义理论及"生态他者"理论，从种际正义、族群正义、性别正义、全球正义以及代际正义这五个方面对当代美国气候小说呈现的生态正义主题展开详细的论述。

萨拉·杰奎特·雷（Sarah Jaquette Ray）在《生态他者：美国文化中的环境排外性》（*The Ecological Other: Environmental Exclusion in American Culture*，2013）一书中提出，在生态危机的语境下，现代美国的环保主义者大都是精英式的，那些土著、移民等都是"生态他者"，他们遭受了严重的环境非正义。而且，在西方生态帝国主义（Huggan et al.，2007：3）霸权政治的压制下，被视为"生态他者"的非人类物种、少数族群、女性、欠发达国家的气候难民以及未来世等的生存和发展权遭遇了前所未有的危机。在这点上，当代美国气候小说聚焦环境问题的热点——气候变化问题，进一步拓展"生态他者"的范围，从微观和宏观两方面来凸显气候变化语境下"他者"群体遭受的生态非正义以及"他者"为争取公平的生存和发展权而进行的抗争。

基于气候小说的主要特征及本书对"生态正义"主题的阐述需要，本书选取以下具有代表性的文本作为研究对象：麦奎尔的《这里》、彭德尔的《大海湾：崩塌的传奇》、盖恩斯的《碳之梦》（*Carbon Dream*，2001）克武的《锋利之北》、罗宾逊的"资本中的科学"三部曲、赫尔佐的《热》、巴奇加卢皮的《水刀子》、金弗索的《逃逸行为》、博伊尔的《地球的朋友》、沃特斯的《冷的安慰：在气候变化中寻爱》等。通过分析作品凸显的生态正义主题的不同方面，本研究旨在动态把握气候变化问题的发展态势及其对弱势人群和非人类物种的当下及未来可能产生的影响。本书选择当代美国气候小说进行研究，不仅仅因为美国是西方发达资本主义国家的代表，其排放的温室气体总量高，还在于美国政府在气候变化政策上长期的生态非正义作为。研究当代美国气候小说凸显的生态正义主题，既能引导国内外环境文学家正视气候变化以及气候小说的创作问题，又能警示未来，促使当下的人类深刻反思自身活动对气候造成的破坏，反思如何在气候变化时代赋予遭受气候灾难的弱势人群及非人类物种享有平等权利的机会。

在以上批评理论和相关文本支撑的基础上，本书将按照下面的思路来探讨当代美国气候小说中的生态正义主题，除绪论和结语外，本书共分六章。

第一章探讨了生态正义主题在当代美国气候小说中的核心地位。气候问题与现代的科技、生产以及消费方式密不可分。气候变化问题的复杂性天然赋予了美国气候小说丰富的思想内涵。表征美式消费主义的阴影、气候"慢暴力"背后的加速资本主义以及彰显生态正义主题等都是当代美国气候小说的主要思想内容，但居于核心地位的是生态正义主题。因为气候是星球万物共享的气候，任何破坏气候环境的个人或群体都剥夺了另外一部分人或群体合法享有适宜气候的权利。正因为气候变化事关正义，该章在展布气候变化给弱势人群和非人类物种带来灾难的同时，认为种际正义、族群正义、性别正义、全球正义以及代际正义五个方面是当代美国气候小说凸显的生态正义主题的丰富内涵。

第二章分析了当代美国气候小说中的种际正义。本章在总体分析气候

变化语境下的非人类物种"他者"的基础上，鸟瞰种际正义主题在当代美国气候小说中的展布。为了深度剖析该类小说凸显的种际正义主题，本章的第三节以深层生态学理论为支撑，以博伊尔的《地球的朋友》为分析对象，详细论证了赋予自然界非人类物种以生态正义的重要性及构建人类与非人类物种间种际正义的必要性。

第三章探究了当代美国气候小说中的族群正义。该章总体表征了气候变化语境下美国少数族裔"他者"生存困境。其中，第二节采取综合分析与个案研究的方法来把握族群正义在当代美国气候小说中的展现，第三节以沃特斯的《冷的安慰：在气候变化中寻爱》为阐释文本，详细分析以爱斯基摩女孩汤米（Tommy）为代表的族群在全球气候变暖的语境下，遭受气候创伤，失去"寒冷文化"的悲惨遭遇，并剖析了他们对美国白人政府制定的不公平政策的控诉，以及他们对少数族群应该享有的平等生存权利的诉求。

第四章分析了当代美国气候小说中的性别正义。该章详细展布了气候变化语境下"他者女性"遭受的悲惨生存处境。其中，第二节通过对多部具有代表性的当代美国气候小说的分析指出，在气候急剧变化时代，长期被视为"他者"的女性正遭遇严重的性别非正义。这些小说在气候变化的语境下倡导性别正义，旨在呼吁公众关注女性群体的生存处境，赋予她们平等的生存和发展权。第三节以保罗·巴奇加卢皮的代表作《水刀子》为分析文本，详细分析了在身处气候变化造成的干旱世界里女性"他者"的生存困境，揭露了造成女性生存危机背后的性别非正义根源。小说中干涸的世界是对女性的悲惨境遇的隐喻，女性对水的渴望隐喻着女性对争取自身公平权利的向往。

第五章探讨了当代美国气候小说中的全球正义。该章首先分析了气候变化语境下的气候难民"他者"，第二节通过对多部具有代表性的当代美国气候小说的研究发现国际层面的气候难民正遭受各种非正义对待。如何安置气候难民、如何给予他们公平的生存和发展权等成为全球性议题之一。第三节以罗宾逊的"资本中的科学"三部曲为例，深度剖析了造成气候难民问题的政治、经济、文化等因素，并聚焦低地海岛国家的气候难民问题，分析导致全球非正义背后的生态帝国主义和强权政治因素，为气候难民争取平等的生存权益而呐喊。

第六章阐述了当代美国气候小说中的代际正义。该章首先针对当代人与未来世之间的关系进行论述，指出未来世被"他者化"的原因。第二节通过对多部具有代表性的当代美国气候小说的论述指出未来世将要继承的是一个充满气候灾难、支离破碎的世界，代际正义的提出就是为了确保在道德层面上留给子孙后代一个生态可持续发展的地球环境。第三节以芭芭拉·金弗索的代表作《逃逸行为》为研究对象，详细分析该小说隐喻的代际正义主题。气候变化将会给子孙后代造成生存危机，这会导致未来世遭遇最大程度的代际非正义。我们倡导生态可持续发展的代际正义观，就是为了在满足当代人合理需求的前提下，又不危及下一代人需要的发展。

结语部分梳理了本书的重要观点，并进一步强调，对当代美国气候小说中的种际正义、族群正义、性别正义、全球正义以及代际正义五个主题的建构，成功地使读者触摸到气候变化问题的具体表现及不同于其他生态灾害的独特性，希望以此引起读者对气候变化问题的关切，使读者通过"移情"与非人类物种和平共处，与其他地方正在遭受气候灾难的弱势人群产生情感共鸣，为女性在全球气候变化问题中遭遇的种种生态非正义而忧伤，为子孙后代赖以生存的气候环境将要发生的异变担忧，进而深刻认识到以美国为首的西方资本主义国家在解决气候变化问题中暴露出的生态帝国主义的丑恶嘴脸，认识到缓解气候变化问题进程中遵循生态正义原则的重要意义。

第一章

生态正义主题在当代美国气候小说中的核心地位

当代美国气候小说在揭露人为活动导致的气候危机的前提下，聚焦当下环境问题最为突出的气候变化议题，又将气候变化给地球万物带来的影响以文学的方式呈现出来。当代美国气候小说通过向读者科普与气候变化相关的科学常识，期望读者能够察觉到气候变化问题的独特性及其导致的气候次生灾害对整个地球环境造成的危害，从而激发读者的共情能力，获得复合性的阅读体验。总的来看，当代美国气候小说旨在揭露人为活动造成的气候问题，为读者呈现物种多样性迅速减少等气候灾害产生的连锁反应，又深度剖析了气候"慢暴力"以及人类与非人类物种在气候灾难中遭受的不公平境遇等气候危机导致的诸多复杂的社会现象。

当代美国气候小说家在其作品中试图表达气候变化对整个社会和时代甚至对地球的未来环境将会造成的巨大影响。尽管美国气候小说在近几十年内才进入公众视野，但这一围绕人类、非人类物种与气候变化问题之间的关系展开的讨论与反思，融文学、气候科学、生态学、伦理学等于一体，从多个视角来审视当前气候变化对整个地球造成破坏的独特文类还是迅速成为学界及普通读者关注的焦点。当代美国气候小说不仅致力于表现人为活动导致的气候变化问题，而且着力表现身处气候困境中的弱势群体及非人类物种遭受的不公平待遇，希冀个体和国家能够走出以自我为中心的桎梏，摆脱"人类中心主义"的观念，在解决气候变化问题的过程中担负起应该有的道德责任感。

当代美国气候小说以气候变化为创作背景，揭露人为因素对气候造成的破坏，或是通过描写气候变化给人类和非人类物种造成的伤害来凸显解决气候变化问题的紧迫性。可以说，当代美国气候小说天然拥有丰富多彩的思想内容，如抨击美式消费对气候变化造成的影响，揭露气候"慢暴力"背后的加速资本主义造成的贫富差距，呼吁在解决气候变化问题过程中生态正义的归位等。在这所有的思想内容中，彰显生态正义逐渐成为当代美国气候小说聚焦的核心主题。因为气候变化问题不但暴露出了社会关系之间的各种非正义行径，加剧了气候变化危机导致的次生灾害，而且"如果不解决气候变化与正义之间的交互影响，就绝不可能成功应对气候变化"（Johnson，2009：301）。由此看来，生态正义主题是当代美国气候小说的灵魂所在，也是其存在的现实意义。

第一节
当代美国气候小说的主要思想内容

一、消费阴影下的气候变化

以超验主义哲学家爱默生和梭罗为代表的美国早期环境文学家突出表现对自然和荒野的歌颂和敬畏，着意描写人类与非人类物种在自然界中相

互依存的关系。比如爱默生倡导的"沉浸式"体验自然的方式指出，人类
如果能够效仿自然的生活方式，在与大自然合二为一的过程中达到"超
灵"的境界，人与自然才是真正的和谐共处。梭罗更是独自在瓦尔登湖生
活了两年，以回归原始的自然生活方式实践着爱默生的超验主义哲学。他
远离人类文明的器具，单凭自己的双手来建造房屋、种植农作物。他"像
动物一样，只吃最为简单的食物，但他仍旧能够保持足够的健康和强壮"
（Henry D. Thoreau，2004：51）。

　　然而，随着工业革命的发展，人类的消费方式逐渐向无节制和不可控
的方向发展，这为人类自身及自然界中的其他物种带来了不良影响。劳伦
斯·布伊尔（2005）指出，如果人们不从根本上改变当前的生活方式，地
球这个星球上的生命能够幸存下来将是个问题。劳伦斯·布伊尔提到的
"当前的生活方式"主要是指以美国为代表的西方发达资本主义国家的消
费方式。通过文学想象的空间，当代美国气候小说家将美式消费对气候变
化造成的破坏生动地呈现出来，并以此警示公众积极审视消费模式对气候
变化施加的压力。

　　当今美式消费加快了气候恶化的速度，这一点早已成为气候科学家的
共识。社会学家邓拉普（Dunlap）认为，从全球范围看，美国人是无休止
的消费者，国民消费趋向与模式与二氧化碳排放有着直接和间接的关系
（Dunlap et al.，2015）。这真实地反映了当下以美国为首的资本主义消费
方式对全球气候变化造成的巨大影响。对此，亚瑟·赫尔佐在小说《热》
中就美式消费与气候变化之间的关系做了详细的描写。根据小说的描述，
"美国巨大的能源消耗和由此产生的热量输出会加剧当前的气候变化问题，
使本已不稳定的大气状况变得更加糟糕。我们（美国人民）一直为我们的
生活水平感到骄傲——6% 的人口消耗了世界近一半的能源"（119）。小说
略带讽刺的话语一针见血地指出，美国——尤其是美国富裕的白人阶层，

他们大肆消费，完全不顾及高消费将会对大气环境造成多么大的伤害，而气候变化又将会对处于边缘地位和底层的群体造成多么大的影响。

美国人"感到骄傲"的生活方式恰恰是加速气候变化的主要因素之一。在气候小说《热》中，那些敏感的科学家认为，"气候灾难似乎成了永恒生活的一部分"（21）。在来势汹汹的极端天气面前，赫尔佐笔下的美国政府也不得不思考如何看待气候变化与消费模式之间的因果关系。全球气候变暖造成美国大部分地区持续高温，在极端热浪的逼迫下，以劳伦斯·皮克（Lawrence Pick）为首的一批科学家向美国政府倡议，希望能够采取措施，尽快降低碳排放量，以缓解气温居高不下的现状。在无处可逃的极端高温的肆虐面前，美国政府颁布法令，要求美国民众简化当前的消费模式，尽量"骑自行车或者坐公共交通工具出行。购买低排放汽车"（329）。但遗憾的是，美国政府颁布的减排政策并未取得预期的效果。早已适应这种碳密集型消费模式的美国民众非但拒绝执行，以密苏里、印第安纳、俄亥俄、西宾夕法尼亚等州为代表的民众更是以集中游行的方式反对政府倡导的降低消费水平的政策。归根究底，这些消费者已无法遏制早已被西方资本主义操控的消费欲望和激情，以至于他们很难接受政府的减排政策。

消费是一种复杂的社会和心理现象，对于大部分美国民众来讲，消费不仅仅裹挟了他们的物质生活领域，更影响了他们的文化观念。小说中的民众不执行政府降碳减排政策，多是为了追求一种被制造出来的、被刺激起来的欲望，这种欲望背后被认为是消费与地位、阶级、文化的畸形勾连。正如邓拉普（2015）所言，"碳密集型消费的一个关键驱动力是人们对社会尊重和社会地位的渴求"（101）。因此，当小说中的美国政府要求民众改变当前的消费生活方式时，这项政策似乎瞬间引起"灾难前的恐慌"（Herzog，2003：159）。对于大部分富裕的美国白人阶层来讲，气候变化带来的灾难不至于很快降临到他们头上，而改变消费模式则会直接影响他

们依靠物质而产生的畸形精神满足，对于高等社会地位的迷恋，以及对于消费文化傍身的优越感。

在当今的美国社会文化语境中，消费已经成为一种文化符号，代表着一个人的身份和地位。当代美国气候小说解构了这种文化思维模式，直接将美式消费模式对气候造成的影响推至世人面前，让他们不得不正视消费对气候产生的巨大破坏。恰如小说《热》中所言，极端天气现象不会让他们恐慌，但消费模式的改变却可以让他们感觉"末日"来临。其中原因在于一旦政府采取措施限制当前的消费模式，他们就会失去这种文化符号的象征意义。对此，小说中的社会活动家瑞塔（Rita）尖锐地指出：

> 任何人，在面对必须要尽快做出改变的事实面前，都会感到改变的过程是极其困难的。就美国人而言，虽然消费主义看起来很现代，但事实上它已经发展并渗透为一种社会组织形式。（Herzog，2003：238）

瑞塔的话再次印证这样的事实：对美国人而言，现代的消费模式已经根深蒂固，尽管这种消费模式在很大程度上决定了大气中二氧化碳的浓度，尽管这种消费模式已经对气候产生极大的影响，尽管气候异常已经导致多种生态灾难，但在他们心中，已有的消费模式如同他们的信仰一般存在，如若立刻改变或者消除，他们是无法接受的。因为他们的"地位、舒适、成功等——所有社会表现的指标最终都是基于消费品的产出和使用"（238）。

对此，罗宾逊（2004）在其"资本中的科学"三部曲中尖锐地指出，"美国消费的资源是它实际占有面积的十倍。所以，如果地球上的每个人都像我们（美国人）一样生活，考虑到世界上很多地方的人口密度很大，那就相当于有 14 个地球来养活我们所有的人"（148）。由此可知，美国人不仅占有和消耗世界上绝大部分的资源，而且其无节制的高消费以及资本主义的经济发展直接为大气中二氧化碳等温室气体浓度的升高"贡献"了力量。"特别是近年来，居民生活直接和间接消费的能源不断增长，成为碳排放的重要组成部分，在许多发达国家甚至已超过产业部分，成为碳排放的主要增长点"（陈婧，2011：23）。对此，罗宾逊在其"资本中的科学"三部曲之一的《四十种雨前征兆》（*Forty Signs of Rain*）中多次提到科学家弗兰克对美国高消费社会的感受：

> （汽车）走走停停，停停走走。汽车移动的速度不比弗兰克步行的速度快。他想知道，为什么某些转向灯显示出人们急切地想换车道，而其他的转向灯则显得耐心而高贵。也许是眨眼的速度，或者是汽车离它想要通过的车道线有多近。尽管快速的眨眼看起来确实是一种坚持和抱怨，而缓慢眨眼则显示出一种坚定的惯性。(119)

"技术的崇高"（119）赋予人类一种高高在上的心理优越感。长期处于这种优越心理环境下的美国民众早已迷失了自我，深陷消费的旋涡而不自知。

气候变化的速度和已经产生的诸多危机不容小觑，消费模式的改变也是刻不容缓。如何让民众从思想上意识到当前消费模式对气候产生的影响，如何让他们认识到一旦气候变化导致的危机全面爆发，人类和地球上的其他非人类物种的生存将陷入危险之中，这都成为社会学家和文学家面临的挑战之一。对此，小说《热》中的社会学家瑞塔认为，他们"需要一些东西来代替获取和消费……他们也需要学会分享和具备同理心"（Herzog，

2003：239）。但分享的意识和同理心需要时间逐渐培养，人类在气候变化导致的灾难面前已经没有足够的时间去慢慢培养理性的消费模式。因此，"在出现消费品的替代品之前，（美国民众）的消费模式必须改变"（239），"在美国，消费伦理的作用将是极其重要的"（133）。

对此，当代美国气候小说将民众置于宏大的气候叙事框架之中，置于更宽广的社会经济、技术水平、社会文化和自然生态系统之中，明晰消费模式与碳排放规模与气候变化速度之间的关系，从而以极具艺术性而又精确的未来图景描画、以寓言式的语言表达方式警醒读者。按照小说《热》的描述，迫使美国人最终接受消费模式改变的原因是"气候变化的事实正变得越来越不容置疑"（241）。他们也认识到，现代主义的消费模式势必要加以改变，我们要从超验主义时代汲取经验，提倡"更简单的存在"（241）的生活方式。不然，也许在不久的未来，"世界就是这样结束的，不是在砰的一声或呜咽声中，而是在疯狂和奄奄一息中灭亡"（247），到那个时候，"开始就是结束，结束亦是开始"（250）。

当代美国气候小说呈现的美式消费模式带有明显的非正义倾向。这是发达国家为了追求高消费的生活方式而对贫穷的弱小国家造成的资源分配不均和环境破坏等方面的非正义问题。王慧慧等（2016）认为，从历史背景来看，发达国家自工业革命以来的生产活动是全球温室气体历史排放的主要来源，占历史总排放的95%。他们在消耗资源、污染和破坏环境的同时却逃避应该担负的责任，不愿意兼顾其他弱小国家群体的生存权利和应该享有的正义。归根结底，当代美国气候小说凸显的消费与气候变化之间的问题实质上也是事关生态正义的问题。

二、气候"慢暴力"

为了凸显气候变化的"慢暴力"[①],当代美国气候小说家尝试回到过去，溯源人类诞生之日起就对气候造成的影响痕迹。人类对地球的影响已经如此深远，以至于科学家们认为"地球已经结束了持续 11700 多年的'全新世'，进入了深深烙刻着人类活动痕迹的'人类世'[②] 这一地质年代"（姜礼福，孟庆粉，2018：44）。因此，在物质文明达到前所未有的时代里，"人类成为自身生存和地球环境的最大威胁"（姜礼福，2017：132），成为破坏气候环境的主要因子。"人类世"概念的提出促使人类思考他们的活动对自身环境和非人类物种的环境在时空尺度上的无法预想性。批评家克拉克曾说，"人类世"形塑了一种"艺术和文学，它们是触及人类心理和想象本身极限的一个门槛"（Clark，2011：176）。当代美国气候小说跳出时间的桎梏来书写"人类世"时代的气候变化，从文学的角度表征气候变化的"慢暴力"。在气候小说家的创作世界里，气候"慢暴力"可能会导致人类世界的灭绝，而气候小说堪比一种"前瞻性的考古学"（Mertens et al.，2018：135），它可以生动地展现濒临灭绝的人类或者已经灭绝的人类将会在这个世界上留下了什么，借此无情地指出人类物种对这个星球的现在和未来造成的巨大影响。

当代美国气候小说为我们提供了一个可以想象气候变化未来的契机。

---

① 在《慢暴力与穷人的环保主义》（*Slow Violence and the Environmentalism of the Poor*, 2011）一书中，罗伯·尼克森（Rob Nixon）创造性地采用"慢暴力"的概念来形容人类破坏性的活动对生物的生存环境的影响、释放的温室气体对大气环境的危害等系列慢性事件。气候变化就是这样的"慢暴力"事件，它与通常意义上的"暴力"概念不同，气候的"慢暴力"既不是壮观的也不是瞬间能发生的，而是渐进式的、不断增强的。而且，气候"慢暴力"造成的灾难性影响有时会持续几百年。比如，气候变化导致的冰冻圈融化、海平面上升等，这些"慢暴力"事件造成的危害都是潜在的，而且具有延迟的巨大破坏性等特点。
② "人类世"是指我们目前所处的一个新的地质年代，也是迄今为止所采用的地质年代链中最新的一环。相较于前几个时代而言，"人类世"的显著之处在于人类及其活动在许多"关键过程"中起着主导作用。由此，"人类世"也被称为由人类活动主导的当代全球环境时代。

因为只有创造一个气候变化的"将来完成时"（Klein，2013：83），人们才可能从中体悟自身活动对星球造成的不可逆破坏，才有可能真正认识到自己的错误。芭芭拉·亚当（Barbara Adam，1998）在《现代性的时间尺度》（*Timescapes of Modernity*）一书中提出了时间尺度的概念，认为用时间尺度可以表征环境破坏的复杂性及其螺旋上升性的特点。如同景观可以"标识过去和现在活动的空间特征"一样，时间尺度"强调了生命体的间断性特点"（10）。它强调的是双方互动的节奏性变化。将气候变化的"慢暴力"放在时间轴上去呈现的话，人们就能清晰地看出人类活动与气候变化二者之间节奏的变化性。在时间尺度上考察气候变化的过程可以把我们的注意力指向看不见的、无法触及的气候变化的未来。

例如，理查德·麦圭尔的气候小说《这里》就创新性地采用"时间尺度"来表现气候"慢暴力"。小说描述的主要对象并非一个人，而是一个地方，是作家童年时期待过的家的位置。小说的开篇就详细展现了房间的每一个角落，然后从下一页开始，故事情节开始在时间轴上来回跳跃，但着眼点依旧停留在这个角落。作者将故事按照时间尺度进行分层，层层叠加，读者在阅读的过程中看到的不是整个画面，不是整件事情的来龙去脉，他们需要在阅读中将不同的框架层次连接起来，层层叠加出作者想要隐喻的气候变化状态真相：气候变化就是这般随着人类时间的推进而逐步变化的，我们很难在瞬间看到它的全部。

在数百年时间的来回跳跃中，麦圭尔突出人、动物、房间和树木等存在物"此时"与"彼时"的不同状态，他（它）们过去或将来可能会出现在这个地方，但他（它）们现在并不在这里。小说的前七页似乎只是以交代背景的方式展示了不同时期的房间角落，但从第八页开始，读者会发现在 1623 年的时候，这个地方是一片森林，但这片森林此时已经消失。在 2111 年，一场洪水摧毁了房子，这个地方变成了一片汪洋。在 2213 年，当一名导游带领游客来此参观的时候，导游告诉他们，这里曾经矗立着一座房子，但此刻这里变成了一片沼泽。到了 2313 年，几名身穿防护服的工作人员在这里测量辐射量。当时间跳回到公元前 8000 年的时候，这里有一个湖，但却没有任何人类存在过的痕迹。可以说，小说《这里》包含了诸多的"不在场"，而这些"不在场"恰又能引起读者对气候"慢暴力"的共鸣。

通过分层呈现故事的叙事结构，麦圭尔引领读者清晰地感受到气候变化的复杂性。小说展现的每一层画面都如同被放大了的横截面标本，可以让读者进入一个微观世界，看到特定时间段里气候变化的具体进程。时间的交叉与时空的重叠让读者在时间的纵轴上与历史景象的横轴上穿梭，明晰气候变化的过去和未来。回顾过去，在人类文明出现以前，这个"地方"还是非人类物种遵循自然选择规律的原始和纯自然状态。然而，伴随人类文明的不断繁荣发展，当读者站在现在的历史节点上看，非人类物种的生存环境和生存空间在逐渐地损坏和缩小。当人类一味地为了利益而追求经济飞速发展的同时，全球变暖的速度也在逐步加快。当"慢暴力"逐渐发生并最终出现在大众视线范围内的时候，它的破坏性将在未来愈加膨胀，并最终带来灾难。

综上所述，麦圭尔通过"地方"的历时性变迁，赋予"地方"以记忆气候变化的超能力。气候"慢暴力"的延迟性和不可见性挑战了气候小说家的创作能力，因为这需要"创新性的方式激起读者对灾难性事件的注意力，而且这些灾难性事件大多不是突发的，但它们会对未来造成潜在的巨大影响力"（Nixon，2011：10）。从这点来看，当代美国气候小说为我们提供了思考气候"慢暴力"的全新视角。

除了以创新的写作技巧展现气候"慢暴力"，作家们也以具体而现实的叙事情节向我们展现这种"慢暴力"给特定人群带来的伤害。比如，卡

洛斯·布洛桑（Carlos Bulosan）在小说《哭泣和奉献》（*The Cry and the Dedication*，1995）中指出，统治阶级为了获取利益，在贫穷的菲律宾某地设立有毒工厂，大肆掠夺肥沃的土地和丰富的资源。有毒工厂造成当地环境深受"毒害"，而且这种"毒害"是延续几代的危害。对于那些贫穷的社区居民来讲，他们不愿流离失所，却最终成为"慢暴力"的受害者，承担本不应该承担的环境非正义。

再比如，戴尔·彭德尔的气候小说《大海湾：崩塌的传奇》讲述了加州中央山谷的境遇。作者将时间设在未来时刻，在未来的某一天，现在的山谷在不断上升的海平面的侵蚀下，逐渐变成了巨大的海湾。在具体表征气候"慢暴力"对中央山谷的影响过程中，彭德尔采用拼贴画的模式，将与这个山谷（海湾）相关的报纸文章、历史书、采访日记以及与这个地方有关的地理地图等资料全部呈现在读者面前，呈现了山谷从 2021 年到未来的 16000 年间的历时性变化。在这期间，由于气候变化和全球性流行病的暴发，人类的数量和物种多样性急剧降低。

与前面提到的麦圭尔的创作技法一样，彭德尔也选取了一个"地方"作为小说的主角。这个地方就是"大海湾"。小说以"大海湾"的（未来）历史为叙事中心，重点向读者展现 2021 年以来生活在那里的人们的生活状况。彭德尔将人类的生命周期、社区还有整个社会都囊括在全球变暖的影响下，从而强调时间尺度上人为活动导致的气候"慢暴力"的特点。比如，小说提到一个和尚的日记。日记的名字叫《长途跋涉》（Pendell，2010：129）。虽然这部分是书中最长的片段，但它的时间跨度只有 3 个月。和尚以天为单位来测量时间，按照书中的描述，到 6 月 12 日，和尚已经在"山艾树上旅行了 2 个多月了"（172）。和尚的旅行时间尺度与地球历史的时间尺度形成了鲜明的对比，因为地球"已经在半个世纪的时间内进入了上新世的气候时代"（187）。对人类来说，这似乎是永恒的，但这个更温暖的时期是短暂的，因为在 500 年后，地球又开始冷却。彭德尔采用比较的方式，强调全球变暖的时间尺度，这个尺度在整个地球历史的时间尺度中也许是短暂的，但它在人类历史的时间尺度中却是长久的。

彭德尔的《大海湾：崩塌的传奇》可以说是对尼克森提出的气候"慢暴力"的文学式回应。它既通过特殊文学技巧所展现出的时间跨度使读者感受到气候"慢暴力"的潜在危害，同时也以现实主义的批判精神谴责了当前那些执意奉行加速资本主义而枉顾气候状况的西方发达资本主义国家。尽管《大海湾：崩塌的传奇》并没有刻意地让"气候变化更加壮观、更具有戏剧性，并让气候变化浓缩在某一个场景或某一个人物身上"而"改变虚构的气候事实"（Trexler et al.，2014：205-206），但它又具有典型性。因为它成功地为书写"人类世"时代的气候变化问题塑造了多种现实（Clark，2015：179）。

气候变化问题的严重性迫使我们不得不正视"慢暴力"现象的存在及其潜移默化的影响。在这个问题上，尼克森也强调说，我们迫切需要将公众的注意力引导到理解气候"慢暴力"的问题上。而富有想象力的当代美国气候小说可以作为一种驱动手段，推动读者"在一个充斥着隐蔽的、看不见或难以觉察的暴力的世界里探寻暴力背后的真相"（Nixon，2011：15），探寻隐藏在气候"慢暴力"过程中的生态非正义现象。

三、彰显生态正义的主题

当代美国气候小说对美式消费主义及隐藏在气候"慢暴力"背后的加速资本主义发展方式进行了无情的揭露与批判。同时，它指出，潜藏在气候变化现象背后的是西方资本主义国家的生态帝国主义本质、强权政治话语以及资本主义社会催生出的消极文化观念等，这些最终成为侵占他国自然资源的"精神毒药"。同时，这些问题直指以美国为首的西方资本主义

国家以自我为中心，枉顾气候灾害给"他者"带来生存威胁的生态非正义行径。露瑟（Roser）认为，"气候变化是一项道德（伦理）的挑战"（Roser et al.，2016：1）。当代美国气候小说阐述气候"慢暴力"及美式消费等社会问题对气候状况影响的最终目的就是谴责这些生态非正义行径，彰显作家在全球气候变化问题中呼唤生态正义、渴望在更大的社会范围及社会关系中建立生态正义关系的主要思想内容。

与环境文学彰显的环境正义主题相比，当代美国气候小说凸显的生态正义主题有其独特的内涵和现实意义。就环境文学倡导的环境正义主题而言，其主要内容在于揭露人类对地球环境造成的破坏以及这些破坏对包括人类在内的地球生物造成的不平等影响。而且，"环境"一词的概念指涉范围较大，不利于聚焦"正义"的主体性。反之，当代美国气候小说聚焦当下环境问题中最为突出的气候变化问题，在详细展现气候变化的现状及其对人类及非人类物种造成的巨大影响的同时，又不无讽刺地指出隐藏在气候变化问题背后的人类欲望的无限膨胀、人类自身道德感的缺失、国家层面公平正义的失声等才是导致当前气候变化问题迟迟得不到缓解的真正原因。从这点来看，探究当代美国气候小说中的生态正义主题一方面可以拓展正义容纳的主体范畴，另一方面还可以透视气候变化对弱势群体和非人类物种造成的各种非正义困境，激发人类在气候变化的问题上追求公平正义原则的决心和勇气。

沿此思路，在对具有代表性的当代美国气候小说进行文本细读的基础上，本书认为当代美国气候小说彰显的生态正义主题"要求公平、公正地分担气候变化带来的负担和利益，并解决气候变化问题。它将人类与非人类物种、几代人之间的正义结合在一起"（Kanbur et al.，2019：1）。鉴于此，除了上文提到的国家、种族、阶级之间的正义追求，当代美国气候小说凸显的生态正义主题可以大致归纳为五个维度的内容：一是憧憬人类与非人类物种之间和谐共处的种际正义；二是守护少数族裔生存权的族群正义；三是维护女性平等地位的性别正义；四是关照国际层面气候难民困境的全球正义；五是善待未来世生存环境的代际正义。关于这五个生态正义主题的具体内涵，本书将在接下来的内容中进行专门的论述。下面我们来探讨生态正义主题在当代美国气候小说中的重要意义。

第二节
生态正义主题在当代美国气候小说中的重要意义

　　随着气候变化问题的愈加严重，大量美国气候小说家发现，气候变化绝不仅仅只是一个生态问题，它"源于社会问题"（Bookchin，1990：47），它间接表征"其物理的、社会经济和政治影响的不平等性质以及非人类对这些影响的反应"（Kallhoff，2021：iv），它与"更普遍的正义概念密切相关"（Vanderheiden，2008：99）。气候变化的产生及气候灾难带来的伤害背后往往隐藏着如政治霸权等诸多社会问题。比如，为了攫取巨大的经济利益，以美国为代表的西方资本主义国家无视其他国家和民众的健康福祉，肆无忌惮地向大气排放二氧化碳等温室气体。快速升高的气温和海平面又导致贫穷的边缘岛国陷入被洪水淹没的危险，异常的气候也改变了大陆生态系统，导致非人类物种的生存栖息地遭遇严重破坏，物种多样性急剧降低。然而，造成气候变化的以美国为首的发达国家却不愿为此承担必要的责任和义务。

　　那些贫穷的边缘岛国和自然界中的非人类物种却要面临严重的生存危机，这对他们来说是极其不公正的。更有甚者，西方资本主义国家为了本国环境不受破坏，将有害物质转嫁到第三世界国家，这导致当地的人类和非人类物种遭受长期的、神秘的、莫名其妙的伤亡。很明显的一个例子就是：作为"目前为止世界上污染最为严重的地方"（转引自 Cooke，2009：168）的马绍尔群岛，这个地方目前还在源源不断地出现"水母婴儿"——没有头、没有眼睛、没有四肢的人类婴儿，他们可能只能活几个小时。所以说，政治和经济地位上的不平等关系，必然会导致第三世界国家"在环境方面付出毁灭性的代价"（De Rivero，2001：110）。

在不断恶化的气候变化面前，各国政府首先意识到气候与正义之间的关系。作为人均碳排放量最大的国家，尽管美国各届政府在制定气候变化政策以及参与全球气候变化大会过程中的态度始终摇摆不定，2021年新晋的拜登政府也明确提出"气候正义"的问题，该政府宣布要确保对美国国内的弱势群体和遭受气候灾难的受损部门给予政策支持。但值得注意的是，拜登政府所谓的"气候正义"从本质上来看则是非正义的。一方面，该政府认定的赋予"气候正义"的主体是美国国内民众，这无形中就排除了遭受气候灾难而无家可归的其他欠发达国家的气候难民，另一方面，美国国内根深蒂固的种族歧视政策和阶级矛盾注定其国内的少数族裔无法享有公平的气候政策，其所谓"美国国内的弱势群体"亦可理解为白人阶层。反观作为世界上最大的发展中国家，中国政府高度重视气候变化问题，一贯坚持走绿色低碳发展的道路，坚持构建人类命运共同体，共建人与自然生命共同体。在应对气候变化的问题上，中国政府始终以人民为中心，尽可能地减轻气候灾难给人民群众的生命安全造成的损失。同时，秉承对子孙后代负责任的态度，中国政府坚持在绿色转型的过程中实现社会公平正义。从一定意义上讲，与生态正义相关的气候变化问题已经成为各国政治博弈的重中之重。而文学是对社会现实的艺术性关照，这也成为当代美国气候小说中生态正义主题诞生的重要社会背景。

气候变化影响的现实不均衡性成为当代美国气候小说中的生态正义主题诞生的重要社会背景，而西方哲学追求正义、弘扬正义的传统则为其提供了坚实的理论基础。柏拉图在其《理想国》中将希腊城邦中的人群分为三类。他认为，只要统治者、辅助者以及无产者三者能够在各自的职位上做好自己的本职工作，严格遵循社会各项规章制度，国家就会实现真

正的公平正义。换言之，"正义就是一个人做他的能力使他所处的生活地位中的工作"（柏拉图，2002：172）。罗尔斯（Rawls，2005）认为正义就是"避免过多犯罪。不要通过剥夺他人的东西、他人的财产等来获得自己的利益"（9）。英国哲学家布莱恩·巴利（2004）认为，"任何正义理论的核心问题都是对于人与人之间不平等关系的辩护，在我们的社会里存在着的政治、社会地位以及在经济资源支配方面的巨大不平等"（3）。罗尔斯（2005）认为，"正义是社会制度的首要德性"（3），正如真理是思想体系的首要德性一样。无论一个理论多么优雅和实惠，如果它不能有效地付诸实践，那它注定是要被淘汰的。同样地，不管法律和机构的办事效率有多高，工作安排得有多周全，如果它们不能代表公平正义，那它们注定会被废除。

正义的原则不允许以牺牲大部分人的利益来换取少数人享有的更大的利益。西方资本主义国家在原始资本积累的早期，就以牺牲大部分人共享的环境利益为代价来换取少部分人的特权，而今，这种非正义行径继续剥夺着本应该享有适宜气候条件的人类和全体非人类物种应该享有的生存和可持续发展权。在罗尔斯看来，"真理与正义是人类社会的首要德性，不容妥协"（4），而气候变化"正引起深刻而重大的伦理问题"（Brown et al.，2006：549）。因此，弥漫在美国社会各领域的正义问题思辨与正义准则追求为当代美国气候小说中生态正义主题的深化与内涵的不断扩充提供了扎实的思想基础。

然而，西方哲学界在阐述正义理论时多聚焦于人与人之间的正义问题，缺乏对"人与自然之间正义秩序"（龙娟，2009：48）认知的过程。罗尔斯的"公平即正义"的观点在理想状态下超越了国家和民族的限制，将正义原则推至全球范围内并延展至非人类物种的范畴。罗尔斯提出的具有普适性意义的正义论为气候小说家将气候问题的相关生态思省与正义准则相联系提供了重要的学理基础。

生态正义解决的是人与自然之间以及人与人之间围绕生态失衡而产生的非正义问题。气候变化问题的严峻性亟待生态正义之复位。在二者之间关系的问题上，恩格斯（1984）曾经指出："文明是一个对抗的过程，这个过程以其至今为止的形式使土地贫瘠、使森林荒芜，使土壤不能产生其最初的产品，并使气候恶化"（311）。气候恶化导致的生态失衡以及由此引发的生态正义的缺席成为解决全球性气候变化问题的难题。鉴于此，雷芳（2017）指出：

> 生态正义思想立足人类社会实践，从社会制度和生产关系探索人与自然的具体、历史、动态的辩证关系，立足于现实的人和现实的社会去认识和协调人与自然、人与人和人与社会的关系，立足于人类社会进步去实现自然生态的良性发展，促进人与自然不断地向对方生成，以实现人向自然、社会的复归。（163）

由此，当代美国气候变化小说凸显的生态正义主题恰逢其时，它有力地促使人们深度思考在气候变化语境下，人与人之间、人与非人类物种之间的正义问题，促使人类审视自我在气候变化语境下的角色定位，促使人类不断认识到只有维持生态系统的平衡和完整，包括人类在内的地球万物才能实现生态可持续发展。正如马克思所言，"任何一种解放都是把人的世界和人的关系还给人自己"（马克思，恩格斯，1995：613）。同样的道理，在解决气候变化的问题上，生态正义的复归将从一定程度上解决当今世界社会秩序的混乱以及各项正义的失衡问题。

气候变化语境下的生态正义主题凸显的不仅仅是人类与自然之间的正义，更是一种人与人之间的社会正义。可以说，一个生态绿色社会的构建，

在某种程度上，不仅要解决生态可持续的问题，而且要能保证非人类物种及"生态他者"群体的社会公正。"道德不是人类的专利，并非只有人类才享有道德权利和道德待遇，生物、自然界也应当享有人类享有的道德权利和道德待遇""人类公正行为的概念应该扩大到对生物和自然界的关心和爱护"（转引自程立显，2000：104）。郎廷建（2019）认为，生态正义"把原本不是正义理论研究对象的人与自然的关系创造性地纳入研究范围"（97），极大地拓展了正义概念的研究范畴，旨在强调人为活动对生态环境破坏基础上的补偿性正义，表征的是人与自然之间理应维持的公平和谐秩序，体现的是"人类对人与自然关系认识深化的表现"（董岩，2016：39）。这里的"关系"可以说是生态正义的基本要素之一。王鲁玉（2022）认为，生态正义属于"关系"的范畴，其"指涉的主体包括人、自然和社会"（28）。如果将这三个主体之间的关系进一步拓展深化，生态正义的主体"关系"可以扩展为人类与非人类物种之间的种际正义、人与人之间的正义、国家与国家之间的正义、当代与未来世之间的代际正义等维度。由此可知，生态正义"是调节人、自然、社会之间生态关系的基本范畴，旨在追求基于生态的公正平等的权利、义务和利益"（29）。

正是在社会现实、思想基础、学理基础等前提的奠基之下，当代美国气候小说中的生态正义主题成为作家们思考气候变化之诱因、气候变化产生的多方面影响、气候灾难的衍生社会问题、如何减缓气候恶化态势等问题的主要思考方向，并逐渐内化为气候小说的极其重要的主题。

"艺术不是一面高举在面前的镜子，而是一把用来塑造现实的锤子"（Leonard et al.，1993：80）。当代美国气候小说通过"想象性的艺术"（Wellek et al.，1956：10），在引导读者深刻反思人类活动对全球气候变化产生的巨大影响的前提下，又深度思考人类与非人类物种遭遇的气候非正义问题，并"将我们的理解扩展到那些未来有可能遭受气候变化影响的人类身上"（姜礼福，2017：132）。这种探讨人类反思自身行为的"责任诗学"[1] 在强调"气候文化"[2] 的社会和政治实践功能的同时，进一步强调了当代美国气候小说中的生态正义主题的重要性。

在此基础上，吉安达（Giunta，2016）指出，"虽然气候变化的影响是全球性的，每一个人都深受其害，但从遭受气候灾难的程度上来看，那些对气候变化责任最小、处于最不利地位的人群和非人类物种却遭受气候灾难的程度最大"（34）。因为气候变化是一个权利问题，它影响着我们的生计、我们的健康、我们的孩子以及与我们相关的其他非人类物种。显而易见，气候变化危机所暴露出的环境非正义行径是复杂而多元的，它不仅揭示了人类与非人类物种之间失衡的交际模式与关系，更反映出了以气候变化为中心的人与人之间对立冲突的交往行为与意识模态。因此，生态正义主题在当代美国气候小说中的重要性也是多层次的。

首先，作为美国环境文学在气候变化问题上的具体表征，当代美国气候小说不可避免地传承并革新了美国环境文学倡导的"环境正义"[3] 内涵，可以说，在生态批评的阐释下，当代美国气候小说是对环境正义的最新回应。它有效回应了人类世时代气候变化导致的生态焦虑，将环境文学倡导

---

[1]　厄休拉·海塞认为，与"真实性诗学"不同，"责任诗学"认为，地球的每一次变化实际上都是人类自身的变化。地球的标准就是人类自身的标准。对于人类的渴望，我们不应该掩饰这种世界的政治决定，不管是自然秩序的客观性，还是精神直觉的主观神秘性。

[2]　"气候文化"：在《气候变化小说：全球变暖在美国文学中的表征》一书中，美国学者安东尼娅·梅内特多次提到了"气候文化"的概念。她指出，"气候文化"的概念借鉴了唐娜·哈拉威（Donna Haraway）有关"自然文化"的概念。"自然文化"的核心在于理解"人类是现实集合的一部分"，而不是意义创造的起源。自然与文化总是相辅相成的，彼此成为的。从这个意义上来看，气候变化必然反映人类文化，气候与文化总是共同构成的。当代美国小说在提供引人入胜的故事情节的同时，引导读者从星球和时间维度对气候变化问题进行道德维度上的深思。梅内特称之为"气候"与"文化"的杂糅。

[3]　美国的环境正义运动兴起于20世纪80年代。它与社会正义密不可分，二者之间本质上的关联性要求环境文学家与批评家在文学创作与文学批评的过程中将二者有效结合。从一定意义上讲，"环境正义"概念是"社会正义"概念在人与自然界关系领域的进一步延伸，处理的是人与自然之间以及人与人之间的关系问题，凸显的是人类活动破坏自然却又没有履行责任义务的道德伦理问题。

的正义主题扩展到深受气候灾难的受害者（包括非人类物种在内）身上。而且，气候小说文本构建的故事情节具有强大的想象功能，它将似乎遥不可及的全球变暖现象融进人们的日常，逐渐在人们的意识中变为存在的现实。可以说，当代美国气候小说是对第二波生态批评的实践性成果，因为它有效回应了"生态批评没有恰当地以真正全球性问题所要求的方式和规模做出回应"（Clark，2015：11）的质疑。

气候小说文本成为反映现实气候危机的载体，并以此将公平正义的理念作为推动社会不断前进的驱动力，促使读者在文学戏剧化创造的可能世界中感受气候变化对整体人类乃至整个星球的未来造成的潜在危害。当代社会的诸多不确定性增加了风险社会的不安全因素，沉迷物质追求中的人类无暇顾及周围环境的变化，他们也不去过多地思考人类自身到底对整个气候系统的失衡造成了多大程度的破坏。尽管之前的环境文学给予了破坏环境的人类以无情的鞭笞和批判，但它始终没有气候问题来得那么具体和尖锐。当代美国气候变化小说重申自然科学领域的气候变化问题，以文学的角度促使公众关注全球性气候变化，并希望生态批评学者通过对气候小说的文本性阐释来转化生态批评在气候变化问题中的力量。

生态批评首次聚焦气候变化的问题，这已然超越固有的自然藩篱，将生态批评的视野从地方转向更为宏大的世界甚至星球。它也不再简单地披露人类对自然环境造成的破坏，而是将文本批评延展至意义更加丰富的生态正义主题，通过呈现身处气候危机中的人类及非人类物种的生存困境来呼吁公平正义的归位。当代美国气候小说继续深度解构气候变化影响下的二元对立，这种解构既承袭了美国环境文学彰显的环境正义，又将气候小说凸显的生态正义主题逐一深化，以此强调气候变化对"特定的地方和个体"（Heise，2008：206）造成的不同程度的伤害。气候小说家在建构小说故事情节的时候，着意展现人类与非人类、美国白人主流社会与少数族裔、男性与女性、欠发达国家和地区的气候难民与发达资本主义国家、当代人与未来世等按照"自我"与"他者"等二元关系之间的矛盾与冲突，以此凸显作为"他者"的群体在气候变化的背景下面临的各种生态非正义，呼吁读者对"生态他者"的关注。

当代美国气候小说倡导的生态正义主题是在当今气候变化的新形势下对正义主体范畴的拓展。作为共享资源，地球上的每个生命体都有公平享有适宜气候的权利，但是由于全球范围内贫富差距大以及资源分配不均衡的原因，那些被视为"他者"的群体往往承受着更多的气候灾难。在气候变化的影响下，"对于遭受环境破坏最为严重的贫穷和失去土地的农民、女性以及部落来说，这是单纯的生存问题，而不是提高生活质量的问题"，而且"所有与这些弱势群体相关的解决环境问题的政策无一不涉及公平以及财富和政治权利的再分配问题"（Guha，1989：81）。由此可见，某些群体由于在政治、经济和文化等方面的弱势，致使他们在国内或国际层面的气候政策和气候协议的制定上长期处于失语状态，这也直接导致了气候政策和气候协议相关条款的不平等倾斜。

这些生态非正义现象都在当代美国气候小说中有着集中体现。比如，罗伯特·西尔弗伯格（Robert Silverberg）的《午夜炎热的天空》（*Hot Sky at Midnight*，1994）、迈克尔·克莱顿的《恐惧状态》（*State of Fear*，2004）、布鲁斯·斯特林（Bruce Sterling）的《恶劣天气》（*Heavy Weather*，1994）、诺漫斯·斯宾拉德（Norman Spinrad）的《温室夏季》（*Greenhouse Summer*，1999）、乔治·特纳（George Turner）的《被淹没的塔》（*Drowning Towers*，1987）、大卫·布林（David Brin）的《地球》（*Earth*，1990）、罗宾逊的"资本中的科学"三部曲——《四十种雨前征兆》《零下五十度》（*Fifty Degrees Below*，2005）、《倒计时60天》（*Sixty Days and Counting*，2007），博伊尔的小说《地球的朋友》、沃特斯的《冷

的安慰：在气候变化中寻爱》、赫尔佐的《热》等。

这些作品几乎都涉及气候变化影响下人类与非人类物种、白人与少数族裔等共同对抗灾难的场景。尤其是在赫尔佐的《热》中，当城市遭受热浪的袭击而处于瘫痪状态时，"每个人都开始帮助对方。……当黑人和西班牙裔志愿者在白人社区工作时，白人也在对方的社区忙碌着，此时此刻，在强大的气候变化面前，这座城市原有的种族分裂似乎被遗忘了"（218），灾难后的日子"似乎成了这个城市最美好的瞬间"（218）等，所有这些气候小说都以全球气候变化造成的影响为背景，致力于消解"地方与全球""科技与生态""人类与非人类物种""男性与女性""白人与少数族裔""发达资本主义国家与欠发达国家""当代人与未来世"等带有明显压迫和不公正色彩的二元对立体系。通过对作为"自我"的一方与作为"他者"的一方在相同的气候变化造成的洪水、干旱、飓风等恶劣天气下的不同处境的对比，当代美国气候小说强调以生态正义为武器武装弱势群体，使他们能够在气候事件中获得主体地位和争取正当权益的能动性。

具体来讲，当代美国气候小说中的生态正义主题揭示并批判了人类与非人类物种之间的非正义行径。比如，芭芭拉·金弗索在《逃逸行为》中描写的"帝王蝶"现象。"帝王蝶"原本有着极强的繁殖生存方式，但异常的天气改变了它们原有的迁徙路线，它们在错误天气的指引下，降落到了不该降落的地方，却由此遭遇了灭顶之灾。"帝王蝶"事件正是非人类物种遭遇的非正义对待的典型表现。而博伊尔在《地球的朋友》一书中则描写了地球上幸存的动物在恶劣的气候条件下几近灭亡的事实。他强烈谴责人类对环境造成的破坏、对地球生态及地球上的自然万物造成的不可逆转的损害。

当代美国气候小说中的生态正义主题也揭示了以气候变化为轴心，人与人之间的非正义行径。例如，罗宾逊在其"资本中的科学"三部曲中巧妙地将气候变化的现状与小说故事情节的展开结合起来。罗宾逊借由气候难民的现象来深度挖掘气候变化背后涉及的发达国家对欠发达国家、富人对穷人等造成的非正义。小说文本传达出的由气候变化引起的非正义问题呈现全球化特性。此外，"资本中的科学"三部曲还表现了来自低地海岛国家的气候难民遭受的非正义，反映的是当代国与国之间在气候变化问题上责任分担的不公平；沃特斯的气候小说《冷的安慰：在气候变化中寻爱》呈现的主要是来自美国少数族裔的少女汤米遭受的族群非正义；巴奇加卢皮的气候小说《水刀子》更是将读者带至未来的生态"末日"场景，着重描写了气候恶变下水资源缺乏导致的女性"他者"群体在身体和心理上遭受的不平等对待。

当前人类无节制地向大气排放的温室气体不但影响当代人类和非人类物种应该享有的气候福祉，也抹杀了子孙后代的生存发展权，为这个地球的未来埋下了邪恶的种子。因此，代际正义也是当代美国气候小说关注人与人之正义的重要分支。比如，赫尔佐的小说《热》描写了暴雪、冰雹、大风以及连绵不断的雨季等肆虐美国各地的奇怪天气。由于人类的高消费，全球升温导致"热岛效应"（Herzog，2003：17），不断升高的温度又带来无尽的雨水，整个城市"变成了下雨的机器"（118）。极端天气造成的恶性循环模式导致社会结构崩塌，严重影响了农业、制造业、旅游业甚至个人的安全，整个地球的生命都笼罩在气候变化带来的无穷危机之中。更为糟糕的是，气候变化影响的长期性势必破坏未来世应该享有的适宜的气候条件，他们或许会被迫接受一个极端恶劣的气候环境，这在无形中剥夺了他们平等生存和发展的权利。

当气候变化达到"临界点"①的时候,当热浪铺天盖地地袭来的时候,如果那个时候"世界都融化了,谁还关心我们燃烧的是何种燃料呢"(Robinson,2004:223)?谁能逃脱人类自身造下的人间炼狱呢?当人类继续无视二氧化碳浓度升高的事实,一味为了经济快速发展的时候,很少有人会考虑当前人类向大气排放的温室气体对若干年后的子孙后代造成的难以弥补的伤害。巴奇加卢皮的小说《水刀子》描写了未来人类世界严重缺水的末日景观。根据小说的描述,当代人类对气候造成的破坏直接影响未来地球上包括人类在内的生物物种的生存状况,严重的干旱导致美国内部各州为了抢夺水源而互相倾轧,普通民众为了获取珍贵的水源而相互残害。

总之,对当代美国气候小说中的生态正义主题的阐述有利于弥补"自我"与"他者"之间的沟壑,促使读者认真审视气候影响下"他者"与"自我"之间相互依存的关系,希望在立足生态正义的基础上扭转"他者"在气候变化问题上遭受的不公平处境,表现出作家希冀在气候变化时代所有生命体都能够放下分歧与冲突,以生态正义之名建立命运与共关系的思想主题。

对生态正义主题的关注还促使公众反思美国政府在制定气候变化政策过程中应该遵循正义原则的重要性。美国人口占世界人口的5%,每年却要消耗全球25%的能源。但迄今为止,美国在国内和国际气候变化政策和承诺方面却远远落后于其他国家(Giddens,2009:87)。鉴于美国政府面对紧迫的全球气候变化事态,却在非正义霸权政治之下的不作为,当代美国气候小说也对此进行了无情的讽刺。

---

① 临界点在相对线性和稳定的发展与完全偶然和潜在混乱的未来之间没有回归点。气候小说很好地利用了气候变化临界点时期的"灾难逻辑"。

在当代美国气候小说的描述中，美国政府为了促进经济的发展，对气候变化问题采取漠视的态度，这是对普通民众生存权的剥夺。最为典型的是赫尔佐的小说《热》。在该小说的描述中，当气候科学家劳伦斯就气候变化问题的严重性向热衷于政治前途的鲁弗斯·埃德蒙斯顿（Rufus Edmunston）提出建议的时候，埃德蒙斯顿觉得劳伦斯的提议简直无聊至极。作为危机研究调查和系统评估服务所（Crisis Research Investigation and System）的第一负责人，埃德蒙斯顿甚至有意隐瞒劳伦斯科研组的气候调查结果。气候问题在这些政客的漠视和隐瞒下变得愈加严重，他们的拖延与之后龙卷风造成的破坏场景形成了鲜明的对比。那场龙卷风将居民们的"窗户炸开了，墙壁倒塌了……家具也被烧毁了。弗兰克的胳膊断了……有些人被乱物砸死，被碾碎，甚至被肢解，头颅都找不到"（36-37）。埃德蒙斯顿们在气候变化问题上的一再隐瞒和否认最终导致普通民众在极端天气中遭受巨大伤害。处于上层阶级的埃德蒙斯顿们的所作所为是不公平的，因为当气候灾难降临的时候，最为脆弱和易于受到伤害的是没有足够的能力来承受灾难袭击的普通民众，而这也是造成诸多不平等现象的因素之一。

面对气候变化引发的巨大灾难，美国政府的不作为同样是以一种以非正义态度漠视国内民众生存处境的表现。他们无视民众被迫承担气候灾难后果的危险境遇，执意继续为发展经济而向大气排放二氧化碳等温室气体。可以说，小说对美国政府在气候变化问题上的态度描写与现实情况并无二致。纵观美国各界政府，无论是克林顿政府还是他的继任者，质疑气候研究的准确性是他们一以贯之的态度，他们总是在为经济的发展而阻碍降碳减排政策的实施。即使奥巴马政府首次公开呼吁人类应该通过立法来应对气候变化问题，但当他支持的《2009 年美国清洁能源安全法案》被参议院否决后，他在气候变化问题上的呼声也变得越来越低（Giddens, 2009：

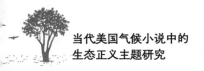
88）。从这个意义来讲，当代美国气候小说对"生态他者"在气候变化语境下遭受的不公平待遇的描述使得美国政府在气候变化问题上的不平等态度尤为突出。

从国内层面到国际层面，当代美国气候小说引领读者跳出地方的局限，站在全球的高度鸟瞰美国气候变化政策对亚非拉欠发达国家以及低地海岛国家导致的非正义。美国参与的大多数国际性气候会议都违背了公平正义的原则，保留了其国家在气候变化问题上的最大权益。

美国政府在气候变化问题上的生态非正义行径被真实地复刻在当代美国气候小说之中。在罗宾逊的"资本中的科学"三部曲的描述中，美国政府多次拒绝参与国际性气候变化会议，或者即使参与了会议，也要求会议最大程度地保障以美国为首的资本主义国家的利益，这一不平等要求自然激起了其他发展中国家的反对。这直接导致国际层面的气候协议无法遵循公平正义的原则，因此最终也无法实施。

美国政府在承担碳排放问题上的利己主义行为导致国家之间无法就协议的公平性达成共识。在这样的国际气候背景下，随着大气中二氧化碳浓度的持续增加，全球气温的持续升高，最先遭遇气候灾难却又无力抵抗的仍旧是低地海岛国家。正如罗宾逊笔下的康巴隆，尽管他们与其他海岛国家成立了"被淹没国家联盟"，但他们仍旧无法为自己在国际气候协商会议中争取到平等的权益，甚至经常"被社会中（国际上）的强势群体以各种手段强行迫使他们（弱势群体）接受及承担"不该承担的"不可欲物质（包括垃圾、有毒废弃物、核废料等）"（98）。

通过文学想象的方式，当代美国气候小说有效地将气候变化的严峻性与美国在气候变化问题上的不平等态度融合起来，引导读者在故事情节的发展过程中逐一体悟生态正义在维护非人类物种、美国少数族裔、女性等弱势群体、欠发达国家和低地海岛国家以及未来世等的生存发展方面的重要性。

总的来讲，"气候变化已经引起我们在创造性、心理、伦理和精神层面的不同反应，我们有必要将这些现象呈现出来"（Hulme，2010a：326）。由此，当代美国气候小说架起了一座沟通生态正义与气候变化问题的桥梁。它通过生态"末日"的修辞，"按下时间的快进键"（姜礼福，2017：132），带领读者"穿越到气候灾难即将全面爆发或已然发生的'未来时刻'"（64），在探索新的"近未来"时空叙事的同时，"使读者领会到'当下'在本质上是对自身的脱离，认识到'现在'也是未来记忆的对象"（Currie，2007：6）。因此，如何重新思考气候变化对当下及未来产生的影响，如何有效表征气候变化的复杂性与人类行为之间的关系，如何解读气候变化大环境下正义和道德责任的问题等，这些都将成为本研究关注的焦点和面临的挑战。

第二章

构筑和谐共生的"物种意识"：当代美国气候小说中的种际正义

　　自然养育万物，人类与其他非人类物种一样，应该感恩自然的馈赠。然而，西方工具理性思想的支配下，资本主义社会将自然和非人类物种视为外在于人类自身需要的"他者"，将它们视为服务于人类需求的东西，视为一种可以肆意剥夺的资源"（Huggan et al.，2015：3）。换言之，人类自恃为生物链中的最高阶，理所当然地将自己视为一切的"中心"，而周围的一切在人类"自我"的眼中都沦为"他者"，成为服务于"中心"的存在。人类与非人类物种之间二元对立的关系导致气候变化语境下的非人类物种遭受极大的生态非正义。

　　在当代美国气候小说的描述中，非人类物种深陷气候变化导致的各种危机困境中，尽管非人类物种"不能像人那样能够成为道德代理、具有道德人格和回报他人的能力，但它们同样有环境利益诉求和分享环境资源的资格"（郎廷建，2019：99）。在这种情况下，作为道德代理的人类只有深刻自省自身对气候环境的破坏性活动，真正履行道德关爱的责任，才能维护非人类物种"他者"享有适宜的生存环境。尤其是在气候变化如此剧烈的当下社会，余谋昌等（2004）指出：

> 生存是生命和自然界的第一要务，追求生存，实现这种生存，就是它的目的，就是它的内在价值。生命和自然界的主体性主要表现为生命和自然界的自主生存，即生存和发展的自主性，地球上不仅人是生存主体，生命和自然界也是生存主体。（140—150）

因此，在人类与非人类物种之间的正义问题上，李春林（2010）认为，"地球上所有物种……都有权平等地分享气候系统的惠益……气候变化的制造者应向其受害者提供补偿，并采取特别措施保护濒危物种"（47）。

在这场由人为活动导致的气候巨变中，无数非人类物种处在濒危的困境之中。而人类是自然世界的客观存在物，又是"社会存在物"（马克思等，1974：302），其本身必然有着"物本性的标志"（Robinson，2004：274）。虽然他们白天有着强烈的社会性，但"他们不可避免地陷入了一种精神状态。这种状态呈现了鲜明的动物本性"，尤其是到了晚上，"整座城市都是沉睡的灵长类动物"（274）。从罗宾逊在"资本中的科学"三部曲中对人类"物本性"特征的描述可知，人类只是在社会中生活的"高级动物"，因为"社会是人同自然界的完成了的本质的统一，是自然界的真正复活，是人的实现了的人道主义"（马克思等，1974，301）。正如庄子所言，"天地与我并生，万物与我为一"。天地万物构成有机生态整体，人类生存的社会现实实际上是人类遵循自然规律的结果，只有人类秉持道德关爱的精神，以平等关怀之心敬畏自然界、维护非人类物种享有的平等生存权，才能复活自然。

当代美国气候小说倡导的人与非人类物种之间的种际正义原则要求人

类摒弃以自我为中心的思想，抛弃消解非人类物种主体身份的非正义生态观念，站在"同伴物种"和"物我一体"的维度构筑和谐共存的"物种意识"，善待非人类物种，并且要怀着敬畏之心公正地看待非人类物种应该享有的种际正义。对此，研究气候小说的先驱学者普特拉也曾指出，身处气候变化旋涡中的人类应该学会换位思考，学会将"人类视为一个物种，思考物种内部及物种之间的正义和关系意味着什么"（袁源等，2022：5）。在此意义的基础上，该章从分析气候变化语境下的非人类物种"他者"入手，详细展布它们在强人类中心主义意识下遭受的气候非正义，详细解读如何站在"同为物种"的视角构建人与非人类物种间的种际正义原则，以及人类该如何协调二者之间的矛盾，真正为缓解气候变化问题做出应有的回应。

第一节
气候变化语境下的非人类物种"他者"

人类与非人类物种同为地球生命体，各自有着区别于其他物种的生存价值。但从原始社会到现代社会，非人类物种经常被视为服务于人类"自我"的"他者"。在"自我"与"他者"的关系上面，黑格尔认为二者的关系正如主人与奴隶之间的关系，但"自我"（主人）也需要通过"他者"（奴隶）的确立和认同来证明其存在。这虽然强调了"他者"的重要性，但黑格尔主仆关系的论调仍然带有明显的偏向性，将"他者"放在了一种不平等、不公平的从属地位。而且，在大部分情况下，人类为了表达自我的主体性地位，往往把独立于自我之外的其他"物"视为"他者"。在原始社会早期，生产力水平低下导致人类无法正确认识自然界，神秘的自然

在原始人类心中就是可怕的存在，是他们不敢触及的神秘"他者"。原始
人类眼中的自然"他者"是"绝对的他者"，是区别于人类的超能力的存
在。文艺复兴之后，人类的主体地位逐步提升，他们对自然有了更加全面
的认知，当神秘的面纱不复存在，人类为了满足日益膨胀的私欲，开始对
自然进行无尽的利用和蹂躏。随之，自然进一步沦为供给人类生存和发展
的"他者"。

　　人类与自然界中的其他非人类物种是相互依存的关系。换句话说，正
是因为被人类视为"他者"的非人类物种的存在才成就了人类自身所谓
的"自我"中心地位，才将人类与其他生物物种区分开来。如果人类继续
无视自身活动对大气环境造成的破坏，无视异常气候导致非人类物种的加
速灭亡现象，未来的人类将会成为最为残暴的野兽。虽然人类与非人类物
种有一定的差别，但"有差别之物并不是一般的他物，而是与它正相反的
他物；这就是说，每一方面只有在它与另一方面的联系中才能获得它自己
的（本质）规定……每一方面都是它自己的对方的对方"（黑格尔，1976：
254-255）。换言之，自然界中的一切物种，无论是有生命的还是无生命的，
都有其存在的价值和意义，其与人类之间不可分割的关系成就了彼此"自
我"或"他者"的意义。从原始社会的"以自然为中心"的尺度到理性工
具时代以"人类为中心"的尺度，再到当代生态批评家提出的"以生态为
中心"的尺度，人类与自然之间不对等的关系是造成当今生态系统失衡的
重要原因之一，人类与作为"他者"的非人类物种在这种失衡中也逐渐滑
向两败俱伤的困境。

　　当气候危机成为全球性议题时，人类在宇宙中的位置、自然与人类之
间的关系以及自然的价值等再次成为环境文学家和批评家考虑的问题。因
为这直接关系到人类在气候变化的语境下该如何重新认识自我、如何重申
人类在气候危机中的作用以及人类对自然应秉持怎样的公平正义等问题。

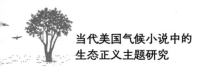
针对人类自身在自然界中的身份地位问题，德国生态神学家于尔根·莫尔特曼（Jürgen Moltmann，2002）指出，"没有某种特征或是别的什么使人类与其他生物相区分"（301）。换句话说，从生物进化论的角度看，人类与自然界中的万物一样，是自然界生态共同体中的个体，而且是与自然界中的其他物种相互关联的个体，而非分裂的、独立的个体。从社会学的角度来看，人类又是自然界万物中拥有理性意识的物种，这一生物进化而来的特质又赋予其必须肩负道德责任的义务，努力维护和保持自身与共同体中其他非人类物种之间的和谐关系，并履行维护种际正义之责任。

人类的理性总是被视为其自身最有价值的部分。然而，伴随着工业化程度的飞速提高和社会结构的日益完善，人类的思维模式和意识形态也逐渐走向自我化膨胀的阶段。成为科技巨人的人类凭借着机器对自然进行了大规模的剥夺和伤害，在人类的物质生产资料达到空前绝后的丰裕之时，在人类自认为已经完成自我的构建之时，强"人类中心主义"的发酵使得自然被隔离在人类的主体意识之外，成为人类自我之外的"他者"。与自然几乎完全隔绝的人类忘记了自己从本质上而言，无非是"物质与非物质的组合体，是有机的生命"（马君，2014：38）。换句话说，人类在本质上就是自然界物质的集合，与其他非人类物种一样，隶属于生态系统中的有机生命整体中的一员。良好的自然环境有利于人类健康地生存和发展。反之，如果自然环境遭到破坏和毒化，自诩为自然界"主人"的人类也难以逃脱自然的惩罚。

生态系统的平衡发展守护着包括人类在内的所有生命有机体。从这个角度来看，人类与非人类物种都受惠于自然，二者之间的关系是应该是平等的，并没有人类"自我"与非人类物种"他者"之分。然而，无知的人类为了满足自我的物质需求，不断地破坏非人类物种的栖息地，他们自认为美丽的景观实则是建立在破坏其他非人类物种生存环境的基础之上。比如，美国小说家理查德·鲍尔斯（Richard Powers）的代表作《回声制造者》（*The Echo Maker*，2006）就详细描述了人为活动导致的气候变化语境下沙丘鹤面临的生存危机。沙丘鹤的生存困境与金弗索的《逃逸行为》中的"帝王蝶"的悲惨命运相似。作为不会言语的非人类物种，它们被人类中心主义者视为"他者"，视为被欣赏的对象，它们也因此被剥夺了平等生存的权利。

与博伊尔的《地球的朋友》中蒂尔沃特的生态反思一样，《回声制造者》的出现更多的是促使人类对"如何生存进行深度探索"（Whitehead，2006：22）。这种探索不仅针对人类自身，还针对人类应该如何与非人类物种和谐共存。如果人类为了利益出发而将自身的位置凌驾于其他非人类物种之上，将自然界中的一切非人类物种仅仅视为满足自身私欲的"他者"而控制，乃至伤害自然，导致自然这一"他者"身份崩塌，那么人类的主体性身份也将随着二者关系的破裂而丧失，从而在整体环境的破坏中变得孤苦无依，无所适从。

从某种意义上来说，作为人类眼中"他者"的非人类物种又何尝不视人类为区别于自身的"他者"呢？所谓你在凝望深渊的同时，深渊也在凝望着你，自然界中的非人类物种并不是作为次要的或附属的"他者"物种而存在，相反地，它们有自身运行的秩序和内在和谐，它们具有值得人类敬畏的价值。周辅成（1987）指出，一切自然物必定都是善的，因为只要它们有了存在，便有了它们自己的一个品级和种别，更有了一种内在的和谐。

因此，人类与非人类物种之间应该是平等共处的和谐状态。但传统本体论崇尚的以人类主体为"中心"的权利话语打破了这种平衡，并直接将非人类物种视为主体之外的"他者"。在不断深化的气候危机面前，当代美国气候小说家敏锐地感知到这个问题，他们希望能够借助文学创作来传

达人类在解决气候变化问题过程中应该给予非人类物种的道德责任感以及环保活动者亟须找到缓解当前气候变化状况的途径。环境文学家和批评家从文学作品入手，从感性和理性认识的角度全方位反思人与自然之间的关系，希冀重构人与自然平等共处的和谐关系。正如海塞（2010）所言：

> 在（气候变化）和物种灭绝的语境下，（作家）调动哀歌式的叙事模式实则是一种反思现代化特定历史时期的方式。这种叙述灭绝的故事是一种表现人类文化历史转折点的方式。在这些转折点中，一个特定物种的消失往往代表着更广泛意义上的自然的灭亡，人类与自然界相互关系的弱化。（68-69）

在呈现气候变化语境下被人类视为"他者"的非人类物种生存状况的前提下，当代美国气候变化小说家指出，人类不但要学会承认人与自然界的非人类物种拥有平等的地位，而且要学会深度探讨作为自我的人类与作为"他者"的非人类物种之间应有的种际正义问题。当"他者"的问题成为人类"自我"不得不关注和考虑的问题之时，就是人类开始反思自我行为之时。从这个意义出发，当代美国气候小说实则是对因人类行为而导致的气候危机的反思。这种反思包括重新思考人类与非人类物种之间的关系，警告人类要遵从公平正义的原则，最大可能地以关爱之心赋予物种多样性良性发展的机会等。可以说，当代美国气候变化小说破除了"人类中心论"的理念，开始直面人类自身的活动对气候环境造成的不可逆转的破坏，开始站在人类主体的视角反思人类的行为，反思人类对自身以外的非人类物种"他者"造成的伤害。

例如，在博伊尔的《地球的朋友》中，有想与地球成为朋友、与动物成为朋友的蒂尔沃特，在金弗索的《逃逸行为》中，有被异常气候破坏了迁徙路径的"帝王蝶"以及为了保护"帝王蝶"而努力改变自我的黛拉洛比娅，在亚力克西斯·赖特的《天鹅书》中，有与天鹅相依为命的哑女，在沃特斯的《冷的安慰：在气候变化中寻爱》中，有为那些遭受气候灾难而痛苦挣扎的非人类物种担忧的小女孩汤米等，他们都是在异常的气候语境中关怀非人类物种"他者"的典型人物形象。除此之外，这些作品都探讨了人类"自我"与非人类物种"他者"之间应该有的平等关系。这种关系应该是互相承认彼此的存在价值和意义，并及时给予对方回应的交互关系，而不是以伤害"他者"权利和利益来获取自我利益的"犯罪"式关系。

在气候灾难越发严重的当下，承认"自我"与"他者"之间密不可分的关系，仿照黑格尔式的说法，这种情况可称为'相互承认'。'相互承认'的状态成立时，就是'自我'与'他者'相互作为主体出现的时候"（熊野纯彦等，1998：51）。当"自我"与"他者"作为主体同时出现时，他们之间就存在伦理关系。作为"自我"的人类在面对气候灾难中的非人类物种"他者"之时，就必须做出回应。回应在某种程度上指向一定的责任。换言之，当人类对身处气候灾难之中的非人类物种做出回应的时候，就是人类跳出自我的窠臼，与"他者"逐渐和解，从而重新认识人类自我、拯救人类自我的时候。

总的来说，在祛除强人类中心主义，凸显气候变化中非人类物种这一"他者"形象的非正义境遇的创作核心之下，当代美国气候小说家进行了诸多创作技巧及写作方式上的尝试，从而创造了重新思考人类自身与非人类物种及自然环境之间关系的可能性。

首先，当代美国气候小说扭转了人类长期以"自我"身份占据"中心"的思想，转而对人为活动对大气环境造成破坏的现实进行谴责。具体来说，在美国气候小说的描述中，人为活动导致全球气候发生巨大改变，非人类

物种的栖息地遭到严重破坏，物种多样性丧失速度加快都是非人类物种这一"他者"遭受的不公正境遇。在具体的文学创作过程中，气候小说家通常采取将气候变化的现状作为叙述故事的背景、作为形塑深陷气候危机中的人物心理及性格变化的推动因素以及将气候变化作为推进故事情节发展的助推器等创作手法，进而对作为"他者"的非人类物种以独立的身份进行书写与表现。这样的写作手法有效地将非人类物种遭受的气候非正义问题推至读者面前，以此激发人们对长期处于"他者"地位的非人类物种的伦理关怀之情。

其次，小说家通过对作为"他者"的非人类物种的主体地位及价值意义的重塑，构筑起人类与自然之间平等互存的生命共同体。在这个生命共同体中，人类不应该再以牺牲星球万物赖以生存的气候环境为代价来换取自身经济的发展，也不应该以牺牲非人类物种的合法权益来维护人类自我的存在。尤其是在气候变化的大环境下，人类只有认识到其存在方式的特点是"在世界中"（熊野纯彦等，1998：46）。换句话说，"在世界中"并不意味着人类是孤独地存活于世界这个容器之中的，而是人类以各种各样的方式与周围的"物"产生关系。于人类而言，非人类物种是作为"他者"而存在的，而人类则处于被"他者"包围的中心，同为主体的"自我"与"他者"共同构成自然界。海德格尔（Heidegger）就认为，"世界永远并已经是与他人共有的世界，'此在'本质上是'共在'"（47）。

最后，当代美国气候小说在强调作为"他者"的非人类物种重要性的同时，又对人类过于膨胀的自我意识进行了猛烈的批判，呼吁人们在正确认识非人类物种独立的主体地位的同时，积极与它们建立伦理关系。这是当代美国气候小说家对非人类物种——这一在人类的生存发展历程中具有永恒价值意义的"他者"的全新考量。在生态正义的语境下倡导种际正义就是要将"正义"与"生态他者"联系起来，从而建立以正义的行为基础的、连接"自我"与"他者"关系的物种间的生态正义观，让人类物种认识到"他者"可以是"你"，可以是"任何人"，进而将作为"他者"的非人类物种从人类中心论中解放出来，使读者清楚地看到人类自我意识的膨胀造成的气候灾难已经影响了命运共同体中的其他成员。如果人类继续无视气候的恶化、无视自然界中非人类物种的灭绝，人类在不久的未来也会面临灭绝的境地。

正是作为"他者"的自然以及非人类物种的存在才成就了人类的"自我"身份，一旦被人类视为"他者"的自然界失去生态平衡、非人类物种灭绝殆尽，人类所谓的"自我"主体身份必然面临崩塌的危机。所以，通过对非人类物种这一"他者"非正义境遇的生动表征，对人与非人类物种建立正义关系的人物形象的塑造以及扎根于科学现实的批评精神等，美国气候小说家提醒人类要做到主动降格人类自我的身份，将自己视为自然界中所有生物物种的一员，认识到要解决气候变化问题，就要在"人与非人类生命体物种之间实现公平"（蔡守秋，2005：14），认识到人类与非人类物种之间是"多物种共同体"（转引自朱建峰，2019：93）。既然身处同一个生命共同体中，人类就应该遵从物种平等共存的生态理念，"承认人类与其他生命形式相互联系，不可分割"（毛凌滢等，2021：93），积极参与缓解和拯救气候变化的行动。

同时，还要认识到，西方"霸权中心主义"才是"导致人类未能正确定位（自身）与环境、动物等非人类世界的生态关系，造成了全球生态环境恶化"（苗福光，2015：201）的罪魁祸首。因此，当代美国气候小说中这种消弭二元对立关系的精神内涵直指对读者的教导，希望人类能消除"霸权中心主义"，能以一个责任主体、伦理主体的身份给予自然以及自然界中的非人类物种"他者"以种际正义的关怀。

第二节
种际正义在当代美国气候小说中的表征

种际正义是 20 世纪六七十年代美国环境保护运动的拓展和延伸。后来随着环境正义内涵的不断扩展，环境伦理学家在强调代内正义和代际正义的同时，将人类与非人类物种之间的正义问题纳入伦理学关照的范围。可以说，种际正义"挑战了在一个以指数级技术增长的时代，人类永远占据主导地位的观念"（Bailey，2018：22），将人类与非人类物种视为自然界同等存在的生命个体。亚历山大·基斯（Alexandre Kiss，2000）认为，以气候为中介的种际正义是建立在物种之间公平的概念之上的，主张人类与其他生物物种之间的公平（3），强调人与自然界其他生物之间的生物共同性及生态共同性，倡导"物我一体"的"物种意识"。这种"物种意识"[①]暗含着对共同体中所有成员的尊重，这种尊重是带有正义含义的（利奥波德，1997：192–194），其本质是强调人类在与非人类物种相处的过程中，遵循约束和克制自身不当行为的正义原则。利奥波德（Leopold）曾说，"当一件事倾向于保持生物群落的完整性、稳定性和美感时，它就是正确的。如果不是这样，那就是错误的"（转引自 Goodpaster，1978：308）。换句话说，同时并存于生物圈中的人类与非人类物种之间的关系并非宰制、镇压或者消灭的关系，而是在多样化的生态系统中不可分割的共

---

① 克拉克认为，"物种意识"有一种救赎的力量，可以扭转环境持续恶化导致的后果，政治、文化和艺术应当以提升人类的物种意识为归旨。

生关系。而且，自然界中的每个生物体都有其内在价值，正如"万物生灵在我四周，山脉和熔岩亦充满生命"（Silko，1996：18）一样，非人类物种同样享有平等的生存和发展权。

我们应该站在种际正义的角度去看待自然界中每一个生物存在的价值及其在自然界中应该享有的公平权利，"除了关注人与人之间的正义外，也关注人与自然界其他生物物种之间的正义性"（王苏春等，2011：134）。当我们抛开文明的外衣，站在"我们从来就不是人类"（Haraway，2007：1）的角度去看待人类自身时才发现，我们只是众多物种中的一类。按照利奥波德的"大地伦理"观，人类与其他非人类物种是相互联系的有机整体中的一分子，二者共同组成生物共同体。纵观这个生物有机整体，"大地"上的每一个生物都有其存在的现实意义，都保有其自身发展的权利。当自然不再神圣，当人类文明的发展建立在对自然的征服和掠夺之上，其最终结果只能是全球性的生态环境遭到破坏，人类与非人类物种都深陷生态危机的泥潭。因此，只有站在同为物种的视角来看待气候变化困境中的非人类物种，我们才能知道为何以及如何赋予它们种际正义。

当代美国气候小说对深陷气候灾难中的濒危动物给予了种际正义观照。据科学调查发现，"全世界每天有 75 个物种灭绝，每小时就有 3 个物种被贴上死亡的标签，很多物种还没来得及被描述和命名就已经从地球上消失了"（林而达，2010：15）。在全球气候变化的阴云笼罩之下，"我们"[1] 正处在"失去"的危险之中。"哺乳动物、珊瑚以及其他敏感的生态系统无不受到气候变化的影响。当前，人类已经很难找到不受气候变化影响的物种。"（转引自 Atapattu，2020：57）当气候"慢暴力"袭来的时候，

---

① 本书这里强调"我们"旨在说明人类和其他非人类物种是命运与共的整体，不是各自独立的，在气候变化的影响下，应该把星球万物纳入"我们"的整体生态观中。

"墨西哥湾的赤海藻潮将杀死底栖鱼类，并会造成得克萨斯州一半的人出现呼吸道感染"（Herzog，2003：27）。可以说，气候小说提供了一面反映非人类物种生存现状的"镜子"（Buzan，2010：176）。正因为有这样的社会现实，在小说家们看来，如果我们不能给予这些动物以伦理关怀，人类物种也必将陷入巨大灾难之中。小说《热》中提到，专门研究热带海洋水环境的科学家伯特伦·克莱恩（Bertram Kline）发现墨西哥湾水域受气候变化影响，其水质已经发生改变。"死去的藻类、死去的浮游生物、死鱼，数以亿计的死鱼，它们的尸体洒满大海，臭气熏天。到处都是死亡的生物"（Herzog，2003：31）。在全球异常天气的影响下，物种多样性急剧降低。如果非人类物种在极端天气的肆虐下无法继续生存，"我们"就不可能成为"我们"，"我们"也将伴随"它们"而逝去。当代美国气候小说正是通过对当下濒危物种的描述来警示人类，重申气候变化对非人类物种造成的极大伤害，进而呼吁人类赋予非人类物种以道德关怀，给予它们应有的平等地位的。

当代美国气候小说为了促使读者站在非人类物种的视角来看待当今的气候变化问题，继而在作品中倡导"物种意识"。这是一种强调人与自然相互感受、互相影响的平等生态意识，也是作家们呼吁建立的种际正义观中人类应该具备的意识前提。比如，亚里克斯·莱特的小说《天鹅书》中就详细描述了哑女与天鹅相互依存的故事。故事发生在100年之后的澳大利亚北领地，坚守原住民部落传统文化的贝拉是一个善良的女人。当气候灾难破坏了天鹅原有的栖息地之后，善良的贝拉每天到湖畔喂养天鹅。贝拉死后，她的女儿——哑女继续保护天鹅，与天鹅为伴。然而，譬如湖畔这样的内陆深处根本不适合天鹅栖居，是气候变化把它们驱赶至此。不久之后，这个暂时的栖息地也在利欲熏心的沃伦·芬奇的爆炸下荡然无存。再次失去家园的天鹅被迫继续流浪。而以哑女为代表的原住民也在气候灾难的威胁下不得不放弃原有的家园，成为与天鹅一样的流浪者。当被绝大部分人类视为"他者"的天鹅濒临灭亡之时，人类自我的身份面临撕裂状态，人类的家园也失去了其真正的意义。

在非人类物种"他者"的问题上，如果人类坚守印第安"远古时期就已经形成的朴素的自然观"（龙娟，2009：119），将自然界中的所有物种视为有灵性的主体的话，人类的内心会自然生发一种对其他非人类物种的敬畏之心。这种敬畏之心足以促使他们自觉地降低人类身份，以同为物种的种际正义观塑造各自独立、和谐共生的生态意识。在《西雅图酋长的宣言》（2012）中，印第安西北部的西雅图酋长的话语概述了印第安文化崇尚的人类与自然万物休戚与共的生态观。他指出，我们是大自然的一部分，而大自然也在我们的生命里。芬芳的花朵是我们的姐妹，熊、鹿和老鹰，是我们的兄弟，它们也可以"通过身体感受世界的痛苦和美丽"（转引自Austin，2006：151）。所以，当代美国气候小说倡导的种际正义旨在塑造一种人类物种与其他物种之间公平正义的生态观，继而达到缓解全球气候变化、保护自然万物、守护人与非人类物种共同家园的目的。

在气候小说中塑造"物种意识"有利于人类从根本上意识到自身行为才是导致当前气候异常的根源。比如，罗宾逊（2007）在"资本中的科学"三部曲中写道："许多物种由于环境的变化而灭绝。就像很多年前陨石撞击地球导致了恐龙的灭绝一样，人类，也撞击了地球。"（3）随着非人类物种生存环境的继续恶化，如果人类集体不能在生态上定位人类社会的主导形式，这必然导致我们无法从伦理上给予非人类物种以公平的权益。因此，罗宾逊在抨击美国资本主义社会以牺牲气候环境为代价来换取经济发展的同时，又启发现代社会的人类要与自然共处，与自然中的万物共处，将自然视为万物共处的居所，将保护气候环境视为不可推卸的道德责任。在小说的描述中，"物种意识"着重体现在科学家弗兰克的言行之

中。弗兰克有着浓厚的自然和生态情结，人们在他的身上找不到拉图尔认为的自然与社会应该有的"巨大的鸿沟"（Haraway，2007：9）。他一直认为，人类只不过是"智人"（Robinson，2004：16），是"具有两性特征的物种"（16）。很明显，弗兰克将人类降格为"物种"的意识与查克拉巴蒂（Chakrabarty，2009）提出的气候变化时代人类"不能仅仅把自己视为人，而更是一个物种"（212）的意识趋同。在他看来，人类只是现代社会的"智人"，实际上都是"动物"。尽管他对"人是自然界的客观存在物"（薛德震，2009：156）的理解有些粗浅，但是他勇敢地走出现代社会，融入森林万物的生活，这本身就是"物我一体"的现实体验。

罗宾逊（2005）在"资本中的科学"三部曲中多次提到弗兰克的森林生活。例如，遭遇洪水袭击，失去居所的弗兰克跟随梭罗的脚步，决定住在森林之中。他白天在现代化的社会上班，晚上回归相对"原始"的荒野森林，倾听动物们的窃窃私语。他惊讶地发现，原来"音乐是灵长类动物语言的前身"（84）。罗宾逊在"资本中的科学"三部曲中一再提及的"智人"和"人属"与"人类"极为相似。后者的名称与腐殖质、土壤和土地明显地联系在一起。而拉丁词的"人属"在词源学上指的是人类作为一种生物或物种，居住在地球上，生活在地球上，并在地球上繁衍生存。尤其是在早期，人类被描述成一个与地球密切相关的存在或物种（Raffnsøe，2016：5）。这个物种在"生命进化的过程"（Robinson，2005：153）中，也面临着"觅食、选择栖息地、获取安全、寻觅配偶"（149）等其他非人类物种同样面临的问题，人类"与黑猩猩和其他类人猿非常接近"（Robinson，2004：231）。由此，当代美国气候小说张扬的种际正义也是"物种意识"的表征。在"种际正义"的引导下，人类主体应该以新的身份和责任关怀来看待气候变化大环境下的"物种意识"，学会将自己纳入"物种"的概念去思考问题，从而真正认识到非人类物种也"具有存在价值和内在价值，人类只是地球生物圈共同体中的普通成员，而非生物圈的主人，人类应当尊重其他生物生存和存在的权利"（曹明德，2008：48）。

在认识并接受"物种意识"的前提下，气候小说家强调种际正义的主题，还希冀"人与自然之间保持适度、适当的开发与保护关系，保持人与自然之间的道德关系"（73）。比如，玛格丽特·阿特伍德的小说《洪水之年》就通过文学想象的力量为读者创造了诸多描述人与自然界其他物种之间不平等关系的可能世界。在这些可能世界里，曾经美好的"人间天堂"，曾经充满绿意的大树、曾经波光粼粼的水面等生态景观被气候灾难破坏殆尽，取而代之的则是滚滚风沙、被风沙掩埋的树叶与根茎、污沙软泥以及不再有鸟儿鸣唱的世界。人类对气候环境的破坏在导致自然生态系统失衡的同时，也将非人类物种逼到了死亡的境地。小说中的泽恩一再说，人类"背叛了动物的信任"（54）。因为人类为了满足自身的欲望，无节制地剥夺自然界中的资源，完全不考虑非人类物种的生存状况。为了加快经济的发展，获取更多的物质财富，人类肆无忌惮地向大气排放二氧化碳等温室气体，不断升高的温度融化了两极冰川，"倾盆而降的淡水改变了海水的温度和含盐量，一些不为人知的物种正悄然死亡"（92）。

造成这一切恶果的正是以自我为中心的"人类中心主义"思想。尤其是在北美大陆的白人心中，大自然只不过是为人类提供资本原始积累的源泉，人类才是万物的中心。他们盲目地将自己置于生物链的顶端，肆意地剥夺自然界的其他资源。殊不知，地球生态系统是一个整体架构，其功能和演变进程与人类及自然万物相互影响密不可分。我们倡导种际正义，目的就是要破除人类视自我为中心的陋习，摒弃将非人类物种视为"属下"地位的浅薄思想，并不是要泯灭人类生命体和非人类生命体之间的本质区别，也"不是用提高动植物的伦理层次、将'人际伦理'跃升为'种际伦理'并撤销人类与动植物生命体的伦理界限"（薛德震，2009：161），而

是要塑造一种公平正义的生态意识。

人类对自然界的过度剥夺导致气候变化异常，原本"充满生命"的自然界正在无声无息地消失。自诩为万物"中心"的人类也在四季不分、冷热失衡的气候环境下处于异化的状态。试想，如果"那些经常出没于黄松林的白头啄木鸟"已然不见，"青蛙不再鸣唱"（Moore，2016：177），"寂静的春天"终于来临，人类每日面对的是静悄悄的世界以及灰色的自然，人类还能继续在不断获取自我利益的美梦中沉睡吗？小说《北极漂流》就剖析了在加速资本主义的驱动下，绿色地球工业公司的总裁米歇尔·戈耶特（Mitchell Goyette）打着"绿色地球"的旗号垄断"碳封存"业务。所谓"碳封存"就是"收集和液化二氧化碳气体，并将其泵入地下或海底深处"（56）。

从表面来看，"这似乎是一种防止污染物进入大气的昂贵的方法"（56），负责这项技术的米歇尔·戈耶特俨然成了环保运动的代言人和绿色地球的拯救者。然而，在利益膨胀面前，戈耶特他们不顾过往船只的安全，不顾海洋生物的安危，只是一味地"把二氧化碳倾倒入海洋"（267），最终形成二氧化碳浓度过高的"魔鬼的气息"（271）。被"魔鬼的气息"笼罩的地方，"船的四周到处是冒泡泡的地方……。上升的气泡膨胀成沸腾的风暴，开始释放出白色的蒸气。……不断膨胀的二氧化碳气体完全覆盖住这片区域……"（271-273）的时候，"几十条死鱼在水面上漂来漂去"（277）。而过往船只"一旦被这团白色的云朵笼罩，剩下的就只有绝望"（279）。大气中碳浓度的不断升高导致全球气温升高，这又引起"海洋生物的灭绝速度加快"（Robinson，2004：107）。当人类自身造成的"绝望"和人类自身的欲望相遇的时候，当"魔鬼的气息"越发严重的时候，当所有的海洋生物都陷入濒危境地的时候，人类还能独自存活吗？当我们面对逐渐消失的自然万物而陷入沉思之时，我们才明白这样的道理：只有赋予自然界中的非人类物种以公平正义的生存和发展权之时，才是人类自我的审美对象和精神寄托完备之时。

在气候异变愈加严重的当下社会，非人类物种正在遭遇前所未有的种际非正义，但总有一部分人选择"漠视"事实，固执地认为地球上的气候变化仅仅是一种不受人类影响的"自然"的平衡。在漫长的演变史中，人类重新组织了自身与地球相连的空间，却自动屏蔽了这样的事实：地球人类原本是万物中的一类，我们只是地球的孩子，"我们永远不可能比今天更确切地了解人类对气候的影响"（Raffnsøe，2016：13）。正如阿姆斯特丹（2009）在其小说《我们没有预见的事情到来了》中说的那样，"这就是我们作为动物的局限性"（22），因为"整个物种都没有想过要把生物钟调对"（23）。作为人类物种，"我们是傲慢的，愚蠢的，在我们面前的几百年，我们缺乏谦逊"（23）。在这个气候灾难频发的世界，"水变得和油一样珍贵"（23）。"任何称为'中心'的都不知道你长什么样"（32-33）。人类世时代的到来并不是要人类更加坚定自己的中心地位，而是要促使人类更清楚地认识到人类与其他非人类物种之间的关系。人类不能再以"征服者"和"获取者"的姿态来看待自然和自然界中的其他非人类物种，而是要在种际正义原则的指引下构建命运共同体的"物种意识"。

在气候变化的问题上，没有什么是"中心"的，也没有什么是"他者"的，人类和非人类物种都是生态系统中的一员，"所有的行动者都在一起生产、工作、消费、维持、生存、灭亡和重生"（朱建峰，2019：134）。当人类进入全新的"人类世"时期，我们更要质问"人类能否意识到自己作为一个物种对地球的主体义务和所需要承担的责任"（姜礼福，2017：132）。尤其是伴随着科技的迅速发展，可以任性地按照自己的要求来塑造和重建地球的满足感一度使人类迷失在暂时的胜利成果之中，却忽视了"胜利"背后气候的逐渐恶化，全球范围内诸多弱势群体因气候灾难而深

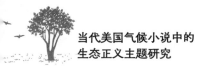
陷生存危机之中，非人类物种的生物多样性丧失严重。当人类赖以生存的
同盟几近灭绝的时候，人类也许会在所谓的"胜利"面前痛哭。因为到那
个时候，"曾经硕果累累的农场，如今只剩下一片沙漠，想想我们如何在
亚马孙河盆地大肆破坏，又如何一个接一个地将生态系统灭绝殆尽"（玛
格丽特，2016：92）。

种际正义的原则要求我们在处理人与非人类物种关系的时候，要正视
二者之间的种际同一性，尊重同为生态系统中的每一个物种的平等发展权。
换言之，人类"莫以动物血脉为羞耻，也不要轻看灵长类的根脉"（56），
而是"重申人类的灵长类血统"（53），从心底认同非人类物种在整个生态
系统中存在的内在价值和意义，认同人类自身对地球及地球上的非人类物
种应该肩负的道德责任，学会与自然界中的万物和谐共处，将自然视为万
物共处的居所，将保护气候环境视为不可推卸的道德责任。

当代美国气候小说彰显的种际正义主题目的在于培养读者对于"'他
者'的敏感性和欣赏力"（斯洛维克，2010：98），促使人类真正认识并接
受人类并不是自然界的"中心"，学会认同非人类物种存在的价值和意义。
正因为如此，我们更要看到在气候变化时代，离开或者泯灭"他者"存在
的价值和意义，所谓的"自我"毫无意义可言。因为二者是处于同一个共
同体中的，彼此之间是相互依存、命运与共的关系。换言之，人类与非人
类物种之间是平等互惠的关系，我们不应该抱有"我们在这里边，它们在
那外边"（116-117）的思维模式。当代美国气候小说对非人类物种给予种
际正义的表征过程实则是倡导人类与整个自然融为一体的过程，谋求的是
"一个人类和动物既相互独立，又完全平等的'去人类中心主义'的世界"
（唐伟胜，2019：32）。这不仅是人类高级理智达到完备状态的过程，更是
复归人类理性及道德伦理的必然过程。

第三节
《地球的朋友》中人与非人类物种间种际正义的建构

博伊尔的生态启示录小说《地球的朋友》被称为对"全球变暖危险"（Gleason，2009：23）的重要警示。该作品讲述了在气候变化危机下主人公蒂尔沃特穷其一生探究人类与非人类物种之间关系的故事，探究了人类如何才能成为地球的朋友这一生态命题。博伊尔曾经指出，人类这个物种只不过是星球万物中的一员。通过将人类降格为"物种"的说法，博伊尔将人类从"人类中心主义"的藩篱中解放出来，将人类与非人类物种视为生态系统中的一部分。

博伊尔倡导的这种"物种意识"在其小说《地球的朋友》中得以详细呈现。在作者创造的"近未来"世界里，气候已经发生了巨大的变化。整个世界到处洪水泛滥，地球上的动物濒临灭绝。在恶劣的气候面前，如何与破坏环境的人类做抗争，如何赋予非人类物种公平的生存权成为困扰蒂尔沃特的难题。他在追求正义的旋涡中挣扎，在不断追忆过往与反思当下人类与非人类物种之间关系的过程中逐渐与自我和解。可以说，在博伊尔的笔下，"过去和现在被重新审视，不同的未来可以被想象。……而且，不同的伦理和道德困境得以重新考量，世界得以重新理解"（Bracke，2019：7）。小说文本给读者提供了一个巨大的"想象空间"来深度探讨气候危机语境下非人类物种面临的生存困境，以及人类该如何履行伦理主体应该肩负的道德责任。从这个意义来讲，蒂尔沃特的追忆过程正是他参透人类与非人类伦理关系的渐进过程，也是他在保护环境的过程中履行种际

正义原则的过程。

一、蒂尔沃特的时空穿梭：栖身于回忆和当下中的气候"慢暴力"

气候变化是一场"慢暴力"活动，人们往往在短期内无法察觉到它的变化到底会对自然界的万物产生怎样的影响。但这种"慢暴力"酝酿至一定程度之后，就会对地球上的人类和非人类物种带来巨大的伤害。因此，身处气候变化窘境之中的人类只有打破短期思维与长期规划之间的矛盾，以宏观的历史视野追溯气候变化的始末才有可能真正认识到人类活动在气候变化过程中所产生的影响。

在时间的维度上考察人为因素导致的气候变化对非人类物种造成的伤害是必要的。在当代美国气候小说中，作家熟练地运用文学作品中的时间元素与时间线索，以在历史的时间纵轴上的每个节点向读者真实展现气候变化过程，同时使读者能够跟随作品中时间的改变而感知人物或事件的发展变化。博伊尔的小说《地球的朋友》通过叙述方式的时空穿梭性，巧妙地将气候"慢暴力"展现在读者面前，将处于气候"慢暴力"肆虐下的非人类物种遭受的非正义困境展现出来。为了凸显气候发生变化的历时性特点，小说将蒂尔沃特的叙述时间放置在过去、现在和未来三个时空隧道中。主人公蒂尔沃特生活在两个时代。这两个时代的最大区别就是气候发生了巨大变化。小说的一个时间段是 1989 年到 1993 年间。这个时间段的故事是以第三人称叙述的。在这期间，蒂尔沃特是一个环保主义者，加入了"地球至上！"的环保组织，这个组织成立的初衷就是一切以地球的利益为出发点，保护地球上的一切生物。但那个时代的人类还在讨论气候变化是否真实存在，是否会对人类和非人类物种造成伤害的问题。换句话说，那个时代的人还未对气候变化给予足够的重视。

与 20 世纪 90 年代人类仍旧质疑气候变化问题真实与否形成鲜明对比的是作品开篇提到的 2025 年的天气情况。按照小说的描述，2025 年是蒂尔沃特的现在时刻。在这个"近未来"的世界里，读者首先感知到的就是气候已经发生了翻天覆地的变化。"过去定义为雨季的季节"而今亦不能称为"雨季"，2025 年的人类频繁遭遇暴风雨的袭击，"大部分人家的屋顶都被暴风雨掀翻"（Boyle，2001：2），到处都是连根拔起的树，在这个"伤痕累累的星球上……穿山甲也快要消失了"（2），气候变化导致的灾难不是个例，而是普遍存在的现象，"人类物种才是气候变化的罪魁祸首"（Vidal，242）。主人公看管的那些动物"是世界上最后存活下来的物种。而且重要的是，它们还是动物园进行克隆和主要哺乳动物剩余物种分布的存储"（Boyle，2001：1）。

生活在气候变化环境中的人类和非人类物种每日都在体验气候异常带来的折磨。"所有的东西都是湿的……鼻涕虫从茶壶里爬出来，连我们屁股下面的椅子都变绿了，又发芽了"（38）"根据州法律，壁炉已经用砖砌起来了，空调也几乎灭绝了""因为电力限制和高昂的电费"（9）。在新的旱季，气温高达 54.44℃，人们被迫戴上护目镜和口罩，因为"空气正是另一种污染物"（13）。在雨季，连续几周的暴风雨，先是打碎了蒂尔沃特所在的宾馆的窗户，撕毁了屋顶。尽管他用沙包把前廊包了起来，但不幸的是，他的家和邻近的公寓最终还是被扫进了一条翻滚的河流里。

在博伊尔创造的"近未来"世界里，自然界的生物物种在气候变化的影响下已经濒临灭绝。博伊尔对"近未来"世界里气候变化严重性的描述传递给读者一种强烈的紧迫感，这种刺激迫使读者将自身所处的时代与这个既陌生又熟悉的未来世界联系在一起，将自身的命运与未来世界中的非人类物种的命运联系在一起。当生态系统在未来某一天完全失衡，动植物的栖息地不复存在，动植物消失殆尽的时候，作为"生物金字塔"顶端的

人类物种大概率也是不会存活的。既然地球生物圈内所有物种都是生命共同体的成员，人类作为其中的一部分就不能以"中心"自居，不能站在"金字塔"的顶端俯视自然界中的非人类物种，而应该正视人类活动对自身以及非人类物种赖以生存的气候环境造成的破坏，认真反思气候"慢暴力"背后的真正原因。

在读者的时间概念中，读者的现在时刻是其自身所在的当下，而蒂尔沃特则是过去和未来的结合点，读者的现在时刻与蒂尔沃特代表的过去和未来时刻相互结合，成就了时间维度上气候变化的历时性发展过程。读者以自身所在的现在时刻为圆心，伴随蒂尔沃特的回忆，将他们对气候"慢暴力"的认知扩展至过去和未来。正是在不断变换的时间想象中，气候"慢暴力"的潜在危害性得以呈现，非人类物种遭遇的种际非正义也得以展现。就读者的现在时刻来讲，在全球气候变化的阴云笼罩之下，生物多样性丧失速度加快。根据蒂尔沃特的描述，在气候变化越发严重的"近未来"世界里，"土狼"似乎就是神话般的存在，当蒂尔沃特的前妻来访时，他"拿出珍藏三年之久的金枪鱼罐头，还有最后一罐蟹酱"（42）来招待她。当城市化进程不断加快，人类科学技术不断取得进步的时候，自然却在人类的进步面前悄然消亡。在小说中，蒂尔沃特的时空穿梭在读者的阅读体验中得以浓缩，过去场景与未来场景的融合让读者审视当下气候变化状况的同时，又再次感知人为活动是如何深深地破坏了星球万物赖以生存的气候环境的。读者对气候变化的认知在蒂尔沃特的时间意识里跳跃，时间和意识的不可分割性使得气候"慢暴力"清晰可见。

借助时间无限延展的特性，读者才能洞察人类活动到底对气候环境造成多么大的影响，到底对非人类物种的生存和发展造成了多么大的伤害。回忆可以悬置时间。年老的蒂尔沃特整日生活在"洪水、飓风、雷电甚至是冰雹"的极端天气情况下，头上是让人感到窒息的"黑压压的天"（2），周围是"一场风暴追着另一场风暴的恶劣天气,泛滥的河流"(212),"失去了颜色的森林"(296),还有在暴风雨中挣扎的幸存的几只动物。在蒂尔沃特不断的回忆中,气候变化"慢暴力"得以呈现。同时,依靠时间的力量,博伊尔将气候变化的发展放置在时间轴——现在、过去和将来中,并在人的特定回忆中持续性地延展。例如,我们在上面提到的,博伊尔是通过蒂尔沃特的追忆来展现"慢暴力"的发展过程。作家在打破物理时间的同时,又无限扩展着读者的心理时间,在读者心中绘就一幅气候变化的时间图谱。

詹尼佛·罗斯·怀特(Jennifer Rose White,2009)指出,文学"可以以其他话语形式所欠缺的戏剧性的方式,将我们对无形、缓慢、缓慢加速的危机的理解和欣赏投射到未来。(小说)也可以合理地瓦解或并列时间,以产生最大的影响和理解。这是科学、生物学甚至历史无法做到的"(240)。小说《地球的朋友》中蒂尔沃特的时空穿梭正好弥合读者对气候"慢暴力"的当下思维与未来的气候异变之间的差距。蒂尔沃特感知的气候变化的过去和现在正是我们能够感受到的气候变化的过去与能够想象得到的未来时刻。他对"现在"的气候变化问题的描述正好为读者提供了一个可以想象的气候变化的未来,这让身处"现在"时刻的读者能够提前感知"光秃秃的世界"(Boyle,2001:24)。正如整日生活在无尽的狂风暴雨世界里的蒂尔沃特,他哀叹昔日的美好。他对年轻时的痴迷和怀念与现如今的孤独形成了鲜明的对比。

伯格森(Bergson)说,真正的时间是"一种绵延,它是意识所直接达到的,是具体的、活的、动的,可以为我们的直接经验所感知的"(1989:67)。相对应的,气候变化问题本身具备的无形、不易感知的特征要求我们只有将它放进"具体的、活的、动的,可以为我们的直接经验所感知的"时间轴中的时候,我们才能清楚地认识到气候"慢暴力"最终会达

到"临界值"。当"临界值"到来的时候，也许正是气候灾难最大化的时刻。只有意识到以上这些潜在的危机，我们才能抛弃大部分人在气候变化问题上存在的"吉登斯悖论"心理，或者说是社会心理学家认为的"未来折射")——人们熟知的日常生活和一个气候变化的世界的抽象未来之间的巨大的知识鸿沟（Giddens，2009：2）。气候小说《地球的朋友》通过时间的转换，将抽象的未来转化为个人的生活故事，将时间链条中的气候"慢暴力"以及"慢暴力"下非人类物种的生存困境清晰地展现在读者面前。读者在不断感知蒂尔沃特不同时期所处的气候环境的过程中逐渐将他的故事内化为自身的故事，从而激发环保意识。

二、蒂尔沃特的伦理之困："人类中心"与"生态中心"的博弈

当气候"慢暴力"成为全球性危机时，如何将适用于人际的伦理正义原则运用到协调人与非人类物种之间的关系成为人类需要思考的问题。在正义的主体性选择上，"人类中心论者"往往将人类的利益优先于非人类物种的利益，认为自然界中的万事万物都是为人类的需求而存在的。对此，环境伦理学家辛格认为，人类也应该将非人类物种视为公平正义的主体，与人类自身享有平等的生存权利，而不是将"人类物种的利益凌驾于其他非人类物种的利益之上"（Singer，2011：9）。利奥波德的"大地伦理"观一再强调，人类与非人类物种是平等的生命主体，它们都享有平等的道德关怀。"人类优越性"或者"人类中心论"都违背了"物种公平"（Taylor，2011：155）的原则。与"人类中心论"相对应的"生态中心论"在否定人类优越性的前提下，认为自然界中的各个物种之间是平等的关系，倡导人类学会尊重自然，维护人与自然命运共同体的利益。小说《地球的朋友》在呈现气候"慢暴力"给星球万物带来毁灭性的灾难的同时，又探讨

了主人公蒂尔沃特在面对濒危的非人类物种时的伦理挣扎，"人类中心论"与"生态中心论"到底该如何抉择，这成为气候灾难面前人类需要面对的重要议题。

西方资本主义社会倡导的"人类中心论"思想与"地球至上!"环保组织呼吁的"生态中心论"思想的碰撞导致了蒂尔沃特的伦理之困。一方面，以美国为代表的西方资本主义国家崇尚经济加速发展的理念，却对大气中二氧化碳浓度的不断升高置之不理。在一个消费不断增长、生态系统压力不断升级的世界里，却很少有人真正关注美式消费将会对全球生态系统以至气候变化产生多大程度的破坏。具体到蒂尔沃特本人来讲，他年轻时候遵循的消费模式以及他在环保问题上的漠视态度可以说是反映了美国大部分民众的状况。蒂尔沃特回忆中的青年时代里他住豪宅，开跑车，完全不顾及高消费产生的温室气体对气候造成的严重影响。在他的意识里：

> 工业帝国的人们生来就应该不断穿新衣、换新车，使用最新的电子娱乐设备。他们在屋子里放满各种电器，时而过热，时而过冷。……消费品不断周转，其中使用的贵金属、矿物质、矿物燃料也不断被废弃，这使得生态系统以及地球系统越来越不稳定。（诺斯科特，2010：46）

"作为世界上人均碳足迹最高的国家之一"（Dunlap et al.，2015：96），美国人无休止的消费趋向与二氧化碳排放有着巨大的联系。同时，在资本主义"征服自然""控制自然"的主导思想的影响下，大部分美国民众难以正视气候变化问题，更难以考虑当生态环境和大气环境遭到破坏之时，那些遭受气候灾难而濒临灭绝的非人类物种的生存处境。因为在人类与自然界的非人类物种之间的关系上，他们长期视非人类物种为"他者"，认

为自然界中的非人类物种就是为了人类的需要而存在的。这直接导致大部分美国民众无法正确看待遭遇气候灾难的非人类物种，更无法在道德上给予它们应有的平等关爱。比如，蒂尔沃特经常开着汽车出去，他也曾为交通堵塞而大为恼火，因为"在他视力所及的任何方向，都塞着汽车……它们每年、每年、永远地向大气中排放等同于自身重量的碳"（Boyle，2001：239）。这些不断增加的碳造成了全球气温的升高，升温导致的大雨致使无数濒危的动物陷入死亡的危机。蒂尔沃特对此感到痛心和些许恐慌，但他又无法放弃代表身份地位的消费模式。

西方主流文化将非人类物种视为满足人类需要的工具性存在，打着以"人类和理性为中心"（Plumwood，2001：8）的旗帜，妄图"合理化"地将非人类物种"他者"化。例如，晚年的蒂尔沃特即使整日生活在炎热或暴风雨的极端天气情况下，他仍旧忘不了"阿拉斯加蟹"（Boyle，2001：4）。然而，随着有利的气候、经济和生态系统的崩溃，蒂尔沃特和他的朋友们意识到了人类和生物圈即将面临可怕的气候变化危机。显然，在强大的气候灾难面前，他们的"人类中心论"思想已不起作用。在经历了可怕的气候灾难之后，蒂尔沃特变卖家产，毅然加入"地球至上！"环保组织。但该组织呼吁武力维护地球环境的环保理念却与蒂尔沃特预期的环保理念有所差异。因为该组织一方面崇尚人与自然和谐共处，倡导回归自然，另一方面将"被动抵抗"作为一种"尊敬特定环境中的所有要素"（51）的反抗手段。但这种依靠"被动抵抗"来保护环境的行为导致蒂尔沃特被警察打得不省人事。他的女儿遭到海岸木材公司的威胁，该公司扬言要杀害参与"被动抵抗"环保活动的希尔拉。

在试图解决人为活动对环境的破坏过程中，蒂尔沃特意识到如何赋予非人类物种以道德正义是一个两难的问题。于他而言，为了践行自己的环保信念，他放弃原有的消费模式，为了与那些破坏动物栖息地的伐木公司做斗争，他失去了女儿。他的明星老板麦克，为了保护那些世界上为数不多的珍稀动物，不惜花巨资为它们建造栖息地，不惜在洪水逼近的时刻选择让这些动物与人类共处一室，不惜拿出自己珍藏了很久的肉来供给它们食物。但结局却是，在洪水的袭击下动物失去了控制，麦克遭到疯狂狮子的袭击而身亡。这是人类与非人类物种在生存竞争的问题上出现的公然的对峙的惨剧，也是人性与动物性的较量，更是"人类中心论"与"生态中心论"的博弈。因为"人类中心论"是将人类的生存作为优先考虑的原则，其他非人类物种只是人类存在的辅助。尤其在几千年的文明发展过程中，西方国家依然将非人类物种排除在伦理关爱的范围之外，已然认为非人类物种是"不文明的、动物的或动物性"（Plumwood，2003：53）的，是没有资格享有与人平等权利的客体。而"生态中心论"只相信荒野，相信动物而不是人的权利。二者之间矛盾冲突的根源在于彼此并未将对方在自然界的价值主体地位考虑在内，并未认识到物种之间平等的原则涉及地球生态系统的完整性以及人类与非人类物种共同的福祉。

如何赋予气候变化环境中的非人类物种以平等的生存和发展权，如何平衡人类与非人类物种之间的关系是人类应该思考的问题，也是每个人类在面临自身利益和"他者"利益相互冲突之际需要做出的抉择。蒂尔沃特的伦理困境代表了绝大部分人类在与非人类物种相处过程中面临的难题。尤其是在全球气候变化的大格局下，我们需要考虑的不仅仅是人类的生存权利，也应该要保障非人类物种的生存权。我们应该认识到，人类的繁荣发展与非人类物种的欣欣向荣密不可分，仅仅只关注人类的发展权而剥夺其他物种的生存权利不可取，但要回到以其他物种的生存权优先的原始时代而放弃人类应该有的发展权利也并不可取，我们需要平衡这两者之间的关系。生态可持续发展的前提就是要人类赋予自然万物以必要的生命权，维护星球万物赖以生存的气候环境。

三、蒂尔沃特的觉醒：人类与非人类物种之间的种际共存

生态正义的原则要求人类与非人类物种平等共处，主张人类敬畏、尊重所有的生命。在小说《地球的朋友》中，蒂尔沃特亲历了气候变化对人类及非人类物种造成的伤害，这促使七十五岁高龄的他选择帮助明星麦克管理世界上仅存的濒危动物。蒂尔沃特戏称自己是"动物人，而且是现代社会少有的动物人"（Boyle，2001：1）。"动物人"的概念形象地将人类自身与动物并置起来。这种并置在交代蒂尔沃特职业的同时，又含有"物我一体"的种际正义内涵。蒂尔沃特把人类降格为整个生态系统中的一个物种，与其他非人类物种并置起来的做法直接将人类从"人类中心论"的神坛上解放出来，使人类可以开始以物种的身份与其他非人类物种平等对话。在气候灾难的蹂躏下，为了履行"地球至上！"组织保护森林，保护森林生物栖息地的宗旨，蒂尔沃特选择与资本及资本家们做斗争。尽管他知道荒野中的生物有时候会"攻击人类，也许会吃了他"，即便如此，他仍旧认为"这才是原始的，这既是自然，是未被驯服，未被净化的自然"（111）。他把"荒野作为实验室"（199），他要在荒野的实验室里尝试如何与自然界中的生物共存，"重新检验人与动物的关系、重新思考'人是什么'这一哲学性问题"（刘彬，2018：20）。在蒂尔沃特看来，也许人类只有身处这片最原始的荒野，才能"众生平等"（Sessions，1995：Preface x）。

"生态中心论"否定人类的优越性，认为人类与非人类物种之间是平等的，要求人类尊重自然界中的非人类物种，维护自然界中生物共同体成员的平等利益；利奥波德的"大地伦理"观强调人类作为"生物金字塔"中的一员，与其他物种处于同等的地位，而且人类有责任维护生物与共同体的和谐。上述两种理论都摈弃了"人类中心论"，强调生物共同体成员之间的平等、人类与非人类物种之间的相互依存关系。博伊尔在小说中虽然并未直接指出蒂尔沃特深受"生态中心论"的影响，但根据小说的描述，作为一名前生态活动家,蒂尔沃特已经敏感地察觉到气候变化对当地生态系统造成的破坏。他"为动物们哭泣,为这个地球哭泣"(Boyle,2001:72)。他希望能够拯救这些"濒临灭绝的动物,虽然对于地球来说为时已晚。或者对于人类来说,也为时已晚……但这是我们的希望,我们唯一的希望"(248)。蒂尔沃特的言行表达了尊重自然的道德伦理观。这是一种"生态同情",是一种将对人类物种的关爱之情延展至非人类物种身上的生态关怀感。

在严重的气候灾难环境下,蒂尔沃特对气候变化的认知处于不断深化之中,对人类与非人类之间相互依存的关系也处在不断强化的过程中。比如,为了实践人类物种在荒野中的生存,蒂尔沃特与妻子脱离了现代文明社会,赤身裸体在荒野中学习如何生存。他们想要的是"回归原始人类的进化之初"(Boyle,2001:175),这里的"进化之初"暗含人类是自然界一个物种的意蕴,即斯宾诺莎认为的成为一个完整的人要学会"在自然之中生存"(being in nature)(Drengson,2005:14),而且这种"生存"是动态意义上的"不断扩大自我"的自我实现,是认同生态整体性大我或整体的"道"的过程(温茨,2007:002)。再比如,无论是在蒂尔沃特讲述当下的气候状况时,还是在他对过往气候环境的回忆过程中,他房屋中悬挂的梭罗画像出现了很多次。梭罗画像的闪现并非偶然,而是一种隐射。梭罗意象的存在意指蒂尔沃特本人崇尚的回归自然、与自然万物和谐共处的生态思想。自然万物和谐共处体现了一种理想化状态下人类与人类物种相互依存又彼此尊重的生态和谐愿景。

梭罗式的生态体验只是促使蒂尔沃特觉醒的原因之一,真正刺激他认识到人类应该赋予非人类物种伦理正义的是气候灾难下人类与非人类物种之间命运与共的切身经历。根据小说的描述,面对被破坏的动植物栖息地,蒂尔沃特眼前的树桩都是"一个伤疤,一个创伤,一个森林身上无法愈合

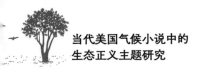
的伤口"(Boyle, 2001: 19), 被破坏的森林是吸收二氧化碳等温室气体的"碳汇"。然而, 资本主义社会为了经济的快速稳定发展, 不仅不修复自然生态系统, 反而对那些向大气中排放二氧化碳的工厂不予追究。

正如"喜马拉雅山的生态危机并不是一个孤立的事件"一样, 气候危机"根源于现代物质文明。对它的狂热追求致使人类成为地球的屠夫"。(转引自 Guha, 2000: 179)在恶劣的气候环境中生存的非人类物种有时只能面临死亡, 甚至在胚胎中就注定死亡的命运。对此, 娜奥米·克莱恩(Naomi Klehin, 2017)指出, "在化石燃料的时代, 让地球了无生机的手段变得越来越隐蔽: 我们先是妨碍了成年动物的生殖能力, 再让它们的幼体难以生存。没有尸体, 只是消失——什么也看不到"(537)。面对极端的天气情况, 蒂尔沃特则一直在感叹"除了原来的世界, 我什么都想要……我只想要那些消失的野生生物重新回归……都被放回原处。我不想生活在这样的年代, 我只想生活在过去, 那个遥远的过去"(291)。蒂尔沃特在动物的身上看到了人类悲观的未来。他祈祷如果有一天人类灭亡, 地球遭遇第六次物种大灭绝, 世界上幸存的少数动物能够适应环境的改变而生存下来, 这是对动物重要性的推崇。

在如何对待与人类共存的非人类物种的问题上, 蒂尔沃特一直在反思自己的行为, 反思人类对气候环境的破坏活动。尼采在谈论人性与动物性的时候说过, "我们不把动物看作有德性的主体。但你以为动物会把人类看作有德性的主体吗? 如果动物会说话, 它们会认为人性就是有偏见"(转引自 Singer, 2011: 19)。带有"偏见的"的人类把人类之外的所有生物物种视为"他者", 肆意地剥夺它们应该享有的适宜气候的权利。当前的气候危机已不仅仅是生态危机, 更应该是全体生态系统的整体性危机。当前自然万物所处的困境正是人与自然、人与他者、人与自身之间关系出现问题的后果(莫尔特曼, 2002: 104)。在蒂尔沃特的记忆中, 他生活的地方原本是一片开阔的田野。这片田野在世纪之交的时候却变成了"灰色潮湿的峡谷""山猫、骡鹿、兔子、鹌鹑和狐狸也由于被偷猎和侵占而不复存在"（Boyle，2001：7）。葡萄酒之乡纳帕 – 索诺玛（Napa-Sonoma）已经变成了稻田……随着气候环境的改变，人们的饮食结构也不得不发生变化，鸡蛋和培根似乎已成为"历史"（8），人们可以负担得起的食物只有米酒和鲶鱼寿司，而这两种是入侵物种，已经在该地区占据主导地位。大部分的海洋生物已经灭绝，百万富翁们吃"冷冻已久的金枪鱼和藏了20年之久的安康鱼，每盘要3000美元"（191）。可见，覆巢之下安有完卵。作者想要揭示的就是气候灾难之下，非人类生物的命运与人类命运是紧紧交织在一起的，人类必须重视非人类生物的内在价值并给予保护。

公平公正地处理人类与非人类之间的关系问题需要人类正视其他物种存在的合理性及其不可或缺的价值。唐娜·哈罗威（Donna Haraway）写道："如果我们欣赏人类例外论的愚蠢，那么我们就会知道，进化成为的过程往往伴随着其他生物的参与过程——这是一个相互接触和依赖的区域，在这里，结果、谁会幸存，都处于危险的状况"（Haraway，2007：244）。人类自身的整体性和统一性"成为"过程也伴随其他非人类物种的参与。人类只是一个更大的非等级系统中的一个代理，而不是决定这个"成为"的中心。因此，要承认非人类物种的内在价值，就必须破除人类中心论的思想，站在同为物种的角度去看待人类之外的其他物种。

这种观点就暗示了一种"参与"，即非人类物种与人类是如何在相互参与进而相互"成为"的过程中互为协同，最终达到和谐共生的。这里的"成为"并不是说要让人类"成为动物"，回归荒野的年代，过起茹毛饮血的动物般的生活，而是让人类在"物种意识"的影响下，学会站在非人类物种的角度去看待气候变化的问题。"成为并不等于没有秩序的归属，它更多强调的是一种联合。"（转引自 Haraway，2007：28）换句话说，这种

联合就是一种与非人类物种命运与共的共同体意识，因为"人与其他生物是相互构成的，是互动的关系"（Haraway，2007：11），人与非人类物种的互动成就了彼此生命的价值，也成就了人之所以为人而应该具有的德性。也就是说，"人之所以称为人，人之所以能够获得真正的人性，这都源自他与他认为的'他者'之间的互动，而非他自身存在所致，源自他身处自然界万物之中，而非孤立地存在"（Karl，1964：185）。

长期与动物相伴的经历塑造了蒂尔沃特早期"物我一体"的意识，正是这种意识促使他反思自我与周围环境及其他物种之间相互依存的关系。人类可以从其他物种对自然的反应中反观自身的生存处境。这与美国生态批评家斯洛维克（Slovic）在其《文学与环境的跨学科研究》（2020）中多次提到的"共情"相吻合。当人类将自己视为物种向其他物种敞开怀抱的时候，我们就可能做到附身倾听非人类物种的生活。当我们与它们"共情"的时候，我们可能会更好地认识到自身的困境。按照尼采的说法，"人"不仅源于"动物"，而且永远无法从它的动物性中解脱出来（Singer，2011：24）。人类要做的唯有尊重其他物种的自然属性，顺应生态发展的规律。只有这样人类与非人类物种才能和谐共处，而和谐共处才是赋予非人类物种最好的正义。这个观点是整体论的，而不是个体主义的，因为"它的至善是生物群落的完整、稳定与美"（Callicott，1988：304）。

全球气候变化问题本身是一个多方力量相互作用的协同过程。为了更好的缓解气候变化在未来将会给人类带来的戕害，为了保护我们的地球家园，保障子孙后代的生存权利，我们必须要意识到非人类物种在应对气候变化问题中的重要性。在《地球的朋友》中，对于同样处在濒临灭亡困境中的人类和动物们来说，主人公蒂尔沃特最终以承认自然及自然界中非人类物种的独特内在价值为前提，承担起了关爱非人类物种的责任和义务。作家塑造这一人物形象一方面再次向我们强调了非人类物种的主体性价

值，告诉我们存在价值、生存价值等"应该属于生态共同体所有成员，非
人类物种与人类一样，具有不以人类意志为转移的客观价值"（罗尔斯顿，
2000a：2）。

　　作家以复归非人类物种自身的价值为导向，继而强调它们应该享有的
公平正义的权利。"在生物圈中，所有的生命体和生命存在物都享有生存
和繁荣发展的平等权利，都拥有在自然界这个大的空间内展现个体存在的
价值和实现自我价值的权利"（Devall et al.，1985：67）。除了人类物种外，
其他非人类物种也有其存在的尊严。人类作为大地上的一员，应该在平等
正义的基础上"敬畏所有生命体，赋予生命体权利，实现所有生物的平
等"（苑银和，2013：15）。面对异常的气候，面对濒危的自然界生物，蒂
尔沃特深切地体会到，人类是没有权利去掌控地球环境的，"他需要觉醒"
（Boyle，2001：70），"他要给予道德关怀的不仅仅是动植物……生态系统
中的一切都有其完整性"（172）。在蒂尔沃特看来，人类长期对大气环境
的破坏已经导致自然系统和物质资源濒临崩溃的边缘，而重塑人类与非人
类物种的伦理关爱则需要很长的路要走。在小说的结尾，蒂尔沃特与动物
们一起经历了洪水的肆虐，幸存的他和前妻一起返回山上的小屋居住，陪
伴他们的是一条叫作"矮牵牛花"（Petunia）的狗，作家所要表达的希冀
人与非人类物种在气候变化背景下相助相依的愿景在结尾再一次得到强调
与升华。

　　总体来讲，小说《地球的朋友》呼吁人类与地球以及地球上的其他非
人类物种成为朋友。成为地球的朋友就意味着将人类视为自然界中的一部
分，"作为万物中的一员，自然界生物进化的过程造就人类生命体的存在。
换言之，是自然界赋予人类自身的存在价值，否则，人类将不可能作为有
价值的个体而独立存活于自然之中"（Rolston，1988：4）。所以，人类要
与自然界中的其他物种平等和谐地相处，因为"对于一个善的人来说，和

朋友的关系就等同于和自身的关系。因为友人就是另一个自我"（熊野纯彦等，1998：45）。以上种种皆可得出这样的结论，当代美国气候小说在呈现人类活动对气候变化造成的巨大影响的同时，更是透过现象揭露气候变化背后掩藏的寻求种际正义的本质。既然"生物圈中的所有存在物拥有生存和繁荣的权利，那就意味着人类与万物共处于同一个道德共同体之中。那样我们人类就必须公正地对待所有存在物直至生态系统的整体利益，而且必须坚持生态优先原则"（王建明，2008：48），抛弃"他者"的思维，以公平参与的心态共建人与非人类物种之间的伦理正义。

第三章

守护少数族裔的生存权：当代美国气候小说中的族群正义

当代美国气候小说家在书写非人类物种应该拥有平等的生存和发展权利之外，还关注气候变化环境下美国少数族裔的生存境况。在美国气候小说的描述中，美国气候灾害发生的位置往往与环境种族主义之间存在既清晰又紧密的关系。例如，居住在墨西哥湾和大西洋沿岸的美国黑人长期暴露在巨大的飓风危险之中。在遭受热浪威胁的城市中，有色人种的死亡人数远大于白人的死亡人数。可以说，在气候变化导致的各种灾难中，拥有不同种族身份和民族文化身份的人群享有的权利和义务呈现明显的不平等现象，这已经严重损害他们的"生存权、发展权和健康权等一系列的基本人权"（何晶晶，2015：84）。然而，不争的事实却是，我们共同生活在同一个地球生态系统中，我们是一个命运共同体。共同体中的任何人都不得以中心自居。因此对占据美国文化主流地位的白人来说，他们将白人群体或者富人群体视为优于其他少数族裔的中心，而将其他少数族群视为成全自我中心地位的"他者"的行为就是非正义的，由此产生的不公平现象理

应得到公众的重视、警惕与批判。

当代美国气候小说通过对少数族裔遭受的气候非正义的描述，旨在呼吁美国白人政府秉承正义的原则，在解决气候变化问题的过程中考虑到少数族裔享有的平等权利。美国是一个多民族、多元文化共存的移民国家，但其根深蒂固的种族主义问题一直是实现社会公平正义路上的绊脚石。无论是在政治、经济、文化还是环境等问题上，美国白人历来属于优越阶层，他们把美国非裔、印第安人等其他少数族裔视为处于从属地位的"他者"，在他们居住的地区建立造成污染的企业或将其作为倾倒有毒垃圾的地方。美国的少数族裔长期遭受环境非正义问题。尽管"美国人口占世界人口的 5%，却掌握世界 50% 的财富"（Robinson，2004：72），但绝大部分财富掌握在美国白人群体手中，当全球化的气候变化连锁效应叠加在一起的时候，首先遭遇气候灾难的仍旧是那些最为脆弱、最为贫穷的少数族群，"当气候灾难来临时，影响美国民众脆弱性的核心特征是各自所处的社会经济地位、性别以及种族或民族"（转引自 Dunlap et al.，2015：140）。

在气候变化问题愈加严重的当下社会，当代美国气候小说家对族群正义主题的关注和重视与美国环境保护运动倡导的环境正义密不可分，与美国根深蒂固的种族歧视现象密不可分。可以说，当代美国气候小说探讨的族群正义主题延续了 20 世纪 80 年代的环境正义运动，此运动的核心议题在于改变族群之间在环境权利与义务之间的不公平现象。而且，在与气候变化的最新研究成果相结合的基础上，探讨当代美国气候小说中的族群正义主题能够凸显美国社会中处于边缘地位的少数族裔在气候灾难袭来之时承受的生存和发展危机。该章以当下日益严重的气候变化状况为突破口，具体分析被"他者"化的美国少数族裔承受的不对等的气候灾难，深度挖掘潜藏在非正义背后的美国社会根深蒂固的阶级矛盾，从而呼吁美国政府正视少数族裔群体为自己发声的平等权利，重申他们在气候变化政策的协商和制定过程中不可或缺的作用。

第一节
气候变化语境下的美国少数族裔"他者"

当代美国气候小说在描写气候灾难对人类造成诸多灾难的同时，突出表现了作为"他者"的美国少数族裔在气候变化大环境中遭遇的气候非正义。在本节中，我们将通过对美国少数族裔"他者"化过程的分析来解读当代美国气候小说揭露的生态后殖民霸权，进而思考美国少数族裔在气候灾难中的生存困境。

在霍米·巴巴（Homi Bhabha，2002）看来，"少数群体"指的是处于社会边缘或底层、在政治和文化方面失去发言权、无法公平表达自己的观点并为自己谋求利益的群体。他们一般在政治、文化上都处于边缘地位。具体到美国国内而言，那些"居住在大城市贫民窟里的劳工、美国的黑人群体，不但他们的身体被隔离，而且他们在法律和风俗方面也受到精神上的歧视……这些人占据着真正的殖民地位，构成了少数族裔问题的核心和本质"（176）。

尽管美国社会拥有多元文化并存的历史传统，但这一传统并未消解以盎格鲁–萨克逊为代表的白人占据主流话语权、其他少数族裔处于失声的边缘地位的残酷现实。反之，美国少数族裔群体及其文化传统一直以来都处于被打压、被歧视的境遇。自从白人殖民者踏上美洲大陆的那一刻起，他们就开始以征服者的姿态俯视美洲大陆的一切。白人殖民者眼中的土著印第安人是一群生活在蛮荒之地的野蛮人。这群野蛮人的存在就是为了成就白人殖民者的"美国梦"。可以说，美国土著印第安人以及之后的非洲

黑人等其他少数族裔都是作为白人的附属而存在，他们自始至终都处在白人殖民者的"他者"视野里。白人统治者不但剥夺他们赖以生存的土地，还通过贬低少数族裔的生存地位、文化传统、族群意识等摧毁他们的自我认知。

在当今环境问题愈加严重的情况下，美国环境文学作家对印第安文化传统进行了重新挖掘与再认，以此确立并颂扬少数族裔文化对当下环境保护所具有的指导性价值。例如，以莫马迪、西尔科和霍根为代表的美国印第安作家多次在其作品中呼吁人类敬畏自然，因为"人类对环境的尊敬应该是实现正义的先决条件"（Wenz，1988：19）。在他们的传统文化中，自然中的万物是有灵的，是神秘的，人类作为自然万物中的一员，应该感恩自然为人类的生存和发展提供的一切物质来源。可以说，印第安传统文化中质朴的生态世界观是"对自然的发展过程存有敬畏和尊重，并谦逊地对地球及生活在地球上的一切生物保有的尊敬和神圣的世界观"（John，2004：401）。然而，在经济利益的驱使下，印第安文化传统倡导的尊重自然的价值观与白人殖民者最大限度地掠夺自然的观点迥然不同，这必然注定双方的矛盾具有意识形态上的不可调和性。

对于白人殖民者来说，他们以自我为中心的价值观往往导致他们过于关注自我的利益得失，却对他们造成的环境破坏现象视而不见。白人殖民者看待自然环境的二元对立观念与美国少数族裔奉行的天人合一的传统文化之间的冲突在美国印第安作家琳达·霍根（Linda Hogan）的代表作《灵力》（*Power*，2013）中得到了详细的体现。小说描写了泰迦（Taiga）部落的女孩奥秘西多（Omishito）坚守的原住民文化传统与以其已经西化的妈妈为代表的西方文化之间的对峙。根据小说的描述，气候异常导致飓风频发，很多动物在飓风灾害中丧生。这对于将动物视为神圣生灵的泰迦部落人来说，失去动物等同于失去了他们的精神信仰。然而，面对突如其来的气候灾难，他们难以阻止白人政府为了发展经济而持续破坏大气环境的罪恶行径。在这样的情况下，当两种不同的价值观发生冲突的时候，处于边缘"他者"地位的美国少数族裔实则承担了更多的环境危机。因为他们被白人主流社会视为边缘人，是为了利益随时可以抛弃的"他者"。他们长期遭受美国社会根深蒂固的阶级不平等，尤其是在气候灾难面前，毫无政治地位和经济保障的他们显得异常脆弱。从一定意义来看，美国白人主流社会对少数族群实行的环境种族主义实则是其"霸权中心主义"的极端表现形式。

美国少数族裔"他者"的存在是构建白人自我不可或缺的因素，凭借对少数族裔"他者"的统治和不公平对待，作为自我主体的白人才能更加准确地判定自身的优越性及其自认为优越的价值观。因此，"他者"差异性的思维模式一旦形成，就会在社会资源的分配以及社会层级的确定等问题上带来不公平的结果。在环境问题方面，"他者"思维模式导致的非正义行径已经成为当下学者们关注的焦点。乔尼·亚当森（Joni Adamson）在《美国印第安文学、环境公正和生态批评：中间地带》（*American Indian Literature, Environmental Justice, and Ecocriticism: The Middle Place*，2001）中就探讨了白人殖民者是如何在政治、经济、文化和环境上对北美土著居民进行无情的殖民、征服、奴役和剥夺的。这些非法剥夺土著的生存和发展权背后隐藏的是白人自我对少数族裔"他者"的非正义对待。对于处在边缘地位的少数族裔来讲，要想获取清洁的水源、适宜的空气以及未被毒化的土地等自然资源绝非易事，他们长期遭受各种不公平的对待。他们为白人统治者创造出丰富的物质财富，但自己却并未享受到平等的生活环境。尤其是在当前气候变化问题愈加恶劣的情况下，他们既无法为自己争取合法权益的政治地位，也没有能力应对频繁发生的气候灾害。

在被边缘化和"他者化"的过程中，少数族裔群体在气候变化问题

上面临的诸多非正义行径给他们造成了巨大的身心伤害。例如，1995 年，在著名的芝加哥热浪灾难中，"黑带"（Black Belt）社区遭受的冲击最为严重，而且黑人的死亡率比白人高 50%（Dunlap et al.，2015：141）。当气候灾难袭来之时，社会上的财富以及各种权利的分配等都会无形中偏向中心的一端，而处于中心边缘地位或从属地位的少数族裔、低收入人群一方面无法获得平等享有财富的机会，另一方面又不具备抵抗气候灾难的能力。因此，在同时遭受气候灾难的前提下，美国少数族裔将会承担更多的苦难。

在这样的社会背景下，以环境问题或具体化的气候问题为出发点，诸多少数族裔群体或个人开始为争取平等的生存权利而抗争，这在很大程度上促使了环境文学及气候小说中正义主题的诞生及拓展。因此，有学者认为美国环境文学倡导的环境正义，以及当代美国气候小说试图彰显的族群正义主题皆是"美国现代民权运动与现代环境保护运动共同孕育的产物"（苑银和，2013：29）。20 世纪 80 年代，美国北卡罗来纳州沃伦郡（Warren County）黑人族裔社区固体废弃物填埋事件开启了美国环境正义运动的大幕。沃伦郡的主要居民是非裔美国黑人。当时的美国政府为了处理城市垃圾，将沃伦郡设为国家垃圾填埋场地。北卡罗来纳州的绝大部分含有致癌物质的工业有毒垃圾都被运送至此，并就地填埋。美国政府的这一行为激起了美国民众的强烈抗议。他们认为，环境非正义成为美国政府在族裔问题上的又一具体表征。政府将环境危机转嫁给弱势群体，不仅危害了当地生态环境，又极大地伤害了当地居民的身心健康，给黑人的民权造成了严重的伤害。

环境正义运动的发起与兴盛引起了作家的高度关注，正义主题也就此成为美国环境文学及气候小说着意探讨的中心议题。比如，在其代表作《清洁工布兰奇》（*Blanche Cleans Up*，1998）中，美国小说家芭芭拉·尼利（Barbara Neely）就针对美国白人与少数族裔黑人之间存在的生态非正义现象给予了严厉的批判。美国白人政府为了保障绝大部分白人群体的健康而无视非裔居民的福祉，大肆向该社区倾倒有毒垃圾。有毒垃圾导致该社区的小孩子频繁发生铅中毒事件。唐·德里罗（Don DeLillo）在其《白噪声》（*White Noise*，1985）中也提到了美国政府对少数族裔的非正义。在小说《白噪音》中，当人们面对不明"毒雾"内心焦虑不安之时，男主人公杰克一针见血地指出，"穷人居住的暴露地区才会发生这种事情。社会以特殊的方式构成，其结果是穷人和未受教育的人成为自然和人为灾难的主要受害者。低洼地区的住户遭受水灾。棚户区的居民遭受飓风和龙卷风之害"（德里罗，2002：126）。在罗宾逊的气候小说《纽约2140》中，全球气候变暖导致旱涝不均，纽约遭遇特大洪水。当纽约市大部分地区都处在洪水之中时，46街区的曼哈顿大部分地区也被淹没。洪水面前，白人上层阶级住到第23大街大都会的人寿大厦里，那里还配备了防洪机和船只，还有保障他们的生活水平不会下降的能够储藏足够多食物的仓库。

反观那些少数族裔的穷人，他们居住的社区原本就充满各种安全隐患，还没有足够的医疗卫生设施来保证他们的生命安全。因此，在洪水灾害面前，他们的生存权难以保证，甚至还要时刻面对死亡的威胁。在这里，罗宾逊特意采用对比的手法，以强烈的反差感突出其气候小说中正义主题的内涵：殖民者和统治阶级凸显自我、弱化"他者"的意识与行为渗透在美国社会的各个领域，并不断强化阶级之间的差距，继而造成诸多不平等现象的发生。在气候变化大环境下，通过对那些遭受环境非正义的少数族裔悲惨生存状况的描写与剖析，作家再次强化了其对气候变化问题中存在的少数族裔群体遭受非正义对待的批判。

在气候变化问题上，当代美国气候小说家一方面剖析美国白人统治者与少数族裔之间的不平等现象，另一方面又深度探究视自己为"中心"的

白人与少数族裔"他者"之间彼此不可或缺的共同体关系。因为气候变化并不是个体能够解决的问题。于美国白人统治者而言，如果他们不能改变以自我为中心，为了经济的发展无限制地向大气中排放二氧化碳等温室气体的破坏环境的行为，不能深刻反思资本主义发展过程中对自然环境的"他者"化行为，不能谦逊地正视并汲取以美国印第安传统文化为代表的尊重自然、敬畏自然的良好的生态发展理念，他们就不可能正视气候变化的现状，更不可能找到有效解决气候变化问题的策略。正如彻瑞尔·格罗特费尔蒂（Cheryll Glotfelty）在其《生态批评读本》（1996）中提到的那样，当前的生态批评主要是以白人为领导的运动。如果要在环境与社会公平问题之间建立更为紧密的联系，那就要鼓励多种声音参与讨论，这或将成为一场多民族的运动。因此，在解决气候变化的问题上，美国政府更需要确立"多民族""多声部"，更加多元化地进行气候变化问题讨论以及制定气候变化相关政策的监督机制。

综上所述，在探讨当前气候变化问题的过程中，当代美国气候小说再次将白人自我与少数族裔"他者"的关系提出来，目的就是促使公众关注那些遭受气候非正义的少数族裔的生存处境。而且，在对他们的生存处境进行关照的同时，作家对"他者"存在的积极意义也进行了阐明与褒扬。比如，当代美国气候小说对少数族裔"他者"遭受的气候非正义的描述可以促使评论家重新思考自由平等和气候变化的全球性问题，这有利于避免少数族裔为自己发声的边缘化现象，还可以帮助他们以自己的方式参与气候变化的话语体系。再者，在对待自然的态度上，美国的白人主流文化与其他少数族裔呈现出强烈的对比与冲突。通过展布这种对比与冲突，美国气候小说家传达出对少数族裔生态意识的推崇、对白人狭隘生态观念进行批判的内涵，并以此重建气候变化时代白人自我与少数族裔"他者"之间的相互关系。

在缓解气候变化的问题上，美国白人统治者应关注多族裔不同文化背景下美国全体民众在气候变化问题上的参与度，在制定和实施气候政策的过程中也要充分认识到各族裔文化的多样性和差异性，积极与其他族裔文化开展对话交流活动。因为在解决气候变化的问题上，佩罗（Pellow，2018）指出，"如果不能解决强行附加在弱势群体身上的生态暴力问题，就无法赢取全球的可持续发展战略，社会正义与环境保护密不可分"（5）。对此，美国环境哲学家迪恩·柯丁（Curtin，2005）指出，无论是在理论上，还是在实践过程中，"族群的生存境况与气候环境之间的关系密不可分。一方遭受压迫，另一方必然被波及"（145）。因此，白人群体与少数族裔之间只有以正义原则为先，建立尊重差异与消除偏见的关系，才能最终实现"白人和有色人种……以及所有人在不同的地方以各自不同的方式共同建立家园"（Cronon，1995：21）的愿景。

第二节
族群正义在当代美国气候小说中的展布

按照族群社会学的理解，"族群"与"文化群体"互为同义词，在某种程度上与"种族"和"部落"等同，通常被用来描述人类的类别，包括人们的特定肤色。不同的种族在体貌特征上会有明显的差异性。然而，如果将这种体貌特征的生理差异性上升到社会学的层面上来，如果人们认为某些体貌特征的差异是有意义的，那么这就会影响不同群体之间的关系，久而久之就会在不同群体之间形成不对等的关系。这就是为什么"族群"始终不能摆脱"他族"的含义。就美国历史而言，欧洲白人从踏上美洲大陆的那一刻起，就认定我族不是"族群"，他族才是"族群"。韦伯（Weber）认为，族群作为群体，指的是"那些享有共同血统和信仰、在体型特征或者风俗习惯上相类似，或者二者共同相似，以及由于拥有共同的殖民或移民记忆的群体"（转引自 Guibernau et al.，1997：2）。马克思认为，族群现象不仅仅是文化现象，更是政治现象，它经常与边缘和"他者"联系在一起，表征某一族群在政治、经济、文化和生态环境等方面遭受的不公平对待。

"族群"的概念与美国作为一个移民国家的背景直接相关。美国作为一个高度发达的城市化国家，其多个少数族裔群体交错分散在城市之中或城市的边缘。劳德·沃纳（Lloyd Warner）在《美国族群的社会制度》（*The Social System of American Ethnic Groups*）一书中将美国的"族群"界定为那些或迟或早从欧洲移民到美国的人。但是他在界定这些群体时，又将种族或族裔的特征与这些人联系在一起，认为最容易被美国白人主流文化接受的是那些种族和文化特征与"老美国人"比较接近的人，也就是那些讲英语的白人新教徒（芬顿，2009：65）。也正是因为如此，美国民权运动之前所谓的"合众为一"的"熔炉"要冶炼的其实是一个具有优越种族意识的白人社会，而不是那些非白人少数族裔的社会。比如，美国官方早期对"种族识别"中认为，美国民众分为"自由白种男性""自由白种女性""所有其他自由人"和"奴隶"，"这些分类同时标出了种族和权利地位，使人们很明白他们之间的关系"（莫宁等，2006：58）。

20世纪60年代美国民权运动的爆发宣告了美国"大熔炉"政策的失败，也象征着多元文化主义政策的兴起。即便如此，美国作为一个典型的种族、族裔"大拼盘"的国家现状就体现了移民国家的"族群化"。在美国，"族群"包括种族群体、移民群体和土著居民。为了强调白人的优越地位，美国政府在实践过程中不得不将强调文化差异的"族群"与"种族"合二为一，进而出现"Race Ethnic Group"的用法，并将之解释为"一个基于共同历史、民族体或地理来源的人类群体分类"。美国官方认可的分类为美国印第安人、亚洲人或太平洋岛民、黑人、拉美裔/西班牙后裔等。由此可见，所谓的只是着重文化差异的"族群"概念意在维护美国白人占据优势地位的种族政治话语，生活在美国国内的其他少数族裔仍旧是处于劣势地位或边缘地位的"他者"，他们的身份和文化仍旧得不到白人统治者的认同。而"认同对个人来说，意味着自我确证的形式，在某一个社会背景中，它意味着对某一特别的民族或种族的归属感"（博格斯，2001：298）。但是对于美国少数族裔来说，他们找不到该有的归属感。即使他们成功进入城市边缘化的白人社区，仍旧遭遇排斥，更何况那些生活在少数族裔聚居区的群体。因此，在种族主义根深蒂固的基础上，美国社会倡导的多元文化的"合法性"存在实则是一个谎言。"多元化"和"多样性"

并不意味着本质上的平等和尊重，反而是在人为干涉的前提下强调了"差异性"。

从以上可知，"族群"概念本质上体现的就是一种"差异性"的非正义。而"正义"强调的是公平和平等，尤其是资源和权利上的平等分配。因此，当"族群"与"正义"合二为一的时候，"族群正义"强调的就是各个族群之间理应做到公平对待、各得应分。具体到美国国内而言，"族群正义"就要求美国政府在政治、经济、文化和生态等方面做到公平公正，给予少数族裔平等的生存权和发展权，不应该为了主流社会的福利而损害其他少数族裔的合法权益。族群正义思想体现了对美国少数族裔"他者"地位的深度反思。一方面，它以伦理正义原则为基础，关注并呼吁公众聚焦美国少数族裔"他者"被压迫、被剥夺合法权利的艰难困境；另一方面，族群正义的存在有利于社会公正的实现，如果没有社会公正，环境正义和气候正义更无从谈起。因此，族群正义的实现为少数族裔享有气候正义奠定了坚实的基础。

通过对比美国白人与少数族裔在气候灾难中的不同境遇来揭露后者受到的不公正对待，当代美国气候小说对深陷气候非正义泥淖中的美国少数族裔给予了关照。作为美国非裔作家的代表，奥克塔维亚·巴特勒从自身的少数族裔身份出发来定位其作品中人物遭遇的生存危机。通过创造"近未来"可能世界的方式，她的代表作《播种者的寓言》揭露了气候末日灾难场景中美国政府对少数族裔的漠视，呼吁少数族裔为获取平等的生存权而进行抗争。巴特勒笔下的美国少数族裔生活在白人占据主导地位的社会环境中，他们深受环境破坏、资本家剥削和贫穷之苦。在巴特勒想象的异托邦世界里，美国的绝大部分州已经遭遇严重的气候灾害。人为活动对自然环境的剥夺和破坏加剧了地球表面自然环境的恶化，而加速资本主义为了追求不断上涨的经济指数，全然不顾工业生产和快速的消费模式已经导致大气中温室气体浓度过高的现状。温室气体浓度过高导致的气候变暖又引发了一系列的灾难。这造成原本伤痕累累的地球环境更加不堪重负。旱涝不均、飓风突袭已经成为常态，伴随气候恶化的是资源的短缺，这又进一步加剧了社会非正义问题。

对于那些居住在聚居区的少数族裔来说，他们更加难以获取水、电、石油等稀缺资源。原本糟糕的卫生状况就不堪忍受，而不断爆发的极端天气又让他们深陷疾病的困扰。小说中一度提到，洪水袭击导致他们失去家园，然后"六七年才下一次的雨"（Butler，1995：41）又置他们于无水的恶劣环境，霍乱和麻疹也开始肆虐少数族裔聚居区。面对气候变化带来的生死危机，少数族裔聚居区的有些居民陷入无名的焦虑之中，甚至为了生存开始诉诸暴力。巴特勒对于美国少数族裔遭受的气候非正义的描述直接反映了现实社会中美国政府对少数族裔"他者"的漠视和不公正。与此相对的是，自诩为中心的白人统治者仍忙于所谓的国家太空实验项目，试图通过将这项实验的成果"私有化"进一步聚拢财富。除此之外，他们还在政治上打压少数族裔，不允许他们参政，在经济上又尽可能多地剥夺他们的权益，甚至为了获取石油等稀缺资源而将有些部落赶往更为贫瘠的土地。在气候条件方面，白人统治者为了加快经济发展，向大气中排放了更多的温室气体，气候变暖导致的系列恶果却要少数族裔群体共同分担。

少数族裔群体并非造成当前气候变化的主要群体，却要与白人统治者共同面对，甚至需要加倍承受气候恶化带来的灾难性后果，遭遇多重生态和社会非正义。对此，环境批评家克瑞丝塔（Christa）在对《播种者的寓言》进行评论时指出，"有色人种和穷人不成比例地暴露在有毒垃圾和其他环境危害之中。这种社会非正义在小说中表现得很明显。全球变暖改变了全球的气候条件，而那些富裕的社区可以将自己隔离在灾难性后果之外，那些非白人则无法逃离气候灾难（Grewe-Volpp，2013：223）。

全球变暖不仅对地球环境造成了直接的影响，也影响了社会和政治关系。巴特勒曾说，"生态的特征，尤其是全球变暖，算是《播种者的寓言》想要表达的全部"（Rowell，1997：61）。在全球变暖的问题上，巴特勒笔下的美国政府只会为了政绩而编造谎言，国民警卫队的存在不是为了解决美国民众遭遇的气候危机，他们只会加剧整体的混乱，而警察的到来不是为了帮助那些遭受气候灾难的人，而是一种危险的存在。因为他们会为了保持那些富裕的白人阶层所谓的安全而驱赶那些无家可归的有色人群。在他们眼中，少数族裔的存在会给他们带来潜在的危险，这个危险甚至比气候变化带来的危机更大。为了避免少数族裔抢夺资源而攻击富裕的白人，美国政府设立"围墙"来隔离不同的社区，将白人与少数族裔"他者"进行区分。对此，批评家马杜·杜贝（Madhu Dubey，1999）认为，"围墙社区是基于经济资源不平等分配的种族隔离城市秩序的空间表现"（106）。"围墙"不仅在生活实际中将富裕的白人阶层与贫穷的少数族裔分离开来，更暗含着白人阶层深层次的心理隔离与对待族群的非正义偏见。那些从生理到心理都被隔离在白人主流文化之外的少数族裔沦为"属下"的地位，面临的只有"饥饿、无家可归和失业"（Butler，1995：176）的生存困境。对此，列维斯（Lewis）认为，当前的社会制度给美国中等收入和高收入阶层的白人带来了更加充裕的物质利益和更好的保护，却把环境代价转嫁给了穷人和有色人种（Lewis et al.，1994）。可见，族群偏见与隔离制度的遗存成为导致气候变化中存在的族群非正义现象的重要原因。

美国少数族裔在遭受族群非正义的同时，其面临的生存境况因为财富与资源在后续的社会分配环节中依然存在的不公正行径而较之前更加恶劣。巴特勒笔下的主人公劳伦（Lauren）为了建造一个理想化的"地球种子"（Earth Seed）社区，重新续写了现代社会的黑奴北上史。她在带领同伴北上的过程中见证了白人对美国少数族裔的压迫和剥削。劳伦回顾她所在的少数族裔社区，那里到处都是腐烂的垃圾和灾难后的尸体。少数族裔聚居区的居民无家可归，无干净卫生的食物可以果腹，他们流落街头，与野狗为伴。与少数族裔的贫穷形成鲜明对比的则是坐落在奥利瓦（Oliva）的一家白人掌控的跨国公司。这里的生活设施配备得非常完善，凶恶的安保将那些濒临死亡的穷人赶走，这里有足够干净的饮用水，白人可以在这里的大学接受良好的教育，而那些出身少数族裔的青少年甚至不能在这里获取一份可以糊口的工作。可以说，在巴特勒的笔下，气候变化在加剧贫富差距的同时，更加深了美国种族主义的矛盾，美国少数族裔在追求生存权和发展权的场域中彻底丧失了话语权。而劳伦为争取族群正义的抗争之旅跨越了理想与现实之间的鸿沟，引领读者重新审视气候变化语境下美国少数族裔"他者"遭受的基于种族和经济不平等之上的死亡政治（Mehnert，2016：205）。

为了更加凸显身处气候变化环境中少数族裔"他者"的悲惨命运，巴特勒还采用了孩童的视角来表现美国少数族裔遭受的气候非正义。在《播种者的寓言》中，巴特勒并没有直接指出造成环境灾难的具体原因，而是通过十六岁的女孩劳伦的切身感受来传达气候变化问题的严重性。作为一名黑人女性，劳伦为了逃脱白人政府施加在少数族裔民众身上的各种非正义，为了寻找更加舒适的居住地，她决定引领那些穷困的人寻找光明之路。劳伦之所以拥有这样的智慧和勇气，一方面是因为她与生俱来的与别人"共情"的能力，另一方面也是因为其反抗白人统治者压迫的斗争精神。劳伦的"共情"在小说中是指她的身体能感受到亲戚朋友遭受的折磨和痛苦。在本书看来，劳伦的"共情"实则是与现实社会中富裕阶层的冷漠与麻木形成了对比，以此种方式讽刺并批判白人阶级对待少数族裔的非正义行为意识。"共情"在某种程度上可以暂时打破自我与"他者"之间的界限，使自我在外部环境的刺激下向"他者"开放，正如"在一个高度共情

的世界里，他者将不再作为自我的本体对立面而存在，而是转化为自己本真的一面，从而承认自己也是社会人"（Philips，2002：306），是与周围所有的人和事物相互关联的个体。因此，共情及怜悯是社会范围内公平正义得以实现的重要道德品质。

除了上文中我们提到的当代美国气候小说家对遭受气候非正义的少数族裔给予的同情和恻隐之心，作家通过作品的描述也赋予了他们为争取合法权益而斗争的勇气和希望。比如，巴特勒笔下的劳伦心中憧憬的"地球种子"社区就是一个美国少数族裔用来控诉白人统治者无情压迫的策略，也是作家创造的隐喻公平正义现实社会理想的象征物。在这个想象中的"地球种子"世界里，"用以区分种族、年龄、阶层、性别、宗教、婚姻和家庭情况等的所有标准都被打破，'地球种子'按照正义的标准再重塑他们"（Stillman，2003：28）。如同"地球种子"所隐含的萌芽、重生的意蕴，以劳伦为代表的美国少数族裔渴望他们当下的生存处境能够如"凤凰涅槃"一样重生，可以重建为一个真正公平正义的社会环境，这也成为他们在气候变化时代不懈追求的目标。

当代美国气候小说重拾族群正义的议题，将美国少数族裔遭遇的当今环境问题中最为突出的气候非正义呈现在世人面前。其目的一方面是揭露以美国为代表的资本主义国家单纯追求经济发展而不顾气候变化问题，从而导致气候变化引发的系列危机再次加重族群间的不平等现象，另一方面是试图扭转美国社会以白人自我为中心，其他少数族裔为"他者"的社会不平等思想。"对所有生命体来讲，如果没有社会公平，正义就无从谈起"（Huggan et al.，2007：10）。在白人至上的价值观的引导下，美国的少数族裔群体"都是污染的牺牲者。一个白人郊区居民在他回家时可以从城市的肮脏烟雾、一氧化碳、铅和噪声中逃脱出来，贫民区的居民则不仅要在污染的环境中工作，还要住在那里"（康芒纳，1997：166）。显而易见，美国社会根深蒂固的阶级矛盾必然导致少数族裔遭受更加严重的气候非正义，也就是说，族群非正义是造成美国少数族裔遭受气候非正义的根源所在。从这个方面来讲，当代美国气候小说描述的美国少数族裔在气候灾难中遭遇的不公平对待正是美国不平等社会的真实写照，也是对在解决当前气候变化问题的过程中美国少数族群"失声"的有效回应。

为了讲好美国少数族裔在气候变化时代遭遇的非正义故事，当代美国气候小说家巴奇加卢皮着意跳出地方和时间的限制，深度揭露美国少数族裔在生存上和精神上遭受的气候变化危机。他的短篇小说《柽柳猎人》描述了在气候变化的未来世界里，以主人公洛洛（Lolo）为代表的美国少数族裔是如何在水资源短缺的环境中挣扎着存活的。根据小说的描述，洛洛生在美国科罗拉多河沿岸，他依靠收割河流沿岸的红柳为生。然而，自从十年前"大爸爸干旱"致使整个国家陷入干旱缺水的境地后，获取水源就成为人们生活的重点。尤其对于依赖河流而生的洛洛他们来说，河流用水成为他们生存下去的唯一依靠，失去水源，他们就将陷入灭绝的危机。即便如此，美国政府为了富裕的白人阶层考虑，由加州政府出面，宣称他们拥有这条河流的全部权利。为了彻底掌控河流的使用权，他们甚至进行军事干预，炸毁凤凰城、哈瓦苏湖市、大枢纽市和摩嘉市等主要城市的供水基础设施。在一系列非正义的残暴操作之后，这个地区的少数族裔人群的生存变得极其困难。洛洛在砍伐红柳的同时又不断种植新的红柳，试图依靠砍伐红柳而持续生存下去。然而，加州政府将河流用于"麦田"灌溉，这直接导致洛洛赖以为生的红柳种植计划破产。最终，失去水源补给的他不得不带上家人，被迫离开故土。

小说在情节发展过程中不断穿插美国国内的景观变化以及主人公的记忆，向读者尽可能丰富且翔实地展现造成旱灾的原因以及在旱灾中濒临死亡的美国少数族裔。按照故事情节的推演，人为活动造成的气候变化是前

因，气候变化造成的旱灾是后果。但同时处于旱灾困境中的美国民众却有着不同的生活境况，这是作者在气候变化语境下对族裔正义问题的凸显与聚焦。在洛洛的记忆中，尽管十年前他们的生活不是十分富裕，但是仍可勉强维持生计。但由于美国政府长期推行不可持续的经济发展模式，再加上美式消费的刺激、美国工业化在取得长足发展的同时不断向大气排放温室气体，这一系列破坏行为使气候环境的恶化态势不断显现。但美国政府非但没有及时出台相应措施与办法挽救这一颓势，反而将气候变化造成的恶果间接转嫁给少数族裔群体。"气候债务"[①]导致的不平等像压死骆驼的最后一根稻草，让那些本就生活困难的少数族裔陷入更加贫困的境地。

此外，由于族群间的不公平现象，美国国内社会结构处于失衡的状态。当代美国气候小说对此不平等的社会现象进行了反思。环境批评家认为，财富、权利和环境危害分配的不均衡是导致社会不公正的根源所在。而气候变化在某种程度上又加剧了少数族裔社区居民的环境非正义，从而导致社会群体间的矛盾以及社会结构的失衡。例如，在小说《柽柳猎人》中，通过描写洛洛与其朋友特拉维斯（Travis）的交谈，巴奇加卢皮指出，气候变化间接造成美国社会的"结构性暴力"。"结构性暴力"作为隐性的暴力手段，通过将美国少数族裔赶往"牺牲区域"的行为，利用权力上的绝对不平等来剥夺少数族裔享受自然资源的权利。

"牺牲区域"就是为了降低自然消耗而设置的，因为"气候变化加剧了资源分布的失衡，而受自然资源分配不公与特权阶级操控的影响"，绝大部分美国的少数族裔沦为难民，"被动聚集于专门为他们设置的'牺牲区域'"（葛悠然等，2020：81）。洛洛他们认为，这是政府采取的所谓"温

---

① "气候债务"认为，在一个固定的全球碳预算中，较贫穷的国家被"允许"排放温室气体，而工业化国家因其排放过剩而陷入"债务"。"气候债务"或者"碳债务"可以作为一个有效数字，将全球碳排放量凸显的不公正问题引入到解决以后变化问题的讨论中。

和"政策，目的是"'蒸发'特定数量的人口，却又不至于造成太大的动乱"（巴奇加卢皮，2019a：166）。巴奇加卢皮用了"蒸发"和"特定数量的人口"来暗示气候变化问题使美国国内少数族裔生存境况恶化。身处物质资源严重匮乏的"牺牲区域"，他们完全没有能力察觉到气候变化造成的恶果给他们带来的灾难。而且在洛洛的回忆中，那些因为政府管控水权问题而失去家园的少数族裔人群试图进入加州，但他们却被政府的严酷措施拒之门外。可见，因为在政治和经济上的边缘化地位，少数族裔也没有能力为自己争取合法的权益。

就像巴特勒笔下的"围墙"一样，巴奇加卢皮的作品中同样出现了"墙"这一象征物。小说中"墙"这个意象的存在，其目的不仅是用来阻隔少数族裔获取生活必需品——水源的"强有力武器"，更是用来隔离白人上层阶级和美国少数族裔的标志。在《柽柳猎人》中，加州政府不仅用"墙"剥夺了少数族裔水资源的使用权，而且不断扼杀那些水资源缺乏地区居民的生存权。在白人统治者眼中，只要能够保障白人主流社会享受到丰富的生活资源，其他少数族裔能否生存就不在他们看顾的范围之内了。在气候变化导致资源短缺的情况下，美国少数族裔依然被主流社会排除在外。作为边缘化的"他者"尚且不能生存，更奢谈未来的发展前途。在小说《柽柳猎人》中，巴奇加卢皮借助"牺牲区域""墙"等带有政治压迫性质的景观来为那些惨遭气候非正义的美国少数族裔发声，呼吁美国政府能够平等关爱身处各种非正义困境中的少数族裔。

通过深度剖析美国社会中白人自我与少数族裔"他者"在气候灾难中不成比例的受难情况，当代美国气候小说探讨的族群正义主题旨在凸显美国少数族裔长期以来遭受的族群非正义，意在激发公众重新思考气候变化时代下美国少数族裔当下和未来的生存处境。除了上述内容提到的巴特勒的《播种者的寓言》以及巴奇加卢皮的《柽柳猎人》等表征美国族群

正义的气候小说外，达纳·斯坦（Dana Stein）的《风中之焰》（*Fire in the Wind*，2010）也讲述了气候变化加剧资源分配不均，从而导致族群非正义的现象。由于资源分配上的不均衡，这导致很多少数族裔居民被赶进"牺牲区域"，成为被政府抛弃的人群。斯坦将故事时间设置在 2036 年。在这个想象的遭受气候灾害的未来世界里，斯坦通过生活在艾奥瓦州东南部的农民哈里·哈珀（Harry Harper）、国家安全委员会成员迈克尔·贝恩斯（Michael Baines）及其家人以及同为大学教授、气候变化专家和环境保护主义者的大学教授马格里斯（Margolis）等诸多人物视角来揭露 2036 年气候变化对美国社会产生的多方面影响。

通过故事情节的发展，斯坦将气候专家、政治家与农民等拥有不同身份的人物角色进行并置，既描绘了气候变化的复杂性，又说明了全球变暖对社会中不同群体造成的差异性影响。通过展现不同阶层的人物形象之间的互动，小说向我们展现了气候变化导致的矛盾和冲突，从侧面强调了基于阶级差异而存在的族群不公平现象。斯坦的小说不仅指出了气候变化导致的分配不均的问题是如何影响美国少数族裔群体生活的，而且还指出在解决气候变化问题的过程中，美国少数族裔的民主参与是实现社会公正必不可少的因素。此外，小说还一一列举了美国民主决策结构越来越过时、分配不公正和程序不平等一系列存在的问题并对此进行了批判，进而认为这些微观的社会问题同样是影响族群非正义的因素。

通过探讨气候变化背景下美国社会根深蒂固的族群非正义现象，当代美国气候小说家们呼吁正义的归位。尤其是在全球变暖的情况下，如果美国政府继续将其他少数族裔视为"他者"，这不仅不利于美国国内多元文化并存的局面，更不利于团结一切力量来共同面对气候变化问题。为了不让少数族裔群体遭受越来越严重的气候非正义，在表现少数族裔生存境况的前提下，当代美国气候小说家呼吁美国主流社会正视少数族裔群体存在的价值，并赋予他们为自己争取环境利益的平等权利。更为重要的是，当代美国气候小说倡导的族群正义同样致力于揭露美国少数族裔群体在气候危机中所遭遇的次生灾害，呼吁公众正视他们被贬抑的生存处境，从而扭转白人主流文化一贯坚持的少数族裔理应生活在肮脏或者危险区域的错误理念。同时，在对少数族裔生态观念的正面表达与颂扬下，美国气候小说家也积极倡导"自我"与"他者"合二为一的观念，希冀美国主流社会能够积极汲取其他族裔的文化传统，转变生态理念，进而弥合气候变化背景下白人主流社会与少数族裔之间的矛盾，在真正意义上实现多元文化并存的美好愿景。

第三节
《冷的安慰：在气候变化中寻爱》中少数族裔对族群
正义的诉求

当我们将气候变化置于"自然界"时，它就是一种"自然"现象，当我们将它置于伦理正义的语境之时，它就可以被看作因为人类活动参与而可以在正义维度上进行思考的社会、文化现象。当代美国气候小说在展布气候变化引发的种种危机的同时，通过描述美国少数族裔在气候变化问题中遭遇的非正义现象来激发读者思考如何赋予少数族裔在气候变化时代中公平的生存权。

我们在探讨气候变化问题的过程中要考虑少数族裔的权益，应该将"那些弱势群体特别是那些容易遭受种族歧视的社区和城区的人置于环境和自然的核心地位"（Sze，2008：162），而不是将少数族裔视为"他者"，借此剥夺他们应该享有的适宜气候的权利。沃特斯的代表作《冷的安慰：在气候变化中寻爱》通过描述女孩汤米遭受的气候创伤来深度剖析美国少数族裔在气候变化问题上面临的生存危机，以此呼吁公众对少数族裔"他者"的关注。

一、"冷"的渴求：气候创伤与难以逃离的非正义伤害

气候变化对我们的生活影响深远。温度升高时，极地冰盖融化，海水流入海洋；由于海平面上升，陆地面积缩小，低地海岛国家的居民将无家可归；洋流和降水模式的改变，飓风、洪水和干旱等极端天气的频发，将

加剧因农作物减产而造成的饥荒。难民被迫转移、粮食和水源等资源减少、频繁的热浪增加老年人和体弱者的痛苦和死亡率，更多的人将受到热带病的影响。许多对气候条件敏感的病毒传播、食物传播和水传播传染病的流行率日益上升，死亡和疾病的增加比例也会随着高温而升高。诸如此类，气温升高这一自然现象正在因为次生的社会危机而进一步引发人类在生理及心理上的双重伤害。

在气候变化的问题上，美国的少数族群将承担不成比例的伤害。要想实现正义，就要考虑机会和资源在不同的人群和地理空间中的不均衡分配（Dunlap，2015：136）。在气候变化愈加严重的当今社会，少数族裔和边缘地区的贫穷人群的确遭遇了非正义现象。他们承担了与造成气候变化问题的其他人原本应该承担的同等分量的责任和灾难。甚至说，在气候灾难面前，他们遭受的损失和伤亡更大。他们更渴望获得平等的生存和发展环境，更渴望全球气候回归正常。

借由美国少数族裔孩童的视角，小说《冷的安慰：在气候变化中寻爱》透视出一个非比寻常的遭受气候变化影响的陌生环境，并以汤米这一具有"狂人"特征的人物形象所遭遇到的非正义处境向读者展现了气候变化给少数族裔带来的负面影响。小说开篇就向读者介绍了一位奇怪的十四岁女孩汤米。十四岁的年华原本是欢快而炙热的，可她却喜欢冰的寒冷。在汤米反复出现的梦中，她总是会缓缓沉入冰层下的"冰海"，也会目睹冰海变成"火山，冒着炙热的白"（Waters，2006：11）。她执着于冰的实验，最喜欢一个人待在冷库里，感受寒冷。她觉得"寒冷比温暖更有力量""每

次都是寒冷胜出"（12）。当她看到报纸上有关北极熊[①]的消息或听到别人谈到北极熊时，她总会陷入一种喃喃自语的状态，反复说着这样的话："当北极融化的时候，你知道它们快要灭绝了吗？"（18）

小说并未平铺直叙地来讲述气候变暖下极地部落及极地生物面临的生存危机，而是巧妙地将汤米遭受的气候创伤以"冷"这样一种接近怪异的感知体验表征出来，以此强化气候异变给少数族裔群体的生理及心理带来的巨大伤害。例如，生活在美国白人社会中的汤米，远离本部落传统文化，又遭遇气候变化对其心理造成的创伤，已然陷入"自体"的混乱状态。根据海因兹·科胡特（Heinz Kohut，2017）的阐述，"自体"即我们当下感受到的主体的感受，以及在过去到现在的时间连续感中的自我感（2）。而汤米渴望"冷"的梦魇和现实中面临的全球变暖带来的自身生存及本部落文化没落的危机打破了正常的"自我感"，这导致其精神呈现某种程度上的混乱状态。对此，美国学者凯普兰（Kaplan，2020：81）认为，"人们本身可能会存在一种与气候变化相关的创伤前综合征"。

对于来自偏远部落的汤米而言，生活在白人主流社会中的她并未感觉到人与人之间的温暖。为了帮助贫穷的家庭，她在一家小超市兼职。大部分时间她都处在沉默之中，几乎没有人愿意和她说话，她并没有得到和周遭白人那样应该有的同等的关怀与关爱。主流白人的排斥与冷漠是她被边缘化的个人生存情境的主要特征，少数族裔的身份使她本就已经陷落于非正义的生存环境之中。雪上加霜的是，气候变化给她带来的生理及心理上

---

① 在全球气候发生巨变的情况下，北极熊的生存状态是一个最为典型的例子。温室气体增加导致全球气温升高，北极冰川融化速度加快，北极的冬季也越来越短，北极冰原面积锐减，这使得北极熊的生存空间越来越小，猎食也越来越困难，因而，北极熊的种群数量及个体数量都在减少。此外，为了让公众认识到气候变化对自然界的生物物种造成的毁灭性影响，在哥本哈根会议期间，会议的组织者在哥本哈根市中心设立了一尊北极熊的冰雕。这座冰雕在会议气候变化大会期间慢慢融化，会议举办方和组织者希望借此提醒民众关注全球气候变化问题。

的创伤导致了她的言行怪异，她时不时地陷入梦魇般的呓语之中：

> 青蛙。两栖动物。蝾螈，蟾蜍，在世界各地神秘地死去……
> 密苏里州的地狱之子从欧扎克河中消失。澳大利亚的黑腹蛙，中
> 国的鳄鱼、蝾螈。科学家们认为这可能是由于臭氧层变薄造成的
> 紫外线照射增加，但在假设受到保护的环境中，有些动物还是莫
> 名其妙地消失了。（Waters，2006：89）

作者笔下的汤米似乎就是一个患有精神疾病的孩子。在不明就里的
人看来，汤米的异常是她精神出了问题，是心理上和精神上的疾病。然
而，细细想来，汤米对"冷"的渴望，对"热"的逃避正是当今全球气温
升高的投射。再比如，根据小说的描述，科学课结束后，她感到眩晕，逐
渐失去意识的大脑里满是"蓝白色。她想象着冰川，冰川滴落成乳白色的
湖泊，不同寻常的蓝绿色湖泊。冷水越沉越深，直到她能感觉它在她的胃
里"（139）。她的幻想、她的梦魇恰恰映射出气温升高、极地冰川融化的
现状。汤米奇怪的行为迫使比尔把她送往自己的部落，希望她能在那里获
得新生。

回到比尔的出生地希什马廖夫（Shishmaref）村庄后，汤米更是近距
离目睹了美国少数族裔部落在气候危机中遭受的各种非正义对待。汤米的
叔叔克里夫（Cliff）出生以来就生活在这里。按照堂哥乔治（George）的
话来讲，"他的爸爸一直想做的就是在岛上生活，打猎、捕鱼，得到足够
的食物来养活我们所有的人，有足够的皮毛来交易，买我们所需的其他东
西——石油，燃料——刚好足够来养活我们所有的人"（99）。可是，随着
气温的升高，冰川的融化：

> 一夜之间，由于一场大风暴，爱斯基摩人丢掉了大概 125
> 英尺的土地……北冰洋最大的冰盖——沃德·亨特（Ward Hunt）
> 表层的 90% 已经融化不见。海冰体积减少了 15%。（33）

对于试图逃离不断升温的现代社会而前来寻找寒冷的汤米而言，希什马廖夫的状况堪忧。从表面来看，爱斯基摩人丢掉大量土地的原因是一场大风暴；但从深层原因来看，土地的丢失在于气候环境的恶化，而他们则是在气候灾难面前最为脆弱的群体。他们只不过是资本主义霸权政治下的牺牲品，是被殖民的群体。因为"对于被殖民的人民来讲，土地不但可以维持他们的生活，而且，土地也是尊严的象征"（转引自姜礼福，2014：57）。当资本主义国家为了经济而不顾一切的时候，爱斯基摩人以及其他生物赖以生存的"冷"也在逐渐消失。例如，在小说的描述中，汤米听人说过北极熊的存在，她极其渴望亲眼见到一只北极熊，"否则就太晚了"（Waters，2006：58）。因为无知的人类为了获取经济上的飞速发展，无视大气中二氧化碳含量的急剧增加，无视气温的逐年升高，无视冰川的快速融化。升高的气温改变了大洋的冰冻时间。"与 20 年前相比，破冰期的时间提前了 10 到 14 天"（59），当冰层融化的时候，北极熊就失去了栖息地，也无法上岸，他们将面临生存的危机。

在不断恶化的气候变化面前，爱斯基摩部落古老的生态世界观显得不堪一击。比如，来到希什马廖夫的汤米遇见了同样看似言行奇怪的堂兄乔治。乔治带她体验了雪屋的生活。奇怪的是，即使是在极其寒冷的雪屋里，汤米也不感到寒冷。她和乔治谈论当前不断变暖的气候环境，汤米觉得，很多人都认为热才是好的，他们甚至觉得"热可以治病"。但是在汤米看来，"这是不对的，太热的环境对人身体不好。只要想想那些热带地区出现的疾病就知道了"（97）。在这"疯狂的天气"（119）里，爱斯基摩人世代居住的永久冻土也开始融化，而永久冻土对于这些部落的生存至关重要。当冰和土壤的混合物融化时，冰化为水流走，土地表面则变成海绵状，呈下沉状态，建立在永久冻土之上的房屋也会随之塌陷。汤米就是眼睁睁地看着她家的房屋逐渐倾斜，最后轰然倒塌的。失去了家园的庇护，她说："迟早，世界会结束的……在某个时刻，光亮必将熄灭。"（271）

作为少数族裔身份的代言人，作者笔下痴迷"冷"的汤米看似心智异常，实则清醒地向我们传达着全球气候变暖给人类造成的伤害，隐喻着少数族裔群体对全球气温升高现状的敏感与深度关切。这种看似疯癫的"清醒"一方面与沉醉于高度发达的社会景观而忽视气候状况的白人形成了绝妙的讽刺，另一方面携带少数族裔身份与背负气候创伤的汤米以个人的非正义生存处境再一次向我们强化了在气候变化时代，本就已经遭受了族群非正义对待的少数族裔群体又要再一次因为气候变化问题而在非正义生存环境中持续陷落的悲惨处境。

二、"寒冷文化"的丧失：被白人主流文化裹挟的部落传统

文化是一个民族数千年的思想积淀，是保持本民族传统亘古流传的精髓所在，但气候变化却让他们逐渐失去本部族的文化根基。小说《冷的安慰：在气候变化中寻爱》详细描写了美国阿拉斯加州的偏僻小村庄希什马廖夫遭受的气候非正义对待。从地理位置来讲，希什马廖夫位于北极圈以南，是楚科奇海的南部港口，村民们的房屋基本都建在永久冻土之上。他们依赖"寒冷"修筑房屋，依赖"寒冷"捕获食物，依赖"寒冷"进行独特的经济往来。可以说，"寒冷"就是他们文化的核心词汇。正如环境保护的倡导者乌尔苏拉·拉科万（Ursula Rakova）所言，"我们尽可能保持独立和自给自足。无论身在何处，我们都希望保持自己的文化特色，并以可持续的方式生活下去"（转引自 Wennersten et al.，2017：71）。然而，随

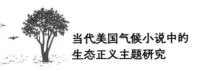

着温室气体浓度的不断增加，海水水温不断升高，楚科奇海域的冰期越来越短。原本应该是白雪皑皑、美景如画的小村庄却充满了绝望的世界末日的氛围。北极气温上升和风向变化导致冰层变薄，爱斯基摩人延续了数千年的传统狩猎模式受到威胁。对那些逐渐失去家园的人来说，对那些无法在"死亡地带"①生存的海洋生物来说，全球变暖让这个存在了几百年的生存系统面临崩溃的边缘。如果气候环境继续变得恶劣，这个"世界的结局（真的）应该是安静的"（Waters，2006：100）。如果是村民们自身的行为导致如今的恶果，那也无可厚非。遗憾的是，对于生活在偏远极地冻土地上的他们来说，他们只是气候变化的无辜受害者。他们的生存环境遭遇了前所未有的危机，他们的文化传统也面临被祛除的艰难境地。

在白人文化占据主流地位的美国社会里，美国少数族裔传统文化处在濒临灭绝的境地。尤其是在气候变化的语境下，遭遇气候灾难的少数族裔民众为了生存被迫迁移到其他更加贫穷的地方，被迫与地方性传统文化割裂开来。当少数族裔群体因为失去家园而失去了物质根基与精神根基之时，这些部落文化也随着主流文化的不断渗透而逐渐走向消亡的绝境。比如，小说中另一位少年——乔治，他深知人类活动对环境造成的伤害，所以他"讨厌城市，讨厌和城市有关的东西……他从不看电视，除非是一些新闻类节目"（23）。为了延续本部落文化精神，保留部落的生活方式，乔治选择离家出走。他建立爱斯基摩人特有的雪屋，独自住在里面，以此彰显心中对气候非正义的反抗，以及对部落以外的主流文化对本部落精神的侵蚀的反抗。按照乔治的说法，"（爱斯基摩人的）生存系统已经持续几百年了，如今这种生活方式再也不可能存在了"（99）。他和几个伙伴一起炸

---

① 小说文本中的"死亡地带"指的就是由气候变化和营养污染导致的海洋缺氧现象。世界自然保护联盟发布的《海洋脱氧是所有人的问题：原因、影响、后果和解决方案》称，缺氧将改变海洋生物的平衡，破坏海洋生态系统，最终影响人类社会生存和发展。

毁了政府在北极国家野生动物保护区开发的油田，伴随油田消失的除了他们宝贵的生命，还有他们无处可归的心灵。

对于爱斯基摩人来讲，寒冷是他们传统文化的一部分。作家苏珊娜·沃特斯将爱斯基摩人汤米这一爱斯基摩女性后裔当作了少数族裔文化的一个个体缩影，以她的境遇及经历向我们隐喻了少数族裔文化在主流文化圈层所遭受的边缘化现状。在小说渲染的气候变化的主要社会背景下，不仅以汤米为代表的美国少数族裔群体遭遇了严重的生态非正义，其文化传统也因被白人主流文化裹挟而面临灭绝的境地。

美国气候灾害的位置往往与环境种族主义之间存在既清晰又紧密的关联。例如，在小说《冷的安慰：在气候变化中寻爱》中，居住在城市中的汤米一家看似过着城市人的生活，实则属于白人主流社会中被边缘化的少数族裔"他者"。从汤米的出身来看，她拥有白人血统，因为"她的外祖父是一名驻扎在费尔班克斯（Fairbanks）的美国白人中士，他年轻的时候曾让几个土著女孩怀孕"（13）。此话表明，汤米的白人血统是不会得到白人社会认可的。在他们眼中，她仍旧是土著女孩，是土著人的后裔。她的父亲是希什马廖夫的爱斯基摩人比尔。耳濡目染，在父亲比尔言行的影响下，汤米从小对自己非纯正白人的种族身份非常敏感。她甚至觉得自己的眼睛都没有母亲贝斯的漂亮。

自小与本部落传统文化隔离的汤米与周围的人格格不入，脱离部落"寒冷"文化滋养的汤米经常陷入自己的世界。她在自己的世界里呓语，她在自己的世界里感受到逐渐变化的气候环境。气温越来越高，她却只想钻进冰箱里，躲进寒冷的环境里，似乎这样才能缓解她对这个持续变暖的世界的无声反抗。气候变暖导致多年的冻土层融化，汤米家的房屋轰然倒塌让他们一家的生活更加艰难。可怜的汤米在父母那里得不到一丝温暖，现实的生存环境又让她感到"整个星球都在下沉"（228）。

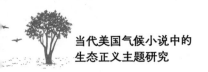

无奈的汤米决定回归部落聚集地。她的族人们生活在冰雪覆盖的偏远地带，遵循着几近原始的传统生活模式，他们对大气中二氧化碳贡献量是最小的，然而，当气候变化到来，他们却是最容易遭遇气候非正义的对象。希拉·沃特-克劳蒂尔（Sheila Watt-Cloutier）在谈到全球气候变化对他们的家园造成的伤害时说，"冰川正在融化，融水形成了水量较大的河流而不是溪流。溺水事件发生的频率越来越高。因为猎人们认为他们可以安全穿越这些河流。（气候变化）开始破坏生态系统，破坏我们赖以生存的土地、冰和雪"（Moore，2016：54）。在克劳蒂尔看来，富裕国家和富人们为了保证经济的富足而牺牲人类气候生存条件的做法实则侵犯了少数族裔的生存权。

2005年，沃特-克劳蒂尔联合一群猎人向美洲人权委员会提起诉讼："美国排放的温室气体正在破坏他们赖以生存、自由和安全的物质文化基础。这种破坏是对人权的侵犯，这在道义上和法律上都是非正义的。"（54）对于汤米和她的族人们来说，他们的"文化是建立在寒冷和冰雪之上的。他们必须要捍卫自己寒冷的权利"（54）。然而，随着全球气温的不断升高，冰川融化，寒冷不再，他们的"寒冷文化"也会随之消失不见。应该说，气候变化是对少数族裔自由权（自决权）的直接威胁。

美国根深蒂固的种族歧视政策在政治上、经济上、文化上和生态上剥夺了少数族群应当享有的生存权益，当"被剥夺生存手段的人不再享有通过自己的选择来塑造生活的权利"时，"当一种维持生命系统的文化退化或被摧毁时"（54），他们还谈何追求幸福或安全的权利？因此，作家通过汤米这一核心人物及其生存困境向我们展现了少数族裔文化在非正义环境中受到的重创。当气候变化带来的伤害已经能够摧毁一个种族的精神源泉与心灵支柱之时，身处气候变化旋涡中的少数族裔如何在争取正义的环境中坚守他们自己的文化，保存整个族群的精神根基等，这些都将成为气候小说家向公众传递出的当下亟待解决的重要议题，也必然成为少数族群不得不进行武力抗争的缘由。

三、炸毁油田：武力捍卫少数族裔的生存发展权

在以白人为主流的美国社会里，本土印第安人和非裔美国人等都是被社会边缘化的少数族裔人群。他们被主流社会严重"他者"化，被剥夺享有政治、经济和文化平等的权利。尤其是在气候变化的问题上，失去政治发声权利的少数族裔在气候灾难面前将会更加脆弱。他们居住的社区被各种垃圾填埋场、垃圾焚烧场等处理垃圾的场所包围，当极端天气到来的时候，他们的社区最先成为各种疾病的暴发地。因此，气候小说《冷的安慰：在气候变化中寻爱》倡导族群正义一方面是揭露美国政府在气候变化问题上的不作为态度，另一方面是呼吁公众关注少数族裔遭遇的气候非正义现象。根据小说的描述，以美国为首的西方资本主义国家为了加速资本的发展，大肆向大气排放二氧化碳等温室气体，不断上升的温度导致美国爱斯基摩人遭遇了严重的伤害：因为破冰期提前而失去在冰上捕捉猎物以换取生活物品的生存方式；冻土融化使他们失去赖以生存的家园。

说到气候变化带来的影响，处于底层的少数族裔最具有发言权。他们看到的是美国政府不顾少数族裔的生存环境而不断地开发油田，释放温室气体；他们看到的是不断上升的温度破坏了部落居住地的生态系统，导致他们"总是生病"（Waters，2006：161）。正是因为他们看到了导致气候变化的真相，弗雷德（Fred）被北极地质勘探局解雇了，而汤米梦到：

> 从北到南，热的变冷了，冷的变得更热。在加速运动中，冰沉入水面，而海水还是沸腾……她看到红色箭头在地图上汹涌而过，就像战斗机，龙卷风和飓风，疟疾和登革热。在床上，她在

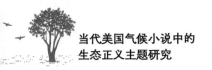
睡梦中咳嗽，她梦见自己因吸入二氧化碳、水蒸气和甲烷窒息而
死。(182)

汤米看到的"红色箭头"代表了世界范围内不断升高的气温，各个地
区日益严重的热浪。然而，即便他们看到了，也意识到了全球气候正在急
剧变化，但身处社会阶级的最底层，被白人主流文化视为"他者"的少数
族裔也因为是失语的群体而被隔离在主流文化之外，完全失去了为自己争
取权益的能力。

2014 年，马绍尔群岛（Marshall Islands）诗人凯西·杰特妮－柯继妮
（Kathy Jetnil-Kijiner）在联合国朗诵过一首诗：

　　　　亲爱的 Matefele Peinam，
　　　　我想告诉你有关那个潟湖的事
　　　　那个仰卧在日出之上的时而清醒、时而沉睡的潟湖
　　　　人们说，总有一天
　　　　那个潟湖会把我们吞没
　　　　他们说
　　　　它会啃咬海岸线
　　　　咀嚼你们面包树的根
　　　　吞下一排排的海堤
　　　　碾碎你的岛屿碎裂的骨头
　　　　他们还说
　　　　你的女儿，还有你的孙女
　　　　将无家可归，流浪在外
　　　　只能凭护照打电话回家

······

　　诗歌里面描写的人物的生存境况正是当下遭受气候危机的少数族裔的现实写照。与白人主流自诩为"自我"所体现出来的霸权和优越性相比，少数族裔"他者"总是处在被压迫、被排挤和被边缘化的地位。小说《冷的安慰：在气候变化中寻爱》中的汤米的叔叔们所在的爱斯基摩族群面对石油公司在自己的部落土地上钻探石油却无能为力。因此，在环境破坏、气候恶变的社会背景下，族群非正义行径不仅仅"是与种族相关的问题，更是资本主义发展的必然结果，这是美国内部殖民以及经济上对主流文化之外的其他族裔的压迫，而且，这种内部殖民和压迫总是伴随环境的破坏和文化的抹杀"（Murphy，2000：154）。

　　对于小说中的爱斯基摩族群来说，深受气候变化影响的他们"没有冰了，但是捕鲸却是在冰面上进行的……没有冰你就无法出去。整个春天，所有的软冰都贴着海岸"（Waters，2006：152）。全球变暖导致了"死亡地带"（63）的形成、"太平洋环流的变化"（69）等一系列生态系统的失衡。当"一切都在燃烧"（236）的时候，"整个星球似乎都在下坠"（228），汤米和乔治他们想"拯救这个星球，不论以什么样的代价"（228）。在如何保障少数族裔群体平等地享有气候条件，如何有区别地使他们摆脱非正义大气环境责任的负累这一重要问题中，政治权利的合理配置与能否在正义的标准下施行就变得尤为重要。

　　但事实是，美国资本主义的殖民统治造就了国内白人与少数族裔之间严重的阶级分化，伴随阶级分化的是气候危机加剧下的贫富差距和种族歧视。白人主流社会机构肆意利用强权统治下具象化的立法、行政、执法等权利，大肆将环境污染、气候变化的危机通过各种方式转嫁给少数族裔群体，这些因素造成美国少数族裔面临日益严重的生存困境。而埃雷拉－索

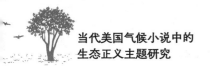

贝克（Herrera-Sobek）指出，"如果生活环境是一场生态灾难，那么对于殖民地居民来讲，他们的社会生态更糟糕"。当"没有人能够正确预测当今的天气，不能够识别这些标志或符号了，所有之前有关天气变化的征兆都变了，和以前不一样了"（Waters，2006：161）的时候，当他们再也无法承受气候变化带来的焦虑和压力的时候，少数族裔群体为了争夺他们的生存权，他们选择了向白人政府非正义权利肆虐下的种种行径宣战。

在小说的结尾部分，汤米和乔治一起策划了一场以生命为代价的反抗宣言。他们炸毁了美国政府在北极国家野生动物保护区开发的油田。炸毁油田这样的行为带有暴力因素，在一定程度上破坏了社会秩序，但少数族裔在没有政治和经济能力去改变当前处境的前提下，被迫以诉诸武力来争取群体生存权益的方式更能体现出作家对他们的同情与惋惜，对白人政府以非正义的权利执行欺压少数族裔"他者"的谴责与批判。

总而言之，美国社会根深蒂固的种族歧视将少数族裔排挤在公平正义的范畴之外，将他们固化为边缘的、无足轻重的"他者"，将他们视为"气候变化时代的牺牲品"。沃特斯的《冷的安慰：在气候变化中寻爱》生动诠释了美国少数族裔遭遇的生态非正义，他们在不断升高的气候影响下，逐渐失去了依赖生存的冰雪，失去了自己的传统文化，被迫迁移到其他的地方。当他们背离这片故土的时候，他们丢掉的是以土地为载体的记忆。由此，通过文学创作的力量，沃特斯揭开了被政治权力控制的美国少数族裔在气候变化时代遭遇的非正义元凶的真实面目，披露了殖民者的生态霸权政治"对原住民的社会关系和生产方式等物质层面的影响"（姜礼福，2014：57），进而呼吁人们关注深陷气候危机囹圄的少数族裔的生存状况。

第四章

维护女性的"第一生态环境"：当代美国气候小说中的性别正义

气候变化破坏了生态系统的平衡，造成了自然界生物多样性的丧失，越来越多的生物在气候灾难带来的压力下难以受孕，或者难以保护它们的幼崽顺利长大。人为活动对大气环境造成的破坏致使我们的地球母亲面临严峻的生育挑战，神话中丰饶的女神而今正在痛苦地呻吟。因为女性肩负着生育重任，因此，东西方文学家笔下的女性往往是肥沃、丰饶的地球母亲的化身，是与自然紧密相连的存在。然而，随着工业化革命的蓬勃发展，以美国为首的资本主义国家的"工业增长是依赖廉价的燃料、充裕的自然资源以及看似能够无限容纳废物垃圾的环境来推动的"（Barbour，1980：1）。为了不断推动经济的快速发展，美国大肆燃烧石油、煤炭、天然气、森林等自然资源，导致自然环境逐步恶化，大气中二氧化碳等温室气体的浓度持续升高。女性与自然天然的内在关联性让气候小说家在关注自然遭受非正义对待的同时，又将视野投向同样被置于受压迫地位的女性身上。这是因为"女性在被污染的环境中要承受更大的伤害。……女性对自然的

天然亲近也可以被解读为女性幸存于男权社会的一种策略"（张冬梅，傅俊，2008：144）。

凸显性别正义与气候变化之间存在的复杂和动态的关系是当代美国气候小说家关注的又一重要内容。在女性与生态环境之间的关系问题上：

> 原始法则让女性成为第一个生态环境。在孕期，我们的身体维系着生命……女性的乳房哺育着后代。女性的身体流淌着世代与社会和自然的关系。老人们说，地球是我们的母亲。从这一方面来说，我们女性就是世界。（克莱恩，2017：517）

按照这样的说法，女性作为"第一个生态环境"，应该享有公平的权益。但事实却是，被男权社会置于"属下"、边缘化"他者"地位的女性长期遭受着不公正的待遇。尤其是在气候变化日益严重的当下社会，女性遭遇的性别非正义愈加严重。无论是罗宾逊"资本中的科学"三部曲中的统计员安娜，还是巴特勒《播种者的寓言》中的劳伦，无论是金弗索《逃逸行为》中的黛拉洛比娅，还是克莱夫·卡斯勒与迪克·卡斯勒合著的《北极漂流》中的女化学家丽萨·莱恩（Lisa Lane），无论是巴奇加卢皮的《发条女孩》中的"新人类"惠美子（Emiko）和"复仇者"坎雅（Tarn），还是帕特里克·克武《锋利之北》中的"克隆人"米拉（Mira）等，她们都由于气候变化而遭遇了不同程度的非正义，气候灾难加重了她们对男性的依赖。而对男性的过度依赖又加重了女性自身的规训，让她们在社会中的地位更加边缘化。可以说，她们都属于气候变化时代最为脆弱的群体。尽管她们中的有些人在为改变当前的气候变化状态而努力，但她们常常被置于男权世界的边缘，处于被忽视的地位。尤其是在有关气候变化的辩论中，她们的呼吁得不到应有的重视，性别正义更是无从谈起。

在气候变化时代，承认女性与男性拥有同等的气候决策参与机会有助于积极推动全球气候变化问题的解决。因为女性不单单与自然有着天然不可分割的隐喻关系，而且女性细腻和温柔的特性将为气候变化灾难中的自然生物提供独特的保护方式。自然与女性互为隐喻的传统有利于人们"体悟"自身对赖以生存的气候环境造成了多么严重的破坏。该章在详细探究当代美国气候小说描述的"他者女性"[①] 在身体和心理上遭受的双重折磨的前提下，提出性别正义在关注女性遭受的生态非正义的结构性根源方面的重要意义，从而为女性平等地参与气候变化问题论证以及其政策的制定等奠定坚实的基础。

第一节
气候变化语境下的女性"他者"

在女性主义哲学中，"他者"概念是一个具有历史的、现实的及社会意义的重要的关键词，是帮助女性认知性别、体验性别以及认同性别过程中必不可少的重要意义范畴。爱蒙德·斯宾塞（Edmund Spenser）在其《仙后》（*The Faerie Qveene*，1590）中将女性视为被动的、驯服的存在。约翰·弥尔顿（John Milton）在《失乐园》（*Paradise Lost*，1667）一书中将女性描述为被拓荒者伤害的生命有机体。美国著名小说家厄苏拉·勒奎恩（Ursula Le Guin）在阐述"自我"与"他者"、"女性"与"荒野"的时

---

① 法国女性主义哲学家露西·伊瑞格瑞（Lucy Irigaray）在《窥探他者女性》（*Speculum of the Other Woman*）中提出了"他者女性"的概念，认为被男权世界视为"他者"的女性，经历了女性将男性意识、角色和语言内化而被纳入男性谱系的阶段，转而把女性作为独立的、自主的社会性别，成为独立谱系的他者阶段。

候，明确指出：

> 文明的人说：我就是"自我"，我是"主人"，我之外的其他
> 都是"他者"。"他者"都是外在的、底层的、属下的。他们都归
> 我所有，为我所用，我利用他们，控制他们。我的需要才是最重
> 要的，我想要的才是中心。"自我"就是我，其余的都是女性和
> 荒野。我按照适合我自己的方式来利用她们。（45）

勒奎恩的话含有两层意义：一是女性与自然荒野存在天然的联系；二是在以"自我"为中心的男权世界里，女性和荒野只作为"他者"而存在，是被压迫和剥削的对象。

在传统的男权世界里，女性被移除在话语权利之外，成为完全沉默的"他者"，无法为自己争取合法的权利。然而，女性并非是天生的"他者"，而是在社会历史的发展过程中逐步被定义为"他者"的。在环境文学家眼中，大地被视为母亲，大地上所有的生物都是由大地母亲所哺育的。大地母亲的隐喻营造了女性无穷的生命创造力，只有通过她们，人类才可以繁衍发展。而男性在那个时代则受困于自然的神秘，认为人类是依附于自然的，女性与自然相似的繁衍子孙的能力令他们在敬畏自然的同时，敬畏女性。

在生产力发展水平逐步提高的过程中，男性征服自然的能力越来越强大。他们逐渐发现女性反而欠缺强大的劳动力，因此她们不能最大可能地占有生产资料。这就导致女性在生产劳动的过程中逐渐滑向次要的、从属的地位。男性则凭借着天然强大的体魄将自己视为能动的"主体"，认为女性的存在就是为了凸显男性的"主体"身份的。自此，男性将女性对象化，使女性依附于自己，从属于自己，让她们接受"他是主体，是绝对，而她是他者"（波伏娃，1998：11）的意识。从某种程度上说，女性的主体地位在人类物质文明的不断提升中逐渐"退隐"，她们与自然同为哺育生命体的命运也发生了历史性的变化。当男权主义思想占据现代工业社会的时候，女性随之沦为"第二性"，成为与自然一样被利用和被征服的对象。对此，西蒙娜·德·波伏娃（Simone de Beauvoir）在被誉为女性主义"圣经"的《第二性》一书中揭示了女性在社会中所处的从属和边缘化的"他者"地位。波伏娃有关女性"他者"的论述是建立在黑格尔的主奴辩证法以及萨特的存在主义思想之上的。她认为，男性在将自身树立为主体的同时，就已经将女性从属化。换句话说，女性"他者"的地位是被男性自我构建起来的，是有利于男性为主导的社会发展趋势的。

受波伏娃女性"他者"思想的影响，法国后现代女性主义思想家如艾来娜·西苏（Helene Cixous）、露丝·伊利格瑞（Luce Irigaray）以及茱莉亚·克里斯蒂娃（Julia Kristeva）等在保留波伏娃有关女性"他者"概念所包含的从属性和边缘化涵义的基础上，进一步剖析女性"他者"的本质意义及其所处的不平等地位，强烈呼吁公众关注女性在社会生活中遭受的各种性别歧视和压迫。除此之外，她们扭转了传统女权主义只希望在社会中获取与男性同等的权利，进而将男性视为"他者"的思想。在她们看来，这样的思想只会让女性失去本身的特点，久而久之会陷入西方形而上学的同一逻辑[1]之中。因此，她们一方面积极回应女性"他者"的特征，重申女性作为"他者"与男性自我之间的差异性，另一方面肯定女性"他者"自身具有的优越性，认为正是这种区别于男性的优越性更有利于批判以男权文化为主导的社会。因为他者性可以是一种存在方式、思想方式和讲述

---

[1] 同一逻辑滥觞于西方柏拉图到弗洛伊德时代。这种思想是一种理想主义传统，完全遵从男性至上的思想，完全将女性置于再现的体系之外。在这样的体系中，男性的标准是唯一被认可的标准，女性只是作为男性的"反射性他者"而存在。

方式，它使开放、多重性和差异性成为可能。

法国后现代女性主义者深受拉康精神分析、福柯权利话语以及德里达解构思想的影响，认为两性之间的二元对立是所有对立的原型。西苏在《新生子女》（*La Juune Nee*）中指出，在很多的二元对立系列中，女性或阴性经常代表负面、失去权力的一方。尽管如此，在西苏看来，女性并非只是代表负面、否定和消极的"他者"，她们更是具有自身差异性的"他者"。而且，西苏认为，女性自身的特性可以改变西方世界中很多的二元对立现象。为此，西苏提出了"女性写作"①的理论。

虽然诸多关注女性生存命运的学者试图不断剖析造成女性不断被"他者"化、不断被边缘化的历史原因、社会原因、文化原因等，也对如何改善、重构女性在男权社会中的"从属"地位及关系提出过自己的看法，但随着社会的发展变化，我们发现，女性的"他者"身份依然在很多社会领域得不到关注与承认，甚至还需要在诸多新的社会危机中面对更大的挑战。而较严峻的气候危机就成为当下女性所要面对的新的社会问题，她们遭遇了诸多不公正及非正义的对待。

凭借着特有的敏感度，从事美国环境文学创作的女性作家生动阐述了女性在环境危机中遭受的不公平对待。其中最具代表性的当数蕾切尔·卡逊。卡逊的《寂静的春天》将环境破坏与女性健康联系在一起，一针见血地指出了人类肆无忌惮地掠夺自然环境的代价就是大量女性沦为环境危机的受害者。当环境灾难侵袭的时候，女性等弱势群体抵御灾难的能力相比

---

① 尽管西苏承认作者的性别与作品是否为女性书写二者之间没有必然的联系，但是她最终还是强调女性写作本身与女性的性别和身体有着莫大的关联。西苏将女性争取解放和平等的愿景建立在写作的基础之上，塑造了一个个没有性别压迫和歧视的乌托邦社会。即便如此，西苏希望通过富有文学意蕴的语言来讴歌女性的魅力和想象力，进而勇敢地表达女性的身体，呼吁女性为改变自身的"他者"地位而勇于抗争，勇于冲破男权世界的枷锁，为女性群体争取平等的权利。

男性更弱，因此她们也更容易受到伤害。卡逊在《寂静的春天》里无情地揭露了化学药品的使用对人类尤其是女性造成的危害。威廉斯（Williams，1991）更是多次在其作品中将女性与自然放置在相互关联的场景中，通过自然与女性间的隐喻思维方式促使读者重新认识人类活动对自然造成的破坏以及对女性"他者"造成的伤害。威廉斯笔下的盐湖、沙漠、山脉和地球的形象都是阴性的或者说是女性的。与此相对，她采用了男性视角来描述人类试图对这些自然景观进行控制和剥夺。这充分说明，在威廉斯的心中，男性就是为了征服和盘剥而存在的。"他们征服女性和自然，这最终导致他们失去与自身最为亲密的一切关系。"（10）

全球气候变暖给人类带来的影响是不可估量的，而女性在应对气候变化问题时面临着诸多不确定性的危险。不断恶化的气候环境，再加上女性长期处于"他者"地位，那些掌握政治和经济权利的男性在很多问题的解决上并未考虑到应该如何赋予女性以平等享有某项事务的权利，这使得她们表达自身遭遇以及为自己赢得平等地位的能力和权利长期处于缺失状态，最终导致女性在更广泛的气候变化辩论和倡议中失声。

例如，科马克·麦卡锡的《路》采用了"启示录"的修辞，或明或暗地指出造成人类世界一片灰色废墟的主要原因是气候变化。小说中主人公是一对父子，他们一直在逃避某种灾难，一直在寻找维持生计的食物。他们经过的地方，几乎全部被烧毁，没有生命的痕迹。在孩子的记忆中，很早以前郁郁葱葱的树林被人们锯断后当柴烧掉了。天气越来越糟糕，飓风频繁光顾他们居住的地区，过去的美好生活全部丢失，现在只剩下荒芜、寂静和邪恶。小说中一个很明显的特点是女性形象的缺失。虽然父子两人的记忆中时不时地会闪现出作为妻子和母亲的女性形象，但她从一开始就在作者自杀情节的安排下"消失"在了故事情节中，读者只能依赖两个男性的回忆来拼凑她的形象。从某种意义来讲，小说中女性的缺失与整个地

球生态系统的毁灭有必然的联系。因为女性和自然经常处于被支配和奴役的地位，她们都遭受了以男性权利为代表的"人类中心主义"的压迫。根据小说中父亲的回忆，妻子之所以选择自杀，一是因为她实在无法忍受恶劣的生存环境，二是她希望父亲在带领儿子逃离这人间地狱的路途中，她不会成为他们的累赘。虽然女性在小说中是自戕而亡的，但这个形象的缺失还是能让读者感到女性自主性身份被迫扼杀的悲剧感。当我们将女性的处境与她们所处的气候危机联系起来的时候就不难发现，男女二元对立的价值观念导致女性被迫成为被征服和被掠夺的一方，而这也是导致性别压迫和环境危机的原因所在。

当代美国气候小说传承美国环境文学倡导正义的主旨，再次将人为活动导致的气候变化与女性悲惨命运有效结合起来，在不断控诉以男权文化为中心的西方资本主义社会大肆剥夺自然万物赖以生存的大气环境的同时，将女性遭受的性别非正义以文学特有的方式表达出来，以此凸显气候变化语境下追求性别正义的紧迫性和必要性。例如，在玛利亚·克里斯蒂娜·梅娜（María Cristina Mena）的短篇小说《上帝的约翰——送水的人》（*John of God, the Water-Carrier*，1997）中，作家讲述了在气候变化导致的灾难中女性被边缘化、被忽视以至于遭受不公正对待的故事。身处男权社会以及殖民主义双重压迫下的"他者"女性不仅仅失去了作为自我的权利，更要忍受来自外界的性暴力以及水源危机。在梅娜的故事里，墨西哥土著女性承担的气候灾难远大于男性。她们被迫降级为隐形的群体，只能以被蹂躏的躯体在干涸的土地上无声地嘶吼，但没有能力改变"他者"的身份，无法平等获取享受水资源的权利。

尽管生态女性主义者一直在努力改变自身"他者"的地位，一直在争取正义的战场中搏斗，但就文学批评以及女性自身生活的现实经历来看，她们并没有得到主流正义论者的认可，她们仍旧陷在"失语""他者"的边缘化地位，她们摆脱"他者"地位的斗争之路荆棘丛生。其本质在于，主流正义论的建构多偏向于男性的利益和体验，而排斥女性在社会各项事务中的参与性与决策层面的主导作用。尽管罗尔斯的正义论提出要关照弱势群体平等的权益，但其并未真正改变女性"他者"的从属地位。

在这样的社会背景下，当今气候变化问题更加凸显出了女性"他者"在社会中承受的压力和不公平现象。当代美国气候小说在展现气候变化问题的背景下，考察和审视了女性在气候灾难中受到的不公平对待以及她们遭受不公平对待的根本原因。比如，梅娜的《上帝的约翰——送水的人》的故事讲述的是女性作为弱势"他者"群体在气候灾难的背景下的悲惨处境，谴责的则是以美国为首的资本主义社会对墨西哥土著妇女进行的生态折磨。墨西哥的去殖民化道路漫长而艰难，在这漫长艰难的斗争中，幸存下来的土著居民越来越被边缘化，女性身处双重边缘化的位置，遭受了严重的性别非正义对待。

梅娜的作品强调了女性"他者"在墨西哥所处的极端边缘化体现。在她的故事中，女性遭受的压迫基本都是通过女主人公来体现的，如果作品的主人公是男性，那么作品中的女性要么处于次要的从属地位，要么就是完全消失不见的。在《上帝的约翰——送水的人》中，多洛雷斯（Dolores）是一个常常处于失声状态、被侮辱与损害的"他者"形象。她是主人公——胡安·德·迪奥斯（Juan De Dios）及其兄弟迪布尔西奥（Tiburcio）等男性角色的附庸，没有自己的命运选择权与自主身份，只能以养女、未婚妻、监护人等身份存在，并且在地震中，多洛雷斯她们缺乏干净卫生的水源，为了获取少许的饮用水，她们还要忍受来自这些男性对她们身体的折磨。由此可知，当气候变化导致的系列灾难降临的时候，女性"他者"往往承受不成比例的沉重的代价。她们遭受的不平等对待与根深蒂固的社会不平等紧密相关，正是这些不平等导致她们在气候危机面前也无法为自

已寻得生路。她在故事中的悲惨处境成功引起了读者对墨西哥女性"他者"的关注，尤其是对女性遭受的环境非正义的关注。

美国气候小说家都极力要求改善女性所处的生活环境，改变她们的不平等的社会地位。比如，著名的美国女环境小说家简·斯迈利（Jane Smiley，1991）在谈到她创作小说《一千英亩》（*A Thousand Acres*）的动机时说，她在移居美国中部艾奥瓦州的时候，已经对当地农业生产遭受异常天气影响的状况表现出极度的忧虑。她认为，当地的农业生产和环境问题与全球气候变化有着千丝万缕的联系（Nakadate，1999：157-158）。为了表达她改变女性遭受的环境迫害的决心，斯迈利在小说的结尾安排女主人公金妮逃离了那片被污染的土地，并帮她寻找到了属于自己的发展空间。小说给出读者充满希望的结局是作家希冀女性获得平等生存环境的美好愿景，也再次强调了其对女性在气候变化时代不平等地位问题的呼吁，希望能得到社会各界的持续性关注及努力。

除了对女性"他者"在气候变化语境下遭受的伤害进行全方位的再现，当代美国气候小说家还试图通过展现女性在气候危机中的能动性来引导公众重视女性在实际生活中参与并解决气候变化问题上所起的作用，以此呼吁政府在制定气候变化相关政策的过程中积极容纳并接受女性的意见。例如，在盖恩斯的《碳之梦》中，主人公是20世纪80年代的女生物化学家。她通过研究浮游生物标志物来了解1.5亿年前的全球气候问题。此时，作者笔下的女化学家身上的"女性"标志似乎淡出了读者的视野，取而代之的则是她作为科学家本身所具备的魅力和魄力。她与海洋学家、植物学家、化学家、地质学家和古生物学家、怀有浪漫情怀的环保分子以及倡导有机种植的农民一起进行科学实验，一起探索人类历史过程中碳的浓度与气候变化之间的关系，以及由此产生的责任分担问题。同样，气候小说家萨拉·莫斯（Sarah Moss）的《寒冷的地球》（*Cold Earth*，2009）一书也描写了女考古学家探索格陵兰人在气候变化到来之时面临的生存模式改变的故事。她们数次陷入困境，但最终都凭借自身的聪明智慧逃脱灾难。尽管有评论家说这样的作品过于偏重科学研究而导致读者阅读体验兴趣不高，但是正是这样的情节和人物设置凸显出了气候变化时代女性渴望平等参与气候变化问题的决心和勇气。

总体来讲，尽管国际性的妇女解放运动已经为维护女性在社会各项事务中享有平等权利做出了突出的贡献，但根深蒂固的男权意识仍旧将世界范围内的女性，尤其是发展中国家的女性长期置于次要的"他者"地位，尽管她们也在努力为自己争取公平的权益，但迄今为止，她们仍旧难以摆脱"他者"的悲惨处境。当气候变化问题愈演愈烈之时，很多女性不得不在更加贫穷的生活环境中求生存。为了争取平等的生存和发展机会，很多女性不得不压抑自身的性别特征以适应和满足社会对男性的标准。虽然女性"他者"的概念具有太多的异质性，但其强调的是差异性和多元性，目的是争取两性在社会各项事务中的平等和谐状态，反对的是以性别为由导致的不平等现象。因此，在气候变化的语境中讨论女性"他者"的问题将有利于重新审视女性在"人类世"时期的地位问题，有益于女性在解决世界性的气候变化问题中为自己的公平权益发声。

第二节
性别正义在当代美国气候小说中的表现

19世纪中期伊始，随着女性解放运动的蓬勃发展，男性和女性在社会分工中的差异性越来越小，但女性在社会生活中却并未获取相应的平等对待。性别正义作为社会正义的重要维度之一，引起了西方学界的广泛关注，其中有三位具有代表性的女性主义者对性别正义进行了理论建构。

苏珊·奥金（Susan Okin）按照罗尔斯正义论的观点，提出女性在家庭事务中遭受了不公平的对待，着重将分配正义适用于"调节家庭内存在的分配不公"现象，希望"最终实现一个无性别差异的理想正义社会"（肖爱平，2012：62）。奥金认为，在人类漫长的历史发展过程中，女性经常是被忽略甚至是被贬抑的一方。在现代家庭生活中，虽然女性在法律上已经享有平等的社会地位，但由于男女性别的自然差异，二者担负的社会角色却是截然不同的。女性经常被限定在家庭范围内，是照顾家人和承担家务的主要力量。这直接导致她们自身缺乏相应的经济来源，对男性的依赖程度提升。同时，在男性掌控的政治领域，位于决策层的女性鲜见。经济上的匮乏和政治上的被边缘化直接导致女性与男性享有不被平等的身份地位。对此，奥金（1989）指出：

在现实社会中，男女两性之间仍旧存在实质性的不公平现象……这已经对几乎所有的女性和孩子造成了严重的影响。而这些不公平根源于家务劳动的不均衡分配……女性主义者应该关注

家庭内部分配的正义性，因为这可以影响整体社会制度对女性的平等性。（25）

家庭中隐含的性别结构导致了性别不公平现象的产生。而这也是导致女性"他者"地位的根本原因。奥金指出，尽管社会一直在进步，但"'性别'仍旧被牢固地机构化，性别差异存在于社会的方方面面"（6）。被社会建构起来的性别差异深深植根于人们的内心，它在无形中塑造了男性占主导，而女性为辅助的集体无意识心理结构。性别差异直接导致女性平等利益受损。为了结束女性的非正义处境，奥金认为首先就要终结传统性别结构的家庭制度。因此，她批判了亚里士多德的正义论，认为他并未考虑到女性在家庭生活中应该享有的平等地位。而这"正是调节家庭内部利益冲突的重要美德"（肖爱平，2012：67），是形成一个公平正义社会制度的必要基础，"性别正义只有在家庭中得以实现，女性才可能在政治、工作或者社会生活的其他方面得到平等的机会"（Okin，1989：4）。

艾利斯·马瑞恩·杨（Iris Marion Young）在奥金推崇的家庭分配正义范式的基础上，将正义的范围"转换为统治与压迫关系的范式……关注女性长期在社会生活中处于不平等地位的结构性根源，关注制度背景的正义性，主张'容纳式公正对待'"（肖爱平，2012：62）。杨认为，当代多元化背景为女性争取一种差异正义提供了时机，但也对传统的正义理论提出了挑战，成为正义理论的有效补充。杨反对将分配正义作为解决性别非正义现象的出发点，她认为，"应该把统治与压迫的概念，而不是分配的概念作为社会正义的出发点"（Young，1990：16）。此观点直接将奥金提出的女性在家庭结构中遭受的非正义转到社会不平等制度导致的性别非正义上。对于女性而言，任何形式的"压迫"和"歧视"都是不公平和非正义的表现，只有消解社会制度对女性造成的压迫和歧视，才有可能实现性别

正义。

女性弱势群体遭受了四种不同形式的非正义。首先就是剥削，主要体现在男性与女性二者之间的压迫与被压迫关系上。其次是边缘化。对此，杨认为，相当于男性主流群体而言，女性"边缘群体指的是被主流群体的劳动制度所忽视或极少受到关注，且不能被主流社会包容和雇佣的群体"（53）。由此，女性作为边缘性的群体往往被排除在主流制度之外，以一种"边缘化"的状态生活在被压迫的环境中。再次是失去权力。当代社会为了尽可能保障女性的平等权利，制定了一系列为女性争取平等权利的法律，但女性传统的"他者"身份、被"边缘化"的地位并未得到实质性的改变。最后是文化帝国主义导致的非正义。这主要指的是以男性主流文化为标准的社会将其标准强加于女性群体，文化霸权导致女性在社会生活中遭受了非正义。这种以暴力形式呈现的非正义对她们的身体和心理造成了双重伤害。

资本主义与父权制的结合造就了性别非正义。资本主义制度将"女性推向社会的边缘，资本主义制度的本性将她们付出的劳动视为次要劳动"（李银河，1997：93）。以罗尔斯为代表的正义主流论者倡导以无差别的方式来表达正义的原则，这无形中就会对弱势群体造成非正义。这种"试图超越群体差异的自由主义正义理想遮蔽了特权群体将自己群体的价值、观点等作为客观普遍性的内退在公共政治生活中得以表达和运用的机会。而对于被压迫群体来说，自身的群体文化则被淹没在不同于自身文化的形式中"（肖爱平，2012：79）。因此，杨认为，同质化的正义与性别正义的实现是无意义的，只有包容差异性的存在，实现"差异正义"才能取得实际意义的公平。

南茜·弗雷泽（Nancy Fraser）在接受并批判奥金和杨有关性别正义理论的前提下，提出以参与平等为支配性原则的三维正义论。她将性别与阶级、种族、国家等因素关联起来，从多元视角来探讨不同种族、民族和阶级状况下的女性"他者"的正义观。弗雷泽的三维正义观涉及经济、政治以及文化，分别对应再分配、代表权以及承认，即社会经济结构的不均衡导致分配不均，社会政治法律和参与权不均衡的代表权，以及象征性秩序的主流文化对女性遭受侵害的错误承认。弗雷泽在对与正义相关的三个维度问题进行整体阐述的基础上，重构性别正义的概念，构建了一个通向性别正义的美好图景。

实现性别正义，先要在经济领域进行再分配，以此解决杨提出的剥削、经济边缘化以及剥夺等非正义问题，然后要在文化领域承认女性不可或缺的影响力。按照黑格尔传统哲学对"承认"的理解，"承认"指的是"在平等基础上主体间的相互认可或确认，一个独立的主体依赖于被另一主体承认"（肖爱平，2012：84）。"承认"的概念有利于消除"自我"与"他者"之间的二元对立，承认彼此之间的于对方而言不可或缺的角色定位。然而，再分配和文化上的"承认"二维正义论不足以支撑性别正义理论的完美构建，弗雷泽在此基础上又增加了正义在政治维度上的表现——代表权。对此，弗雷泽（2009）指出：

> 正义的政治维度规定了其他维度的范围：它告诉我们谁被算作在有资格参加公正分配与互相承认的成员圈子内，谁被排斥在外。由于建立了决策规则，政治维度也为解决经济与文化维度上所展开的争论设立了程序：它不仅告诉我们谁能够提出再分配与承认的诉求，而且也告诉我们这些诉求是如何被争论和被裁决的。（17）

总的来讲，性别正义是一个多元且复杂的概念，其多个维度之间既相互独立，又相互影响，具体指的是女性在经济、政治和文化等方面遭受的

社会非正义。本书认为，对性别正义的研究要在承认性别差异的前提下进行，因为只有承认性别差异，才是承认了女性在社会生活中的独立身份和地位，承认了她们本身的自主性，而不是将她们视为与男性无差别的个体存在，因为承认无差别的存在就泯灭了女性的性别特征，这在一定程度上也是对女性的"他者"化。在当今社会多元文化并存在的现实情况下，弗雷泽的三维性别正义观中的"平等参与"原则可以为学者较为全面地研究性别正义提供支点和理论支撑。而且，她对女性群体在现实社会中遭受的经济、政治、文化和环境等方面的不平等现象进行的深刻批判，有效弥合了性别正义理论在政治、经济、文化及环境等方面的缺失，从而将公共事务中的代表权、物质再分配以及文化身份认同等渴求融合在一起，以整体性的公平正义原则来看待处于边缘地位的女性群体。不可否认的是，弗雷泽的性别正义有利于从社会制度的背景上对女性群体遭受的非正义进行研究，有益于挖掘深藏在性别非正义背后的根源。然而，有部分评论家质疑了弗雷泽提出的"平等参与"观点，他们认为：

> 最需要提出不正义诉求的人，即在特定社会中的政治上处于劣势的人，都是参与平等处于最危险境地的人。他们最需要促进平等的政策。但是，在理论上，不能平等参与的人恰恰是最不能提出这类诉求的人。（陆寒，2011：52）

即便弗雷泽的理论有些许不成熟的地方，但她的性别正义观反映了西方女性主义理论者对建构性别正义所做的努力。

性别正义理论以独特的视角推动了当代正义论思想的纵深发展，同时也对理解当代美国气候小说表征的气候变化语境下女性的主体性提供了理论支撑。当代美国气候小说以全球气候变化为着眼点，在探讨气候变化问题造成的人类与非人类物种之间种际非正义、美国白人社会对少数族裔的族群非正义的基础上，还关注气候变化语境下女性"他者"遭受的性别非正义。当代美国气候小说生动描述了女性这一特殊群体在气候变化问题上的悲惨遭遇以及她们为了改变女性被剥削被压迫的边缘化地位所做的抗争。因此，从理论意义来看，当代美国气候小说拓展了正义理论的阐释文本，提供了理解性别正义理论的新视角，从社会实践意义来看，对当代美国气候小说张扬的性别正义的研究有利于女性以自我的平等身份参与气候变化问题的讨论以及气候变化政策的制定，引导人们关注女性群体在气候变化时代遭受的各种非正义对待。

当代美国气候小说诠释了气候变化语境下女性在资源分配不均、有关气候变化问题上的政治参与代表权缺位以及被主流文化压迫等方面的性别非正义。在当代美国气候小说家的笔下，有为了保护森林"碳汇"而勇敢地挑战政治权威、不惜以生命为代价保护环境的希尔拉，有为了解决大气中二氧化碳含量过高而致力于研究碳中和元素的化学家丽萨，更有在气候灾难后的"可能世界"中存在的"克隆人"米拉等。小说作品中提到的这些女性都从不同的方面表征了当前气候变化问题对女性身心造成的伤害。她们深陷气候灾难的旋涡，却依然想方设法为缓解气候变化的现状而挣扎着。

博伊尔的小说《地球的朋友》在主要情节冲突中暗含了女性在气候变化语境下遭受的非正义对待。从表面来看，小说描写的是蒂尔沃特本人对气候变化的历时性回忆，但更深一步来看的话，蒂尔沃特的变化与小说中隐藏的三位女性角色密不可分。在作者的安排下，这些女性被放置在次要的人物角色定位上，成为以蒂尔沃特为中心的对抗环境破坏分子的辅助者，处在边缘化的地位。但是，在情节的推动过程中，读者会发现，小说中被"他者"化的女性实际上是成就男主人公自我身份的必要因素。

　　根据小说的描述，由于人类活动向大气中释放了过量的二氧化碳等温室气体，再加上长年累月对地球环境的污染，全球气温加速升高，生物多样性丧失，人类自身的生存也面临着严重的挑战。而女性与自然之间的关系长期以来被赋予积极的引导意义，因而女性事实上经常成为感触自然、体悟自然的先行者。在小说《地球的朋友》中，首先对蒂尔沃特产生影响的是他的第一任妻子简（Jane）。简是一位生物学家，她常年在野外考察。在不断与荒野中的生物接触的过程中，简深深地体会到人类对自然以及自然界中非人类物种造成的伤害，她热爱自然，热爱自然中的一切。简的存在象征了博伊尔对梭罗式超验主义生活的向往，对现代社会纷繁复杂的消费社会的谴责。正是简的影响和引导，让原本漠视自然、一味沉迷在物质消费生活中的蒂尔沃特开始尝试投入自然，了解自然。在蒂尔沃特逐渐靠近自然的时候，简作为他的引路人被安排"退场"。简在野外试验中意外被毒蜂蜇咬，致命的伤口导致简失去生命。尽管蒂尔沃特拼尽全力想救治妻子，但仍旧是无力回天。眼睁睁看着妻子离去的蒂尔沃特决心彻底放弃原有的生活，像妻子一样用心感悟自然，逐步完成了"从自我意识到生态意识的转变"（程虹，2014：204）。蒂尔沃特的转变是博伊尔创作的主要着眼点，而女性则成为男性成长的陪衬，甚至在必要的时候被安排退出读者的视野，成为隐藏在故事情节背后的"他者"。

　　博伊尔笔下的另一位悲剧性人物是蒂尔沃特的女儿希尔拉。希尔拉与她的母亲简一样，是活在回忆中的人物形象。读者只能通过蒂尔沃特跳跃性的回忆来拼凑出她们为保护环境所做的贡献，但也能感受到女性在环境保护运动过程中的弱小以及她们遭受的不公平对待。在小说《地球的朋友》第二部分，希尔拉出现在读者的视野中。作为一个年仅13岁的女孩子，希尔拉跟随蒂尔沃特以及蒂尔沃特的第二任妻子安德列雅与砍伐森林的伐木公司对峙。酷热的天气里，他们并排站在伐木公司的大型伐木机器前面，暴露在灼热光照下的希尔拉与大人一样，勇敢地面对即将到来的暴力。她的父亲是再熟悉不过这种暴力了，"这是世界上最为普遍的暴力"（38）。在资本暴力的压迫下，可怜的希尔拉"抱紧双臂，身体像一把伞一样蹲在那里哭泣"（39）。她就站在森林前面，"没有臭氧层保护他们，没有水，没有帽子"，无奈地看着"所有的树倒在斧头之下"（39）。在伐木公司的资本家眼中，希尔拉她们只是一群隐形的存在，不会对他们构成威胁。或者正如有文章指出的那样，女性阻止他们砍伐森林就是一个愚蠢的举动，对于代表男性权利世界的伐木公司来讲，森林只是树脂、木材和外汇的代名词，他们不会考虑森林就是土壤、水和清洁的空气的来源。

简的死亡让蒂尔沃特认识到人类应该敬畏自然，与自然和谐相处；女儿希尔拉为保护森林而死亡的悲惨遭遇让他坚定了保护环境的信心。他的第二任妻子安德列雅的引导和之后的相互扶持让他不仅认识到自己年轻时候对地球做出的伤害，更让他在晚年的时候能够不顾生命的危险去挽救在洪水中濒临死亡的动物。从一定意义上来讲，安德列雅的出现改变了蒂尔沃特对同样身处气候灾难中的非人类物种的态度，让他能够站在物种的视角平等对待地球上的其他生物。从小说的描述来看，安德列雅这个坚强的女性至少起着两个方面的作用：一是安德列雅致力于保护环境，保护森林"碳汇"。她代表了女性群体在气候变化问题上的正面形象，也间接挑战了男性占据控制权的社会现实，呈现了女性为自己争取平等参与社会公共事务的一面；二是安德列雅从女性的视角出发谴责了以男性为主导的美国政府对人类生存环境的破坏以及他们对女性环保呼声的漠视。

女性的社会地位和权利无法得到有效的保障，这导致女性在气候变化的问题上无法享有平等的发言权，大部分情况下只能处在男性权利中心之外。在赫尔佐的《热》中，故事的人物基本都是男性科学家——致力于环境科学的劳伦斯、关心政治胜过生存环境的埃德蒙斯顿等。他们的对话都

是基于气候变化现状的科学性交流，甚至可以说他们中的大部分人实际上并不是真正关心全球气候变化给这个星球上的人类和各种生物即将带来怎样的危机，他们关注的只是如何刺激经济快速发展，如何依赖高科技解决当前的气候变化问题。他们从来不会停下脚步来审视自身的活动到底对这个星球环境造成了多么大的伤害。可以说，他们对气候变化的研究以及对气候变化问题的解决无疑是以他们的感官和体验为基础的，女性自然而然地被排斥在男性权利话语体系之外。

小说中唯一出现的女性是一位社会学家瑞塔。她的出现一方面表征了女性在整个社会话语体系中的边缘性，另一方面也暗示了女性在解决气候变化问题当中的不可或缺性。根据小说的描述，劳伦斯无法说服埃德蒙斯顿接受气候即将发生重大变化的事实，无奈的他去参加议题为"自然事件与人类事物"（67）的国际性会议。火山专家、航空学专家、气候学专家、化学家、物理学家等出席了会议，他们都是男性权利的代表。他们讨论的焦点是如何进一步发展科技以应对气候变化问题。与他们的关注点不同的是以瑞塔为代表的参会组，她们的主题是"气候作为导致社会不稳定的因素"（69）。在瑞塔看来，女性的思维更倾向于整洁，她们渴望生活在更加整洁的世界里，而不是当前这个热浪、飓风和暴雨频发的世界。她们也不会像那些男性科学家一样去预期世界末日的到来。在她们看来，人类自身的活动造就了地球环境的异常改变，人类应该反思自身的活动，改变当前导致社会不稳定的气候状况。劳伦斯被瑞塔的言谈吸引，他希望瑞塔能够放弃当前的工作，转而加入他的研究项目。劳伦斯的提议遭到了瑞塔的拒绝。瑞塔认为，劳伦斯他们试图通过研究气候模型来预测气候变化的未来发展趋势，进而发明更先进的科技来控制气候变化是不可行的。

气候模型是抽象的，它并没有与当前人类的生活紧密地联系在一起，抽象的气候模型只不过是科学研究的工具而已。只有将气候变化问题与人文社会结合起来，从人类生活的实际出发，关注那些在气候灾难中举步维艰的群体的生活境况，研究气候变化的科学家以及那些政治家才会真正认识到解决气候变化问题的根源所在。瑞塔与劳伦斯就气候变化问题的争论反映了男性与女性在气候变化问题上的不同意见。这种差异实质上是一种性别差异，因为传统意义上的男性往往是控方，而女性经常是被压制的一方。按照小说的描述，在气候变化的问题上，瑞塔代表的是被边缘化的女性，她们在社会各项事务中都处于不平等的位置。在有关气候变化问题的学术会议中，瑞塔的议题被淹没在众多男性科学家的声音中，女性在气候变化问题上的呼声得不到应有的重视和回应。

研究女性主义的学者丝维斯特（2003）认为，"历史是以（居于支配阶级和种族的）男性的观点写成的"（43）。正义覆盖的范围也不例外。古往今来，绝大部分男性思想家都认为，女性的特性就是顺从，她们的任务就是完成家务以及与生育相关的事情。而男性则代表阳刚和理性，他们更适合家庭之外的工作，他们天生就是决策者。这种将女性视为从属地位的思想直接导致女性在家庭和工作上遭受了诸多不平等的待遇。还是在小说《热》中，劳伦斯就认为，瑞塔应该放弃自己的事业，与他结婚，跟随他帮助他完成科研项目。劳伦斯的提议带有严重的性别非正义。他们天然地对女性带有一种偏见和歧视，认为女性不应该拥有重要事务的决策权，"女人的勇敢体现在服从的行为上"（舒尔茨，2008：12）。哲学家洛克认为，女性天生的感性让她们不适合参与政治以及其他公共事务。这就解释了为何当代美国气候小说中能够参与到气候变化政策的都是男性，而女性大都被定位在家庭或者政治代表权力之外。她们被剥夺为自己发声的权利和机会，然而，当气候灾难袭来的时候，作为弱势群体的她们反而遭受了更加严重的灾难。

面对女性遭受的社会的和环境的非正义，无论是早期的女性主义者还

是现代社会的女性正义思想家都在大声呼吁女性能够得到公正的对待，应该赋予她们应有的生存和发展权。当代美国气候小说在描述气候变化给人类和非人类物种造成诸多危机、深度剖析和谴责美国加速资本主义对气候环境造成破坏的同时，凸显了女性群体在这场全球性气候灾难中遭遇的不平等对待。克莱夫·卡斯勒和迪克·卡斯勒合著的《北极漂流》的故事情节跨越将近一个世纪，在这近一个世纪里，气候的缓慢变化已经达到"临界点"，人类不得不急切地寻找合适的方法来解决大气中二氧化碳浓度过高的危机。在解决大气中二氧化碳浓度过高的问题上，男性和女性的态度以及他们采取的解决办法有着明显的差别，这种差别凸显了处在男权压迫环境下女性在参与公共事务中受到的不公平对待。

根据小说的描述，伊丽莎白·芬莱（Elizabeth Finlay）是一位优雅迷人却又非常有能力的女性。年纪轻轻已经在议会占有一席之地的她喜欢冒险，喜欢挑战男权世界对女性施加的不公正现象。作为女性，她热衷于环保问题。鉴于大气中二氧化碳浓度过高的问题，她多次向政府提议，希望政府能够重视当前气候急剧变化可能带来的灾难，进一步遏制工业消费，进而降碳减排，缓解大气中温室气体浓度过高的问题。但芬莱的提议并未得到政府的重视，反而无形中触及了工业资本家的利益，以戈耶特为首的依靠向海底泵入二氧化碳来获取利益的资本家十分仇视芬莱。在利欲熏心的资本家的布局下，芬莱被杀手杀害，她一贯坚持的降碳减排政策就此搁浅。

女性在气候变化问题上发声的失败暗含男权世界对女性的压迫和统治。在涉及经济利益的问题上，男权制的思维方式将女性完全拘囿于从属的地位上。他们从来没意识到女性在气候变化问题上的独特贡献，因为按照海德格尔的观点，"如果人们能够在（气候变化）问题上思考透彻，性别间的公平问题或许就是'拯救'我们的哲学问题之一"（Irigaray，1993：

5）。当然，性别正义观的目的也并不是要去证明女性优于男性，更不是强制性地要以女权代替男权，女性主义者要求的正义观是要凸显女性在社会中拥有区别于男性的独一无二的价值和作用。正如小说《北极漂流》中的芬莱，她的存在代表的是女性在气候变化问题上对平等权利的渴望，是唤起读者思考女性在当今愈加严重的气候变化时代如何为自己争取公平权利的关键。

气候变化问题的全球性要求男女在平等对话的基础上共同协商解决气候变化的难题。尽管全球性气候变化问题给女性的发展又增加了一定的障碍，但它同时也为女性争取平等的机会提供了一定的机遇。在当代生态女性主义思想家看来，气候变化危机的根源在于人类以自我为中心的罗格斯主义，这种世界观割裂了人类与自然之间和谐相处的思维模式，严重破坏了地球生命体赖以生存的适宜的气候环境。

要缓解和消除生态危机就必须打破人类中心主义的思维模式，打破男性中心主义的世界观。前面提到的美国气候小说《北极漂流》中的化学家丽萨就是一位身处不公平社会环境中的女性。丽萨是一位化学家，她想为解决气候变化问题贡献自己的力量。她终日在实验室里进行研究，希望能够找到分解二氧化碳分子的物质。因为在她看来，只有成功找到这种物质，才有可能将大气中过量的二氧化碳分解掉，以缓解全球气温升高的危机。与女政治家芬莱倡导的保护气候环境的目的一样，丽萨的初衷是好的，但在打着绿色环保旗幌子的戈耶特他们看来，芬莱和丽萨的行为危及了他们的既得利益。因为戈耶特的公司就是靠着政府赋予的特权来处理二氧化碳等温室气体的。然而，因他们向海底泵入过量的二氧化碳而造成泄漏的有毒气体在海面上空形成了"毒雾"，导致过往的船只和附近海域的生物死亡。面临二氧化碳浓度过高导致的各种危机，丽萨成功研制出能够分解二氧化碳的物质，但她在成功的同时也遭到了戈耶特阵营的杀手的袭击。

女性在解决气候变化问题中的作用再次遭遇男权世界的泯灭，没有政治权利和代表权利的女性的生命权也遭到了威胁。由此可见，处在最不利环境中的女性需要公平正义，而传统的正义论思想却只关注男性的权益和声音，反而抽空了女性在社会生活中的地位，掩盖了两性间不公平的现实。当代美国气候小说将女性群像置于气候变化的全球化语境下，在凸显女性遭遇的各种气候非正义的同时，呼吁公众给予女性在特殊的气候危机情况下应有的平等地位。

对于女性在气候变化问题上遭遇的不公平现象，政府间气候变化专门委员会（the International Panel on Climate Change, IPCC）调查报告指出，很多情况下，个体对气候变化的承受力度取决于性别角色，而发展中国家的农村妇女是遭受气候灾难最为深重的群体之一（Terry，2009：2-3）。通过分析当代美国气候小说中的部分代表性作品，笔者发现小说家们试图书写不同阶层、职业、社会地位的女性在气候变化问题中的不平等遭遇与身心所受到的双重折磨，旨在说明女性在气候变化问题上的失声、缺席或者女性在争取平等权利过程中的遭遇是一种波及社会领域广泛、造成实际伤害深远的性别非正义社会问题。根据小说《一千英亩》的描述，以马弗·卡逊（Marv Carson）为代表的男性群体为了从土地中获取更多的农作物而不顾及生态环境的破坏，无节制地向土地喷洒农药和化肥，这直接导致收获的农作物含有大量的有毒物质。

生态环境的污染和破坏严重影响了人们的身体健康，而女性特殊的身体生理机能又导致她们成为环境灾难中最容易受到伤害的群体。比如小说里的金妮因为长期呼吸有毒的空气，长期饮用有毒的水源和食用含有大量毒素的农产品，而先后五次流产，最终无法生育。她的妹妹罗斯则遭受乳腺癌的折磨，最终离世。这充分说明，在一个环境遭到严重破坏，气候问题导致生物灭绝的时代里，女性的生存权难以得到保障。女性的身体受到的严重伤害隐含了她们迫切想要在政治、文化和话语体系中获取公平决策权利的正义诉求。

当代美国气候小说家生动描述了身处男权世界中的女性是如何在气候崩溃的边缘挣扎存活，如何在性别非正义的境遇中顽强抗争的。正如前文所提的那样，美国气候小说家将女性剥离家庭生活，将她们置于与气候变化相关的公共事务中，目的就是希望女性能够平等地参与气候变化问题的协商和解决。女性长期被排斥在主流正义论之外，在气候灾难中遭受不成比例的伤害，无法在男性占据控制权的社会事务中为自己谋取公平的权益。正因为如此，气候小说家为女性争取话语权与生存权的努力依然在持续，他们的呼吁可以鼓励更多的女性在至暗时刻依然保持奋起抗争的战斗姿态。

在气候灾难频发的"人类世"时代，人类已经成为塑造地球环境的主要力量，但世界并非男性的人类世界，在解决气候变化的问题上，女性的作用不容小觑。只有平等地对待女性在气候变化时代遭遇的磨难，正确看待她们在维持生态平衡方面的力量，赋予她们平等参与气候变化问题的政治表决权，才有可能真正推进气候变化问题的解决。在气候变化的问题上倡导性别正义正是将女性的平等地位与气候正义联系起来，以此赋予女性为自己争取正义的力量，摆脱女性作为"他者"遭受排斥和控制的处境。

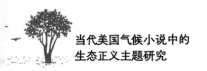
第三节
《水刀子》中女性对性别正义的追求

气候变化是一场"慢暴力"活动，科学研究的气候模型很难传达其对地球生物产生的不可预测性的影响以及各种非正义现象。文学想象空间的无限包容性和可能性将有助于弥补这方面的不足，有效提升公众对气候变化问题导致的非正义问题的关注。气候小说的出现致力于在自然科学和人文科学之间架起一座沟通的桥梁，它通过对气候变化导致的各种危机的展布来深度剖析与气候问题相关的非正义的根源，以此敦促人类重新审视气候变化对现代人类文明形态的塑造，进而在认识论和本体论的意义上重构人类与自然之间、人与人之间的正义观。可以说，当代美国气候小说写气候科学，更写人文，写气候变化的冷峻，更写生命的尊严（刘晶，2018：153）。

国内批评家李家銮认为，"根据气候小说的特征及关注的焦点，可以从三大特别突出的理论维度来解读气候小说，即生态批评、世界主义和女性主义"（李家銮等，2019：102）。在这三大阐释维度上，生态女性主义理论认为，在以男权为代表的传统世界里，女性与自然互为隐喻，"其存在只是为了提升上帝和男人，仅仅被视为'资源'而没有自身的内在价值"（郑湘萍，2005：42）。被视为"资源"的女性沦为社会的"他者"，在社会中遭受着不平等的对待。当气候变化问题加剧，被边缘化的女性自然而然成为气候危机中最大的受害者之一。在气候灾难中挣扎的她们既没有强大的经济依靠，也无法享受平等参与气候变化政策制定的政治权利，这直接导致她们遭受了更加严重的性别非正义。

当代美国气候小说《水刀子》是巴奇加卢皮的代表作之一。基于多年来关于气候变化和水资源的研究报道，作者描绘了一个真实到可怕的干旱世界。该小说采用生态反乌托邦的叙事技巧，凸显了人类活动对地球的生态系统造成的重大影响，强调了身处气候困境中的女性被男权世界所压迫，以及女性为争取性别正义所做出的抗争。目前，国内评论家对《水刀子》的评论主要聚焦其凸显的生态女性主义以及小说中的反乌托邦城市书写和人类世想象（高林萍，2020）方面。鉴于此，结合小说对几位主要女性形象的刻画，本书尝试从女性主义正义观入手，并结合南茜·弗雷泽的性别正义理论，深度剖析小说描述的气候灾难中女性遭受的非正义现象及其背后的根源。

一、干旱世界中的莎拉和玛利亚：聚集女性"他者"的生存困境

波伏娃在其《第二性》中详细论述了"女性他者"的论题，认为通过研究女性的自身处境可以重申女性与男性在具体社会环境中的关系。因为在传统的男性世界认知里，女性被定义为男性自我的"他者"，没有独立创造价值的能力，被边缘化的身份也导致她们在工作、政治和教育等各个领域无法享有平等的权利。为此，爆发于19世纪下半叶和20世纪60—70年代的2次女性主义运动强调两性之间要共享公平，要消除性别差异。女性在各项事务中的平等参与权对社会的进步以及人类文明的发展有着重要的意义。在此基础上，生态女性主义者也认为，女性与自然之间有着必然的联系，但以男性为主导的人类社会却长期对自然进行剥夺，这导致环境恶化、气候异变、资源枯竭等全球性环境危机。而作为社会中较为脆弱的群体，女性为最大的受害者之一。在不断恶化的环境中，由于女性缺乏坚实的经济来源，缺乏一定的政治代表性，这无形之中导致她们的身体、

精神等方面受到严重的伤害。

巴奇加卢皮在《水刀子》中描绘了一个旱灾肆虐的明日世界,在这个为了获取水源而你生我死的残酷世界里,底层女性注定成为最大的受害者。长期被边缘化的她们无法获取平等的工作环境,这导致她们没有固定的经济收入,只能避开达米恩等地痞无赖的敲诈勒索,偷偷地用出卖肉体获得的少许金钱来买水。她们整夜等在水泵旁边,等水价跌落的时候买进,然后用小拖车拉到工地旁边卖出。辛苦赚取的少量差价钱还要付房租。经济上的缺失可以说是导致女性遭受非正义的根本原因,但气候变化导致的干旱和男性世界的压迫又是加剧女性生存困境的主要因素。在《水刀子》描述的干旱世界里,莎拉是一个孤儿,不知道自己的父母为何人,她独自在这个吸人血的世界里挣扎。玛利亚的父亲曾经在生态建筑工地上工作,在玛利亚心中塑造了水源充沛的未来美景。但随着父亲的过世,玛利亚与莎拉一样成为无依无靠的孤儿。两个同样在干旱世界中挣扎存活的女性抱团生活在一起。女性在男权世界和异常气候的双重压迫下,过着最为悲惨的生活。与自然同样被"他者"化的她们"被看作应当永远付出的存在"(张建萍,2011:51),丝毫得不到平等的对待。

对于生存在气候危机中的女性来说,她们并未与男性一样获取同等享有水源的权利。生活在凤凰城的男性凭借着天然优于女性的强大力量任意压迫底层女性,让她们从一开始就被排除在公平之外,沦为男性的附属物品。比如,干旱无雨的凤凰城"烟尘弥漫,许多人都戴着防尘面具"(巴奇加卢皮,2019b:103)。然而对于莎拉和玛利亚来说,尽管她们的"肺像火烧一样"(103),她们也没有足够的钱来买一副杂牌面具。反观那些掌控资本的男性上层阶级,他们居住在泰阳生态城里面,"舒服地待在三重过滤的公寓里,就算一旁的凤凰城快亡城了,他们依然能享受干净的空气、过滤完全的水和活着所需要的其他一切"(105)。在莎拉和玛利亚心中，泰阳生态城就是"失落的伊甸园"（103），要想进去困难重重。莎拉她们心中"失落的伊甸园"实则暗喻人类对自然的破坏导致生存环境的恶化。而女性与自然互为隐喻的关系又暗指以男性权利为中心的人类将自然与女性视为被剥夺的物品对象，当自然被破坏殆尽的时候，与自然生命息息相关的女性也难逃厄运。"伊甸园"只是她们心中的想象，"施工造成的烟尘是玛利亚生活的一部分。莎拉出卖身体才有机会去体验那个地方舒爽的空调系统和五星级的生活，那是另外一个世界"（105）。在气候灾难造成的困境中，女性成为以男性为代表的资本世界的牺牲品，在她们的身上，没有任何公平正义可言。

小说作品中女性的身体成为诉说"女性他者"遭受非正义的载体，成为控诉气候变化加重她们苦难处境的有力武器。巴奇加卢皮笔下的凤凰城是未来世界气候变化达到极端峰值的缩影。在这个喝水就要付出血的代价的城市里，代表男性权利的资本控制了一切水源，以莎拉和玛利亚等为代表的底层女性成为干旱世界任人欺压的群体。她们没有可靠的经济收入，无法获取足够的水源。干旱的凤凰城除了有钱人居住的生态大楼充满生机外，其余的地方都是黄沙漫天。整日肆虐的沙尘暴"钻进了莎拉的肺叶末梢。她又在咳痰咳血了"（42）。无法忍受干旱的人不得不待在水泵旁边，以寻找时机获取点滴水源。莎拉和玛利亚整日与那些待在水泵旁的得州难民一起，他们的身上"散发着恐惧和湿了又干、干了又湿的汗臭味，还有滤水袋和尿骚味"（43）。极度的干渴让她们无法顾及尊严，只有靠肉体与男性交换少许的金钱或者换来洗一次衣服的机会。莎拉一直幻想着能够逃离凤凰城这个人间地狱，她向往拉斯维基斯。为此，她不断以身体来取悦男性，渴望依靠男性的帮助而逃出这个地方。身体成为莎拉走出凤凰城的筹码。当莎拉出卖身体来换取水源和不确定的明天时，女性的身体也同时被物化，身体遭受的伤害成为女性遭受非正义最明显的外在表征。

当气候灾难导致的"创伤直接把身体变成了印记的平面"（阿斯曼，2016：301），身处男权世界的莎拉和玛利亚"沦为被'抛入世间的弃儿'"（王岩，2013：80），她们遭受的气候创伤与性别非正义无法言表，此时的身体成为她们最直白的语言，不断地为"女性他者"的悲惨处境而呐喊。小说中有一个细节生动地描述了莎拉对水的渴望。莎拉喜欢电影明星陶欧克斯，但是当陶欧克斯与喷泉同时出现的时候，莎拉"马上将那位男星抛到了脑后""巨大的喷泉将水直直地喷向天空，水柱来回舞动，在阳光下如钻石般灿烂"（巴奇加卢皮，2019b：46）。她穿上"工作时穿的背心和热裤"（84）出去诱惑住在生态大楼的男性，然后"将她们的内衣带进她工作的旅馆，趁男人洗澡时偷偷地洗好"（85）。为了得到短暂的享受水源的机会，莎拉寻找一切机会去接近能够进出泰阳生态城的男性，当她无奈而苦楚地将自己视为可以随意交换的商品时，在男性世界里她的处境变得更加艰难。这真实地呈现了处于双重要下的底层女性的"失声"困境。小说中有一个细节写莎拉跟着一名叫作威特的男性参加通宵派对，却被威特喂养的鬣狗撕咬，这导致她回来后就"裹着被子都发抖"（151）。当莎拉她们的身体在鬣狗的威逼下颤抖的时候，她们的身体就成为记忆女性悲惨经历的记事本，其凭借"牢固性"而成为表征气候变化语境下性别非正义的"稳定剂"（阿斯曼，2016：275）。

巴奇加卢皮以细腻的笔触向读者呈现了女性身体被"物质性"（巴特勒，2011：56）的过程以及其遭受的非正义对待。当女性面对无法控制的气候变化，身处无法控制的男性世界中时，她们因失语而常常无法直接告诉人们她们的遭遇，但身体却悲壮地成为记忆与诠释主体过往的载体。作家们将这种载体文字化，让我们能够有机会更加直观地面对她们的境遇。莎拉的身体记忆着她为换取每一次洗澡、洗衣服的机会而带来的躯体和心理上的创伤。玛利亚的身体书写着她为逃离凤凰城而遭受的种种伤害。这种伤害就是一种记忆，"这种记忆中充满了一种文化文字，这种文字被直接地、不可磨灭地写入身体之中"（阿斯曼，2016：278）。

从这个方面来讲，莎拉和玛利亚遭受干旱和男性权利踩踏的身体记载了女性长期以来在社会文化生活中遭受的不公平对待。比如，与莎拉依靠身体换取水源的方式不同，玛利亚坚持依靠通过水源的差价来赚取利润。这部分少得可怜的利润不但要付房租，还要应付那些可怕的男性的搜刮。当玛利亚不堪忍受辛苦赚取的钱被他们搜刮殆尽的时候，她冒着被鬣狗捕杀的威胁去找威特理论。面对"壮得跟公牛一样的威特"（巴奇加卢皮，2019b：154），玛利亚不寒而栗，威特的"眼神如同他的鬣狗一样饥渴，如同饿坏了的野兽"（154）。在这个"只需要血"的世界里，在他们的眼中，玛利亚"便是猎物"（157）。注定成为他们"猎物"的玛利亚最终也没有逃脱这个世界对她们的不公。为自己争取平等对待的玛利亚最终被威特的鬣狗撕掉了一只手臂，而莎拉则在旅馆中被前来寻找水权法案的杀手一枪毙命。作家就是通过在气候灾难的背景下对女性境遇这样近乎残忍而血腥的书写，揭露了女性在经济、政治上的无声，凸显了女性遭受性别非正义的悲惨现状。

在《水刀子》中，女性的"身体是反映气候话语和人类世记忆的有力工具"（杨梅等，2020：23），这个工具在反映女性在性别上的遭受的非正义的同时，更揭露了性别非正义背后男性权利掌控的资本世界的邪恶以及气候变化导致的灾难附加到女性群体身上的重负。这种不成比例的重负让残存在凤凰城的绝大部分女性为了有水喝有水用而出卖自己的身体。莎拉和玛利亚仅仅是身处干旱世界里的多数女性的缩影，她们的遭遇说明"气候苦难不是伴随气候变化而发生的一些私人的、个性化的、特质的经历，而是一种政治现实，其中权力决定了环境苦难的社会经济模式"（转引自杨梅等，2020：23）。《水刀子》中的底层女性就是被男性政治权利压制下

的遭受环境苦难的代表，她们的身体困境正是女性性别非正义困境的典型书写。与男性相比，女性遭受的气候风险的比例更大，然而她们在社会生活中却得不到相应的平等关爱。可以说，在"女性他者"遭受的性别非正义方面，气候变化的危机表征了当前男权世界对女性的生态非正义。从一定意义来讲，正是"男权中心主义与帝国主义的共谋导致了底层妇女的失声"（唐晓忠，2012：31）。

二、掌控水源的女王凯斯：被男权世界扼杀的越界者

主流正义思想家认为，由于情感模式和思维模式等方面的差异，男性和女性的道德品质也存在天然，有时候甚至是相互冲突的不同。在他们看来，男人天生就是理性和公平的化身，女性则是情绪化和感性的代表。男人的理性有助于他们管理公共事务，参与政治决策，而女人则更适合家庭事务。很显然，传统正义论在无形中剥夺了女性平等参与公共事务的权利之外，更是用道德的说教将女性束缚在家庭生活之内。传统正义论将女性移除在正义范畴之内的做法受到了女性主义者的质疑和挑战，女性主义者波伏娃有关"女性他者"的论述以及弗雷泽倡导的女性平等享有家庭、政治和文化等权益的论述希望积极推动的是产生一个个在男权世界中的女性越界者。她们可以勇敢地突破男性世界制定的多重界限，"突破那些所谓保持社会秩序的不公平的规则"（Foust，2010：3）从而"产生另一种越界的溪流"（Jenks，2003：45）。

在《水刀子》中，突破男权世界而成为越界者代表的是凯瑟琳·凯斯。在水源如金的凤凰城，凯斯的存在是对传统男权世界的极大挑战。因为凯斯不仅仅凭借女性身份成为"科罗拉多河女王"（巴奇加卢皮，2019b：5），而且她在某种程度上实现了女性参与公共事务。小说开篇就对凯斯进行了细致的描述："如君临天下般"坐在书桌前的凯斯，她周围的墙壁"从上

到下贴满了内华达州和科罗拉多河盆地的地图……每条支流都闪着红光、黄光或绿光，代表每秒钟的流量，代表残雪量和融雪量偏差值"（5），她管控下的以安裴为代表的"水刀子"为她到处查看水源，控制水源。读者面前的凯斯是一个干练、冷静、杀伐果断的领导者形象。但巴奇加卢皮对凯斯的角色设置并没有因为凯斯"女王般"的气场而有意模糊性别界限，而是处处在强调凯斯作为女性来掌控凤凰城水源命脉的细节。比如，小说中提到，凯斯每次出场都打扮得很是精致。她"苗条、金发，身着一身紧身裙子，高跟鞋踩得碎玻璃咔嚓作响。细腰、金色的上衣、深蓝色夹克，眼睛又大又黑。艳阳下，她显得是那么娇小玲珑"（58），她的规划和设想永远都精确得一丝不苟。小说对凯斯的描述明显倾向于女性特质，而根据传统正义论思想家的认知，她的出现无疑是对这种言论的反叛与有力回击。这也为后来凯斯的权利被加州政府收回埋下了伏笔。

当代女性主义者认为，单纯依靠男性特质和女性特质来区分和定义正义伦理是缺乏事实依据的，并不符合女性在社会实际事务当中具备的功能。尽管"女性在行为方式、道德观念以及思维方式等方面确实与男性存在着区别……女人倾向于以'另一种方式'进行思维活动，并发生与传统正义论相比'不同的声音'"（肖爱平，2012：57），但这恰恰是女性独一无二的特质，是值得肯定和张扬的。正如《水刀子》中的凯斯，身处干旱的凤凰城，她有能力掌控科罗拉多河。在干燥的沙漠中，"河水像一条匍匐在白沙中的巨蛇。……虽然饱受干旱和分水之苦，科罗拉多河仍然能够唤起崇敬的饥渴。……就这么流淌在大地之上"（巴奇加卢皮，2019b：011）。掌控科罗拉多河的凯斯打造了三个生态建筑区。对于那些生活在底层的阶级而言，凯斯就是一个"杀人凶手，因为她手下的水刀子在科罗拉多河沿岸大开杀戒"（58），斩断了河流沿岸的水流分支，这直接导致贫穷的人们失去了生命的源泉。对于那些有能力入住生态建筑区的阶层来说，凯斯就

是"圣人，她拯救了芸芸众生，凭着远见带领他们走入科技打造出来的奇迹与安全的国度"（58）。

小说对凯斯的描述显然已经超越了读者对于传统女性形象的认知，因为被男性世界视为"他者"而处于附属地位的女性形象在凯斯身上得到了颠覆。凯斯的行为象征了女性对男权世界的挑战，因为"任何对行为的限制都伴随着对跨越界限的渴望"（Jenks，2003：7）。男性世界长期以来对女性的压制和弱化导致女性的内心渴望突破这些界限，继而展示女性与男性没有差别地参与公共事务的能力。作为男权世界的越界者，凯斯的杀伐果断体现的不仅仅是女性对这个世界的不满，对以男性为主导的社会破坏自然环境的不满，更多的是揭露了女性非正义背后错综复杂的政治、经济、文化等多方面的利益关系。

在女性主义者的观念中，社会对女性气质以及行为等方面的规定和约束常常成为女性获取平等机会的障碍。巴奇加卢皮将凯斯定位为一个超越传统女性精神气质与行为习惯的角色是为了凸显气候变化时代性别正义在场的必要性。根据女性主义者的观点，女性能够平等参与管理政治事务就是实现性别正义的表征之一。小说中凯斯不仅突破了男权世界对女性的迫害和蹂躏，而且占据了凤凰城政治权利的中心，与其他州的资本和政治势力不断斡旋以保障用水优先权。这显示出了作家塑造凯斯这一人物形象，实际是将她作为气候灾难中万千底层女性发出正义呼唤的具象化。从某种意义上说，凯斯的越界是"一种'内在体验'……这是受利益、生产力或自我保护的考虑导致的"（89）。凯斯的"内在体验"式越界一方面是她作为女性在干旱的凤凰城经历磨难的结果，另一方面她也认识到如果自己不能控制用水权，她只会沦为灾难与男性社会非正义行径下的牺牲品。在到处充满谋杀和阴谋的凤凰城，凯斯的存在"解构了自然和常规"（Foust，2010：5），可以说，凯斯已经严重打破了社会既定的男女分工的约定，但这也导致了作品中以男性为主流的美国政府的不满。

长期以来，在气候变化问题的协商和解决上，以男性为主导的政治权利阶层通常以控制和机械化自然的思维模式掌控气候状况，而缺乏正确的气候治理理念，最终导致气候谈判成为争夺各自利益的竞技场。全球气候协商的脆弱性和气候变化不断恶化的现实让生态女性主义者意识到，单纯依靠父权制的概念来治理全球性气候危机是不可取的，女性被排斥在气候变化协商框架之外的做法不仅仅是对女性的非正义，更是再次对自然与女性的压迫和亵渎。《水刀子》对凤凰城干旱现状的描述暗示了男性思维对自然无尽的索取和压榨，而这必将导致地球生态系统失衡，降水量越来越少。美国政府为了解决干旱问题，频繁修建大坝，他们坚信，"只要农夫能引河水，建筑商能在河边凿井，赌场开发商能用水泵汲水，机会就取之不竭，115 ℉的高温也伤不了人呢，城市也能在沙漠中兴盛"（巴奇加卢皮，2019b：12）。正是这种充满男性征服欲望的对待自然的方式导致"如今的河流又浅又缓，走走停停，被一座座大坝切得柔肠寸断"（12）。美国政府为了不断刺激经济的快速发展，在不断改变河流走向的同时，严格控制水权使用，这导致美墨边境从未有一滴水流入。

在巴奇加卢皮的笔下，尽管美国各州已经为了争夺水源而冲突不断，但他们又同时在冲突中共同对付作为凤凰城的领导者凯斯。因为他们不能容忍她能在男权世界里拥有掌控水源的权利。对此，生态女性主义思想家薇尔·普鲁姆德（Val Plumwood，2001）认为，男权世界对"理性的过高估计以及依据这一概念构建的对立性建构方式，深深地烙印在了西方的文化及其理论传统中"（8）。当男性崇尚的理性思维与资本相结合，就必然产生"利己主义的个体理性及'自我—他者'的二元结构"（韩卫平等，2012：558）。这种"自我—他者"的二元结构与男女二元结构相呼应就导致女性被视为"他者"，并认为她们不具备参与气候变化协商与解决的能

力与资格。正如小说中的凯斯，尽管她成功居于生物链的顶端，但她最终逃不开男权世界对女性进行压迫的统治逻辑。

男权世界早已有之的"自我—他者"二元结构直接形成了他们惯用的压迫的统治逻辑，这成为性别正义难以真正实现的根源所在。在这个问题上，美国生态女性主义哲学家沃伦指出，"统治逻辑使得尊卑观念演进为'强权观念'，使人们对两类群体之间存在的认识具有压迫性。用这种论证结构，可以证明统治是正当的"（叶文彦等，2009：11）。男性世界的"强权观念"直接将女性和自然排除在正义范畴之外，将二者视为可以任意践踏和索取的物品，根本没有资格享有公平合理的生存发展权。

根据《水刀子》的描述，在美国政府和其他各州的围攻之下，曾经的科罗拉多女王凯斯遭到属下胡里奥的背叛。她的得力干将一个个地神秘消失，她辛苦努力得来的水权最终都被美国政府或者其他州抢走。当安裘征求凯斯的下一步计划的时候，凯斯失去了以往的果断。她"没有下达指令，反而叹了口气，而且说话语气沉闷而疲惫"（巴奇加卢皮，2019b：312），因为她已经被剥夺了科罗拉多河水的使用权，她无法继续完成她的生态建筑城计划了。这与她之前的行事风格形成了鲜明的对比，曾经的这个"女人从牢里放了一名囚徒，给他工作和一把枪，做事从不迟疑的她，现在竟然忧心忡忡。……更糟糕的是，她软弱了"（312）。究其根源，父权制概念框架下的"自我—他者"价值等级观念给予了男性凌驾于女性之上更高的统治权，在这种强权思想的支配下，"理性统治自然、男性统治女性、文明统治原始"（韩卫平等，2012：560）的观念导致凯斯这个少有的男性世界的越界者也被迫屈服于男性统治下的美国社会。无奈妥协的凯斯决定缉杀安裘，投靠加州。凯斯对以美国政府为首的男性权利的妥协更加凸显出女性在西方殖民主义和资本霸权主义下的"他者"地位始终未曾改变，一旦女性试图摆脱"他者"地位，试图以女性身份参与处理政治事务，她们立刻就将受到以男性为主的政治霸权的打压。

气候变化谈判充斥着资本与利益的阴谋，弥漫着男性"气候霸权主义"的气息。女性被排除在气候谈判之外，无法与男性拥有平等协商气候问题的机会，这本身就不利于解决全球性气候变化问题。在气候变化的问题上，生态女性主义者坚持主张站在女性关怀的视角承认差异性的存在，因为对"他者"差异性的尊重在一定意义上是成就自我的具体表现。反观小说中提到的当下各国应对气候变化的谈判和协商措施，这些都带有明显的利己的工具性色彩，缺乏对女性"他者"的伦理关怀。

而且，在现实境遇中，气候变化带给女性的伤害远远大于男性，"在台风、干旱、洪水等自然灾害中，女性的死亡率是男性的14倍"（Macgregor，2010：226）。即使如此，女性却反而成为气候治理过程中的缺席者。比如说，"在政府间气候变化专门委员会成员的性别构成比例中，男性科学家占据大量的席位，而女性只占到16%"（230），国际性的气候大会上也鲜有女性的身影出现，"女性在全球气候治理中话语权的缺失更加使得全球气候治理以男性为中心，以父权制逻辑为指导，从而使全球气候治理陷入困境"（韩卫平等，2012：561）。《水刀子》中凯斯的遭遇并不是个例，而是文学反映的性别非正义的社会现实。要想改变女性在气候变化问题上的非正义处境，就必须关注女性在气候变化时代中的非正义遭遇与处境，关注她们在气候变化中发挥的积极作用，彰显女性在解决气候变化问题中不可或缺的精神力量。

三、探寻古老水权法案的露西：追求性别正义的女勇士

"生命之水"具备生化万物的能力，水"是一切生命存在的条件：生命有赖于水，甚至是得之于水的"（叶舒宪，1998：66）。换言之，能否拥有充裕的水源决定了万物的生存和延续问题。《水刀子》描述的就是一个

拥有水才能活下去的干旱世界。在这个干旱的世界里，美国遍地荒漠，早已失去昔日的繁荣，各州政府为了争夺用水权而你死我活，不择手段。在这个旱灾肆虐的世界里，被裹挟在气候危机中的女性承受了更大比例的伤害。气候变化加剧了现有水资源的短缺，而女性与水之间天然的联系让她们更加关注水资源状况。美国环境文学家加德（Greta Gaard）在其论文《女人、水、能源：一个生态女性主义者的路径》（"Women, Water, Energy: An Ecofeminist Approach"）中指出，与男性相比，女性擅长使用简单的技术来比较水源的优差，他们也知道如何才能循环使用水源以应对越来越紧迫的水源短缺问题。

小说中"水"的不在场表征人为活动对自然环境的破坏已经达到了极限，也以"水"这一具有文化及道德内涵的象征之物的缺失与枯竭来隐喻人类的生存危机与精神危机。在中国传统文化中，"水"的意象往往与君子的品德相关。水之德、义、勇、正、善和志等品德往往吸引君子驻足而观。"水"的自然特性引发了孔子对德行和正义的想象。老子的"上善若水"，更是指出水利万物而不争不抢的品德。可以说，"水"代表了德性和正义。反观《水刀子》描述的干旱缺水的世界，缺水的这个世界已经毫无德性可言，上层阶级为了控制水资源而迫害下层民众，男性世界为了凸显自己的权威而压制被"他者"化的女性。被多重"他者"边缘化的女性得不到应有的道德关怀，更无法享有平等参与公共事务的权利。

在巴奇加卢皮描述的未来世界里，由于人为活动导致的气候变化致使河流干枯，充足的水源已经成为过去式，生活在沙尘满天飞的干旱凤凰城中的女人们每天都面临渴死或者被男性霸权欺压而死的困境。小说将水的缺失和女性遭受的非正义并置在一起，共同说明以男性为主导的世界对自然和女性的剥夺。男性对自然的控制，对女性作用的忽视，这些从根本上限制了女性获取平等权利的自由。贯穿小说始终的记者露西·门罗为了报道凤凰城底层民众的悲惨生活，为了查明古老的水权法案的信息，选择了挑战男性世界的权威，与窃取水源使用权的"水刀子"们斗争，她代表了女性对平等参与水源规划以及水源使用权的渴望和抗争。小说中是这样描述露西的，说"她的眼睛就像隐藏在砂石峡谷深处被人发现的池塘，同时带着救赎与沉静，如同一方冰冷的水，当你跪下掬水而饮时，发现自己的倒影在水底深处望着你，彻底洞穿"（巴奇加卢皮，2019b：184）。在作者的笔下，不屈不挠、果敢而充满正义感的女性形象露西似乎就是沙漠中那一汪清泉，带给充满杀戮和死亡的凤凰城一丝希望。

首先，小说以水资源的缺乏为引线，牵出人类伦理正义缺失下女性遭受的各种非正义。水源的极度缺乏让凤凰城成为底层人的地狱，而以男性上层阶级为主的主流社会则有权居住在生态建筑城中。此时的生态建筑城在气候危机和干旱威胁的凤凰城已成为"生态飞地"①。小说中多次提到的泰阳生态城就是这样一个"生态飞地"。居住在这个地方的"居民享受着遗世独立的感觉，仿佛与墙外城市的沙尘、烟雾与沦亡完全无关"（204）。但根据小说中所写，进出这个"生态飞地"的基本都是男性，而女性为了获取水源，为了"享受水雾、瀑布和滤除了烟尘的新鲜空气，以及土壤和植物的芬芳"（205）不得不出卖自己来换取进门的许可。从某种意义上来说，女性成为被"生态飞地"排斥在外的"他者"，不具有与男性同等享有水源的权利和资本。目睹众多因为水源而死亡的事例后，露西作为一名女性记者，以勇敢的大无畏精神与真实的报道力求揭露美国当局对水源的

---

① "生态飞地"指的是固定的地区尤其是那些中上层阶级居住的地区，他们为了保障自身享有良好的生存环境，就不断地同其他的区域来争夺需要的资源。他们的目的就是为应对环境破坏尤其是气候变化导致的各种资源的短缺情况。因为一旦气候灾难降临，各种物质资源就会迅速消耗和消失，人们为了生存会拼命抢夺少量的资源。而对于在"生态飞地"中居住的人来说，由于他们事先已经圈积了足够多的资源，他们在灾难中就能得到保护，而"生态飞地"之外的或跨境的人则被拒之门外，成为被抛弃的一部分。

控制，对底层民众的欺压。比如，"凤凰城水利局法务遇害，死前曾遭受凌虐数日"（158）等事件。即便她的正义行为连"水刀子"的成员安裘都不得不承认"这女的实在有种"（159），但她也无法进入泰阳生态城，她也无法逃脱时时刻刻的干旱威胁。

通过对露西的抗争精神与实际行动的生动刻画，作家揭露了女性在水资源枯竭这样的气候灾害中的危险境遇，同时也赞扬了她们的能力与勇气，呼吁为女性的公平地位发声，为女性追求个人的正当生存权利而正名。身为众多女性中的一员，露西本身已经面临着各种威胁，但她仍旧对亚利桑那州的政客与毒枭勾结、获取科罗拉多河水源使用权的黑幕等新闻进行公平客观的报道。她坚持揭露社会政治、政府官僚等的黑暗面，坚持为那些遭受干旱蹂躏的底层女性争取权益。然而，露西为女性争取平等了解和参与水资源分配的行为惹怒了男性占据主导地位的政治权威而遭到杀手的绑架。为了逼迫露西说出与水权法案相关的信息，他们残忍地蹂躏她的身体。对此，环境批评家朱莉·史（Julie Sze, 2013）曾经说过："由于水源的独特性以及环境污染的跨界性，很多小说都以水景观或者为了争取水源而产生的斗争为故事背景。尤其是在涉及水源跨越政治性边界的过程中，水往往象征着各种政治斗争，包括权利不均衡的国家和地区之间的斗争。"（132）这鲜明地指出了水资源分配不均衡将会在经济和社会发展过程中产生暴力活动，而这种暴力活动将直接导致女性的处境更加悲惨。

露西对古老水权法案的探寻一方面表征了女性对人类丢失的德性的追寻，另一方面表明了女性对平等参与水资源分配权益的争取。在巴奇加卢皮创造的未来世界里，全球气候变化导致的干旱扭曲了人性原本的单纯和善良，人与人之间除了嗜血的水源争夺，已经毫无公平正义可言。陶醉在现代化的人类为了获取暴利，肆意地征服自然，无限制地向大气排放二氧化碳等温室气体，全球变暖引发了大规模的气候危机，人类在失去适宜的居住环境的同时也将人类本该存有的理智及德行抛弃。比如，小说中提到的美国政府兴建的中央亚利桑那水源工程。这个工程原本是人类改造自然的历史上宏大的一笔，但是根据作者的描述，这个工程因人们贪婪地提前透支地下水层的行为而导致亚利桑那州生态环境被严重破坏。说到底，巴奇加卢皮描述的未来世界的末日图景是人类自身造成的恶果，是人类德性丧失的结果。

古老的水权法案作为小说表层故事之下的"第二故事"是暗示主题意义的一股叙事暗流。它的存在成就了人们对原初和谐美好的自然的追忆，成就了露西在追寻性别正义过程中的女勇士形象。根据小说的描述，首先，古老的水权法案是"纸本的"，这个"纸本"的文件在巴奇加卢皮创造的世界里早已成为历史，因为未来的世界里一切都是"数字化"的，"白纸黑字"的"用树做成的那种纸"（巴奇加卢皮，2019b：405）几乎绝迹了。由此，古老水权法案的纸质版的出现象征着人们对原初美好世界的追忆。"纸本"也象征着自然，象征着女性对人与自然和谐相处的美好愿景的渴望。

令各州政府抢夺的古老的水权法案揭露了美国政府对美国少数族裔的剥夺和压迫。19世纪末，美国原住民皮马族与凤凰城签订的这份协议"是最优先水权，现有记录最久远的水权之一"（280）。因此，谁拿到这份水权法案，谁就有权力享有优先使用水资源的权利。露西希望能够拿到这份古老的水权法案，然后用这个权利去拯救凤凰城那些在干旱的环境中濒临死亡的底层民众。"寥寥两张纸，就能让凤凰城和亚利桑那重新掌握自己的命运，不再是失落和崩坏之地，让图米、夏琳和提莫这样的人安居乐业，让所有的难民再也不必瑟瑟缩缩"（437）。露西对古老的水权法案的追寻揭露了在气候变化的未来世界里，美国和全世界其他国家和地区一样，将会面临新一轮的事关政治、资本、技术等方面的博弈。博弈的过程涉及正

义实施程度，但事实却是，最容易遭受气候危机的人群往往是最无辜的，且她们经常无力应对气候变化导致的危机。露西的追寻象征了代表自然的女性对人类世界逐渐远离和丢失的德性和正义的寻求和争取。

《水刀子》通过对生活在干旱凤凰城中的三位具有代表性的女性形象的塑造，生动地诠释了气候危机时代被视为"他者"的女性遭受的性别非正义。性别正义倡导的女性与男性享有同等地参与社会公共事务的权利，平等地享有政治上的表决权等有利于唤醒女性作为主体的自我意识，改变长期以来男权世界对女性的统治和欺压，消除以性别差异为基础的女性在政治上、经济上以及文化上面临的非正义，充分发挥女性特有的关怀特质。

通过对性别正义的强调，当代美国气候小说家再次呼吁公众深刻了解女性长久以来特有的生理及心理特征，以及这种特征对自然环境的和谐发展起到的正向作用。同样，小说家也希冀读者重新认识女性在历史发展过程中对万物的关爱和关怀精神。通过对女性遭受的气候灾难之苦以及男权社会强加于她们的各种非正义的描述，气候小说家指出，在气候变化的时代，一方面，我们要反对男权世界对女性的压迫，"关注女性生存状态的多样性和差异性，才能聆听到属下女性真实的声音"（唐晓忠，2012：31），才能维护女性享有公平正义的权利。因为这将有助于唤醒"人类世"时期人类主体对自我与"他者"之间关系和差异的深刻认知，充分尊重地球生态系统以及地球万物所具有的自身价值，另一方面，在极端气候语境下，当代美国气候小说对具有极强的女性意识、关爱他人及全部自然环境的群体意识，以及利他精神的女性形象的塑造旨在改变男权世界一贯坚持的利己主义和唯工具论的错误思维模式，重新塑造"生态自我"的意识，提高女性参与气候谈判和决策的概率，充分发挥女性在全球气候治理过程中独特的女性主义伦理观。

第五章

关照气候难民的困境：当代美国气候小说中的全球正义

气候变化带来了迫在眉睫的"灾难性事件"或"灾难性后果"的危险，其连锁反应"正威胁着人类的整体生存状况"（Methmann et al.，2013：117）。从某种程度讲，当今气候变化问题把世界上几乎所有的国家、民族及文明都裹挟进了气候变化的历史洪流中。在严峻的气候变化问题面前，如何缓解和解决气候变化问题，如何最大程度地实现全球正义是人类社会可持续发展的重要目标之一。因为"我们今天所面临的全球性生态危机，起因不在于生态系统自身，而在于我们的文化系统和价值体系"（Worster，1993：27），尤其在这个政治、经济和文化相互依赖的全球化时代里，如果以国家为单位的主体不能秉承公平正义的原则去确定减排目标和减排义务，发展中国家或欠发展的地区将首先成为遭受气候灾害的主要对象。在气候变化的全球化影响方面，美国学者加布埃拉·库丁（Gabriela Kutting，2004）指出，"从本质上来说，全球化就是新一轮的生态帝国主义化进程"（29）。

　　根据气候科学家的调查研究，以美国为首的发达资本主义国家在资本积累时期大量燃烧化石燃料、不断向大气排放二氧化碳等温室气体导致当前全球性气温升高。这些富裕的国家从能源消耗中获取了巨大的利益，同时也严重破坏了大气环境。对于那些游走在贫穷边缘的国家来讲，他们并非破坏大气环境的罪魁祸首，却被动承受着气候变化带来的更多负面影响。从一定意义来讲，"气候变化已经严重影响世界穷人的生命权、健康权等生存权利，导致富国与穷国之间产生了生存不平等"（Atapattu，2008：16）。而且，在气候灾难面前，就死亡率和无家可归的人数来看，富裕国家和贫穷国家之间存在着巨大差异。有些评论家甚至指出，气候变化还使可能面临灭顶之灾的小岛国家成为当今的"第四世界"。对此，国内学者姜礼福（2014）也认为，"所谓现代性和全球化都是在西方发展策略主导下对人类和非人类环境的暴力压迫"（57）。由此可见，西方发达资本主义国家对欠发达国家的非正义行径势必成为全球气候变化问题顺利解决的障碍。

　　当代美国气候小说无情地揭露了发达国家在应对气候变化问题上的消极逃避，尤其是美国政府在气候变化问题上一贯的摇摆态度。他们全然不顾美国国内及世界其他弱小国家民众的福祉，任意践踏各国政府共同制定的国际性气候变化公约，甚至公然退出《巴黎协定》，恶意剥离自己作为一个大国的责任。美国政府的所作所为剥夺了世界各国民众享有适宜气候的权利，有损人类命运共同体的构建。哈贝马斯（Habermas，1988：4）认为，"今天的社会科学提供了一种系统论的危机概念。根据这种系统论，当社会系统结构所能容许解决问题的可能性低于该系统继续生存所必需的限度时，就会出现危机"。当气候变化在世界范围内造成不均衡影响的时候，伴随气候变化将会出现政治、经济、文化等方面的危机。在当今全球化时代，每个国家都共同存在于这颗星球之上。毫无疑问，这颗星球是地球上所有生物的家园。如果我们缺乏命运共同体意识，仅仅以自我利益为中心，不去考虑其他国家和民众应该享有的权益，我们的星球将会陷入无尽的危机。

在凸显全球正义主题的过程中，当代美国气候小说既采取灾难"启示录"的修辞，又兼有"反乌托邦式"[①]的描写，以警示的方式希冀大众关注当下和未来星球的环境。从某种程度来看，这与西方社会的"危机栖居"（Buell，2004：173）相呼应。弗雷德里克·布伊尔（Frederick Buell）在《从天启到生活方式——美国世纪的环境危机》（*From Apocalypse to Way of Life: Environmental Crisis in the American Century*, 2003）一书中指出，环境危机已经成为当代人类生活的常态。在这样一个环境危机持续不断的世界里，世界各国要在遵循公平正义的原则的基础上承担气候变化问题中自身应该承担的责任。

当代美国气候小说倡导的全球正义主题是对弗雷德里克·布伊尔倡议的最好回应。气候小说作家深知，作为一种遍及全球的环境问题，气候环境危机的影响并不局限于地方与某一个国家和地区，而在控制气候恶变的进程中也不能仅凭少数几个国家或地区的努力，而是需要全球性的关注与重视，以公平正义为原则，以现实作为基础，划分不同国家的责任与义务，共同为缓和气候危机做出应有的贡献。作家们"通过将个人意识与想象可能的世界联系起来，从而构建社会世界"（LeMenager，2017：223），并为气候变化提供一种人文叙事框架，逐步构建基于全球正义的人类命运共同体意识。该章在综合分析美国气候小说展布的全球气候难民"他者"遭受的生存困境的前提下，从全球正义的概念出发详细论述其在审视气候难民

---

① 反乌托邦之"反"具备"反—乌托邦"与"反—现代性"的二重性。当然，这种"反"从根本上来说是一种批判性反思而不是简单、绝对的否定。这种"反"旨在表达人们对于未来的美好筹划。

的权益及缓解当前全球性气候变化问题中的重要作用。

第一节
气候变化语境下的气候难民"他者"

迁移研究的创始人弗里德里希·拉索（Friedrich Ratzel）曾说过，"自然环境是个人流动性的重要决定因素"（Piguet，2013：1）。然而，随着20世纪的历史背景与社会背景的不断复杂化，战争频发等因素使学者在考虑个人流动迁移的过程中，开始更多地侧重于战争、移民、文化认同等方面的考察，环境因素则被边缘化了。直到20世纪末期，随着国际格局的日趋平稳，气候变化问题的严重性逐渐凸显，由气候变化导致的个人或群体流动现象重新浮现。"与气候变化相关的人口迁移并不是未来才出现的现象。这是一个现实问题，更是一个全球性的问题"（Pink，2018：2）。

弗里德里克·拉采尔（Friedrich Ratzel）认为自然环境是影响迁移活动的主要因素。"所有生物对空间、事物和繁殖的竞争，或'为生存而斗争'……提供了迁移的第一推动力"（转引自 Piguet，2013：149）。对于这些"运动中的人"（105-165）来讲，"为了寻求更好的土地、更温和的气候和更舒适的生活条件，许多人开始迁移，从他们的目的来看，这必然导致他们进入一个与他们原来的栖息地截然不同的环境"（Semple，1911：143）。

在地理学上最著名的环境决定论代表人物埃尔斯沃斯·亨廷顿（Ellsworth Huntington）的著作中，我们也可以找到自然环境对人类迁移影响的例证。亨廷顿多次在其著作中强调物理环境对人类迁移的影响。他认为，在人类历史的演变过程中，地理基础是一个显著的前提条件，他可能是第一个描述"气候变化移民"（Piguet，2013：150）的人。

地理学家早已注意到气候变化对人们生活产生的巨大影响。然而，由于西方社会根深蒂固的自然与人文的二元对立观念，部分社会理论学家认为现代性与自然环境对人类行为的影响是相反的（Sluyter，2003：813-817）。在这种情况下，从 1951 年的《联合国公约》开始，政治方面形成了一个概念框架，排除了自然环境作为难民外逃的原因。到了 20 世纪 80 年代后半期，联合国环境规划署、世界观察研究所以及政府间气候变化专门委员会连续发布 3 份调查报告，才将"环境难民"[①]一词推至公众面前。而IPCC 更是明确指出，"（全球变暖）可能是引发大规模人口迁移，导致多年来一些地区的定居模式遭到严重破坏、社会不稳定"的主要因素（IPCC，1990：20）。

然而，直到十五年后，因为环境驱动导致的大规模迁移才引起公众的担忧。IPCC 的预测再次出现在尼古拉斯·斯特恩爵士（Sir Nicholas Stern，2007）对全球变暖的经济后果的评论中，他认为，"更严重的资源短缺、沙漠化、干旱和洪水风险以及海平面上升可能迫使数百万人迁移"（128），各个国家和地区应该为被迫迁移的洪流做好准备。20 世纪 90 年代，环境科学家诺曼·迈尔斯（Norman Myers，1993）指出，"环境难民……有望成为我们这个时代最重要的人类危机之一"（175））。博阿迪（Bogardi）和华纳（Warner）在《自然》杂志上发表评论文章，认为"洪水要来了"（10）。维尼（Reuveny）和摩尔（Moore）则写道："随着气候变化的持续，一些地区的环境退化将加剧，促使人口向外迁移。移民很可能来自发展中

---

① 麦格雷戈（McGregor）在《难民与环境》（"Refugees and the Environment"）一文中指出，如果"环境难民"一词与灾民和难民的概念混为一谈，那么使用"环境难民"一词就会带来危险，即保护难民的主要特点可能会受到破坏，而采取的是最低的共同标准。因为"环境"可能意味着政治以外的领域，使用"环境难民"一词可能会鼓励接受该词的国家像对待"经济移民"一样对待该词，以减轻其保护和援助的责任。

国家。因此，可能会有更多合法和非法难民企图进入发达国家，这些国家最终可能会失去对入境移民的控制。"（2009：476）移民因此被视为有必要采取行动应对气候变化的例证：

> 由于大气中温室气体浓度的逐日升高，海平面逐年大幅度上升和极地永久冻土[①]的融化，一些人已经被迫离开家园。而且，随着全球气候环境的加剧恶化，未来也将会产生更多的气候变化难民。2005 年，联合国大学环境与人类安全研究所估计，到 2050 年，环境难民的数量可能会增加到 1.5 亿左右，其中大部分是气候变化造成的。（Lerner et al., 2008：750）

近些年来，全球气温升高导致海平面上升。对于那些低地海岛国家来讲，即使海平面总上升幅度超过两米，"也足以淹没孟加拉国、尼罗河三角洲、佛罗里达和许多岛国的大部分地区，导致几千万至几亿人被迫迁移"（Hansen，2005：274）。而且，由于"世界上很大一部分地区处于海平面几米以内，拥有数万亿美元的基础设施"（Hansen，2004：73），汉森认为，这样的海平面上升将"严重破坏文明"（Hansen，2005：275），使海平面问题成为"全球变暖的主要问题"，并"为构成威胁的人为干扰的全球变暖水平设定了一个低上限"（Hansen，2004：73）。此外，根据联合国人类开发计划署对气候变化预测的审查，认为"气候变化将大大降低并减少弱

---

① 永久冻土（permafrost）又称永冻层，是指持续多年冻结的土石层，分上下两层。上层在夏季融化，冬季结冰；下层常年处于冰冻状态，被称为永久冻土。永久冻土是气候变化自我强化循环中的一个产物。温度的升高导致永久冻土融化，温室气体的气泡从冻结的土壤中释放出来，这反过来又会加速全球变暖，使永久冻土融化的速度更快。据探测表明，目前有大量的甲烷和二氧化碳被困在北极的永久冻土层中。这意味着，如果北极的冻土层融化，释放出来的甲烷和二氧化碳气体将会大大增加全球变暖的速度。

势群体的收入及工作机会"（Moellendorf，2012：134）。

　　国际层面上的气候难民问题已经成为事关公平正义的人权问题。对于那些遭遇气候危机而被迫迁移到其他地方或者被迫流浪的群体来说，他们在失去家园的同时也失去了在政治上为自己争取权益的机会，沦为边缘化的"他者"。美国学者萨拉·杰奎特·雷（Srah Jaquette Ray）就认为移民是新型的"生态他者"。尤其是对于那些来自发展中国家的气候难民来讲，他们的到来意味着要与当地的民众共同分享地理空间和现存的各种资源。这无形中会造成当地居民在空间和资源占有等方面的比例降低，影响他们的生活及经济发展。因此他们经常被拒绝进入其他国家或地区。而在西方发达资源主义国家传统的以自我为中心的思想观念中，只有自身利益的发展才是第一位的，那些气候难民是前来抢夺资源的入侵者，可能会对他们的自我造成一定的伤害。因此，他们将气候难民边缘化和隐形化。被置于"他者"视域中的气候难民成为被权利主体掌控和忽视的对象，完全无法摆脱权利主体对他们的忽略和规训。

　　当代美国气候小说生动刻画了气候变化语境下气候难民的生存困境以及他们面临的全球性的非正义问题。在此类小说的描述中，沙漠化、物种灭绝、极地探险和洪水等因素都成为气候难民难以跨越的障碍。比如，巴拉德（Ballard）的《洪水》（*The Flood*，1962）旗帜鲜明地指出，气候变化引发的洪水影响的不仅仅是一个地方的民众，更是跨地方和跨国家的。在洪水的袭击下，没有谁能幸免。理查德·考伯（Richard Cowper）的《克莱之路》（*The Road to Corlay*，1976）谴责了人类自身的行为对气候环境的破坏，这种破坏行为严重影响了全球气候状况，致使更多的弱小和贫穷国家的民众沦为气候难民，他们在洪水中失去家园、失去亲人，无奈的他们只得背井离乡，成为富裕国家和富裕阶层眼中的"他者"。阿米塔夫·高什的《饥饿的潮水》（*The Hungry Tide*，2004）则详细描写了居住在印第

东海岸孟加拉湾一个小岛的居民长期遭受潮汐袭击的故事。高什指出，在不断暴发的洪水的冲击下，孟加拉居民面临生存危机。他们的祖先被西孟加拉邦政府驱逐至此，遭受残酷的殖民统治。而且，为了获取更多的土地和矿场，殖民政府不断破坏他们的生存环境，最终导致他们遭受了政治、经济、文化和生态上的非正义。威尔·赛尔夫（Will Self）的《戴夫的书》（*The Book of Dave*，2006）则以讽刺的口吻谴责了美国政府在气候变化政策上的不公平现象，这种不公平直接导致美国国内和其他国家的气候难民无法享有平等的人权。

在萨西·劳德（Saci Lloyd）的小说《碳日记 2015》（*The Carbon Diaries 2015*）中，主人公在伦敦的热浪中挣扎。对于这些处在社会最底层的民众来讲，当气候灾难来临的时候，他们是最先沦为难民的群体。资本主义社会严重的贫富差距是导致他们无法对抗灾难的首要原因，而政治上的失声更让他们无法为自己获取正当的权益发声。他们就是一群被资产阶级视为"他者"的边缘人，生活在最为肮脏的街区，享受着最少的物质资料，却要为资产阶级造成的气候危机买单。还有，在朱莉·贝尔塔尼亚（Julie Bertagna）的《出埃及记》（*Exodus*）以及巴拉德的《被淹没的世界》（*The Drowned World*）中，当英国的部分地区受到气候变化的影响而成为热带气候的时候，遭遇异常天气变化影响的仍旧是那些贫穷的人，他们丧失了原有的生活方式，越发贫困的生活迫使他们不得不考虑迁往下一个地方。以上气候小说无一不在表征气候难民的生存困境，但令人感到悲哀的是，无论是在小说还是在现实中，遭遇气候变暖和灾难性洪水威胁的难民非但没有得到应有的援助，反而成为富裕阶层急于远离和抛弃的对象。国际层面的气候难民群体之所以难以获取平等的人权，是因为人权的背后涉及的不仅仅是政治和经济，还有道德责任问题。而对于资本主义国家来说，他们不会为了顾及其他遥远的海岛小国的安危而舍弃本国经济的发展。这点在罗宾逊的"资本中的科学"三部曲中体现得尤为明显。本章的第三节将会针对此文本进行详细的阐述。

通过讲述气候危机环境下的"去地方化"，当代美国气候小说展示了气候难民"他者"的生存境况。具体来讲，在美国小说家阿姆斯特丹的《我们没有预见的事情到来了》一书中，作家将气候变化、难民等全球性问题联系起来，以此构建小说的反乌托邦图景。这个反乌托邦图景是建立在全球基础上的，因为当每一个人都成为"气候难民"的时候，地方就失去了它原有的意义（Mehnert，2016：87）。阿姆斯特丹笔下的人物角色是没有姓名，没有具体的国家所属地的，他们更像是一个为了逃避气候灾难而四处奔走、到处为家的流浪群体。这与麦卡锡在其小说《路》中刻画的父子形象有相似之处。麦卡锡将小说《路》中的父子二人安置在一片烧焦的土地上，这里没有时间和地理空间的概念，更没有社会的存在。根据小说的描述，无论是灾难前还是灾难后，小说中没有任何内容与气候变化直接相关。但小说将正义与时间末日的问题通过圣经的隐喻呈现出来，这暗示父子二人所经历的灾后世界曾经遭遇过洪水的袭击。洪水蔓延后的世界已经无法分辨出地理方位，以至于读者很难确认小说中的地理位置。换言之，麦卡锡通过创作末日"启示录"的方式，呈现了世界毁灭后人类沦为难民的悲惨处境。他们都有回不去的过往，也要面对不可预测的、危险重重的明天。

在《我们没有预见的事情到来了》中，作家指出气候变化是一种超越"地方"能力的危机，在气候变化的全球性影响下，我们都是"环境世界公民"（Heise，2008：10），没有所谓的"自我"和"他者"，因为世界范围内的人类和非人类、自然和文化场所都是相互联系和相互调节的。换句话说，在气候灾难面前，任何人都可能是下一个气候难民。因此，我们需要站在全球的角度去理解身处气候灾难中的人们，给予他们平等生存的

权利。

气候变化的抽象性导致人们对气候危机不是很敏感，这也使他们很难共情气候难民所遭遇的非正义。鉴于这样的原因，阿姆斯特丹的小说用极其详细的情节生动地呈现了一家人在气候危机逼近时刻的活动，以事实根据为依托，加之文学性想象与艺术性加工向读者尽可能表现出全球气候变化影响下人们被迫迁移的场景。这在文学上是一种艺术的实践过程，这个过程将现实的和文学的表达方式融合起来，呈现了"一种不可说的以及不可想象的"（Gabrys et al.，2012：17）气候难民图景。对于气候难民来讲，他们首先要面对的是去地方化以及构建全球化思维。因为气候变化的影响是全球性的，当气候难民被迫远离故土去寻找下一个适合居住的地方的时候，他们就脱离了原来地方性的社会文化关系，从而面对一种新的、未可知的社会文化，这对气候难民本身来说是一种适应性挑战。

阿姆斯特丹的《我们没有预见的事情到来了》向我们展示了气候难民的生存困境。在气候风险不断迫近的情况下，地方感、归属感和居住形式遭遇了新的挑战。在小说的描述中，虽然地点和"真实的地方"是作为人物所处的环境而存在的，但它们已经不再是传统的"'人类世的地方'——能够提供文化身份和记忆，通过日常的社会互动，将其居民与地方的历史联系起来的地方"（Tomlinson，1999：109），而是转化成了充满风险的地方。在这个充满风险的环境中，社会政治领域的差别已经失去了原有的意义，个体由于不断受到气候危机的逼迫也已经失去了对地方的依恋，成为不断行走、不断转换地方的难民。在不断转换地方的过程中，他们渐渐忘记了曾经待过的地方，也忘记了自己的过往。这也是为什么小说中出现的地方和人物大部分都是没有名字的，因为他们本身的难民身份使他们成为富裕国家和富裕阶层避而远之的"他者"，成为处于边缘地位的被遗忘的群体。

在不断迁移的过程中，气候难民自身不仅要面临困难，对于接受这些难民的另一方来说也要面临重组及包容限阈的挑战。例如，在海伦·辛普森（Helen Simpson）的短篇小说《有趣的一年日记》（*Diary of an Interesting Year*，2010）中。小说的开篇场景是一群西班牙气候难民被强行安置在主人公及其丈夫所在的公寓中。然而，这群西班牙气候难民强行抢夺了他们的公寓，主人公及其丈夫不得不决定迁往气候温和的西伯利亚地区。可以说，在气候变化的间接影响下，主人公及其丈夫也成为气候难民现象的次生受害者。当他们也沦为气候难民之时，与气候难民的相互攻击、遭遇抢劫、强奸和杀害，使他们原本正常的生活也瞬时沦陷，最终主人公的丈夫被杀，而主人公则沦为性奴。在小说中，作家将大量气候难民的出现归因为引发社会崩溃的引擎。虽然这样的描述带有明显的将气候难民"他者"化和边缘化的嫌疑，但这也在一定程度上说明如果不能及时解决气候难民问题，无论是气候难民群体还是主动或被迫接收他们的群体都将面临巨大的危机与挑战，这将引发诸多社会不安定因素，从而影响社会文明秩序的构建。

按照当代美国气候小说的描述，作为全球非正义的典型，气候难民表征了国家与国家之间、个体与个体之间在有效沟通方面的缺失。如果气候难民群体不断扩大，他们的正义诉求无法得到妥善的回应与解决，那么社会群体之间、人类与气候变化之间、国家与国家之间都会陷入无法建立正常联系而又互相伤害的恶性循环中。在这点上，短篇小说《有趣的一年的日记》与《我们没有预见的事情到来了》都揭示了在气候灾难逼近之前，人们难以言说和无法沟通的生存模式及其带来的恶劣后果。全球气候变暖引发的生存环境的急剧变化再次证明了其对人类行为的决定性作用。人为活动导致气候变化，而气候变化严重影响人类的生存空间，气候难民们在生存的威胁下只能抢夺适宜的生存空间，而这直接导致他们行为上的非理

性与失控。这种不断激化的矛盾无疑将再次导致事态升级，气候变化与因此而产生的社会问题仍然得不到有效解决。但如何化解这种过激的行为急需公平正义的力量来调和各方关系，使人与人、人与气候、群体与群体之间的关系回归和谐共处的氛围之中。

从气候难民定义的演变到当代美国气候小说对气候难民的描述可知，气候难民指的就是那些遭受气候灾难而失去家园、失去政治经济权利甚至失去国籍而四处流浪的群体。这部分人更多地来国内贫穷的少数族裔或者是第三世界国家的民众。在碳排放上，这些群体并没有像富裕阶层或者资本主义发达国家一样向大气排放过量的二氧化碳等温室气体，但在气候变化带来的灾难面前，他们却最先成为受害者。具体到气候小说中的气候难民，他们深受极端炎热的摧残，无法抵御突然到来的洪水，更无法通过政治决策或者经济的辅助来改变自身的困境。总的来说，气候变化语境下的气候难民直接映射了当今资本主义世界以自我为中心的利己主义和道德向度的缺失。面对全球化的不断纵深与气候环境问题的跨地域、跨国界性，气候小说家必将以此为契机，以气候难民等现实问题作为思考原点，从政治、伦理等视角探求气候变化与国家交往之间的联系，挖掘导致气候问题恶化背后霸权政治及非正义行径的根源，积极寻找解决全球性气候变化问题的途径与方法等。

第二节
全球正义在当代美国气候小说中的展现

全球正义的概念涉及面比较广，倡导全球正义的第一代理论家布莱恩·巴里（Brian Barry）、查尔斯·贝茨（Charles Bentz）、涛慕思·博格（Thomas Pogge）以及亨利·舒伊（Heney Shue）等人在继承西方传统的自我反思和自我批判精神的基础上，认识到全球范围的不平等不仅是一个事关人道主义的关怀问题，更是一个事关正义的问题。从西方资本主义发达国家占有的财富和自然资源总量来看，财富和收入分配存在严重的不均衡现象。而财富和收入的不均衡会影响个体享有尊严的程度和独立能动性。换言之，如果一个人因为贫困而丧失了自己的能动性，而不得不依靠别人来生活的时候，这个人就处在被支配的地位或者处在被奴役的地位，他在很大程度上是难以获得受到尊重的机会的，更别提享有其他平等的政治、经济和文化等权益。

从亚里士多德开始，西方哲学家就认为"正义是把应得的东西给应得的人"（龙运杰，2013：145），正义的存在赋予了社会公平公正的基础。我们可以将正义理解为一种特殊的道德关注，这种关注与韦斯利·霍菲尔德（Wesley Hohfeld）所说的"权利主张"（Brooks，2020：19）有同等含义。换句话说，正义与责任相关，是对其直接接受者的"直接责任"。具体到全球正义而言，它首先涉及的是人权问题。人权的含义基本涉及三个方面：其一是普遍得到承认的公民和政治权利；其二是社会和经济权利，比如，享有社会安全的权利、适当的生活标准的权利以及接受教育的权利；

其三是文化权利和国家自我决定的权利。

近些年来，随着气候变化问题愈加严重，气候难民数量呈增长态势，如何站在全球正义的视角给予气候难民基本的人权保障不仅成为国际谈判桌上的热点议题，也成为当代美国气候小说呈现的主题之一。由于温室气体排放的问题是在全球经济发展的过程中产生的，面对气候灾难，那些受到洪水、食物短缺或恶劣天气影响的第三世界国家的民众可能会永远处在社会的底层，遭受各种不公平的待遇。因此，想要真正缓解气候危机带来的社会问题，最终还是需要出台最大限度的涉及所有国家与地区的平等协约以及国际正义的承诺，因此想要探讨气候变化议题，全球性视野绝对是必要的。

在一些气候小说文本中，作家们往往聚焦国家内部，采用单一的构图语言试图呈现世界性的气候变化问题。甚至，一些早期的气候小说带有明显的沙文主义，它们想象美国会成为解决世界性问题的主导力量。比如，赫尔佐的小说《热》就提供了一种解决气温升高的办法，那就是美国政府希望借由科技的力量制造"地球—太阳"装置，想象依靠这个装置来反射地球表面多余的温度。整部小说除了描述热浪中人类和非人类生物的生存困境外，更多的就是科学家与政治家之间在争取各自利益方面的斡旋，美国政府为了推卸碳排放的责任而将导致气候变化问题的责任推给其他的国家，他们完全没有考虑到气候变化到底给其他国家和民众带来了多么大的影响，也没有考虑到如何安置那些失去家园的气候难民。这显然无法真正地触及全球性气候问题的核心，也无益于缓解气候灾难。

随着气候变化问题全球性的加剧，更多的气候小说开始跳出地方的局限，尝试站在全球的层面去解读气候变化给全球人类和非人类物种造成的伤害。尤其是连年频发的难民危机愈加暴露了富裕国家与贫穷国家之间的矛盾。可以说，气候难民的出现颠覆了传统的移民模式，对于非洲、亚洲和南美洲等遭遇气候危机的贫穷国家来讲，他们正面临气候变化带来的政治和经济方面的挑战。在奥克塔维亚·巴特勒的《播种者的寓言》一书中，经过几十年的干旱，加州已经分裂为由民兵控制的多个小型农场社区，但在农场社区居住的居民无时无刻不受到气候危机的胁迫而沦为气候难民；在多丽丝·莱辛（Dorris Lessing）的《马拉和丹恩》（*Mara and Dann*，2000）一书中，干旱导致主人公兄妹远离故土，沦为来自非洲的气候难民。在这两部作品中，气候变化导致社会秩序的崩溃，在毫无公平正义可言的生存环境中，民众基本的生存权利遭遇了前所未有的危机。为了逃离濒死的处境，他们不得不背离故土。

巴拉德在《被淹没的世界》中对气候难民的产生进行了细致的描写："一系列长期并猛烈的太阳风暴摧毁了地球上空的大气层，导致地球温度以每年几度的速度增加。"（22）赤道的温度在180℃左右徘徊，同样维度的另外一个地方则是持续的降雨。融化的极地冰盖导致海平面上升，不断的酸雨侵蚀导致水道重塑，这"完全改变了大陆的形状和轮廓"（22）。欧洲的大部分地区被洪水淹没，即使是那些富有的城市最终也会面临海堤被毁的危机。在气候危机的逼迫下，联合国带领世界上仅存的500万人迁移到了南极洲、加拿大和俄罗斯最北部的地区（21）。

小说的主人公卡兰斯（Kerans）是一名生物学家和医生，他负责帮助联合国营救最后的难民。通过卡兰斯的视角，巴拉德将气候变化影响下的欧洲地貌以及气候难民的生存图景逐渐展现在读者面前。在每一帧图画上，作家将被气候灾难蹂躏过的景观与气候难民的悲惨生活并置在一起，以此激起读者强烈的情感波动。小说的开篇，卡兰斯远离探险队的临时住所，住在酒店里。酒店里面奢侈的装饰与外面的恒温警报器、大量的燃料以及墙外面用来抵御洪水的潟湖形成了鲜明的对比。站在酒店的阳台上，卡兰斯俯瞰着楼下废弃的百货公司和茂密的草丛，太阳"像一个巨大的火球一

样穿过东方的地平线"（12）。那个巨大、无情且沉闷的太阳正在燃烧着热带之外的任何一个地方的空气和水源，但是贫穷的人们却没有丝绸和空调来减轻高温的炙晒。通过卡兰斯的所见所感，巴拉德生动刻画了气候变化时代的贫富差距。这种差距是财富分配不均衡的直接体现，也是导致非正义的根本原因。巴拉德跳出气候变化的地方书写，将整个世界纳入被淹没的范围，在这个被淹没的世界里，如果人们还不能有效解决气候变化问题，那么无论是哪个国家或地区，个人与社会群体都将陷入困境。

除了以宏观视角向读者展示气候难民群体的生存境遇，作家们还以小见大，通过设置具有典型性的微缩景观，通过微观的视角呈现气候难民们在贫富与阶级差距下所遭受的具体生理及心理危机，他们对非正义行径所做出的回应等方面来隐喻气候变化时代处于劣势地位的国家及地区所遭受的非正义待遇及他们的隐忍与抗争。比如，当个体沦为气候难民的时候，如果外界不能及时提供有效的援助，他／她就可能会失去生活的能力，成为依靠别人的边缘人。在朱莉·贝尔塔尼亚的《出埃及记》中，一个女孩遭遇气候灾难而独自生活在一块搁浅的土地上。在气候灾难发生之前，女孩一家居住的社区已经难以维持，后来随着海平面的不断上升，她们所在的社区的居民不得不离开故乡，迁往较为安全的地方。在他们艰难的迁移过程中，女孩与家人走散之后来到了另外一个不同的社区。这个社区由被困在城墙外面的难民、一群温和但属于底层的民众以及一群依靠剥夺奴隶的劳动来获取财富的富裕国家的商人组成。他们共同生活在气候灾难频繁发生的环境中，却又因为极大的阶层差别和贫富差距而有着不同的生活质量，矛盾与冲突自然会在这样充斥着不公平的差距氛围中产生，气候难民最终为争取平等的权利而对抗富裕阶层也就成为一种必然。巴拉德的小说通过丰富的想象力，以社区环境为典型环境，隐喻了世界范围内气候难民问题背后富裕国家和阶层的矛盾和抗争。

在气候变化的问题上，国家之间在政治和经济上的对立成为实现全球正义的绊脚石。比如，自 20 世纪 80 年代以来，政治家和决策者在解决气候变化问题上的假设是，要有效缓解气候变化问题，有效减少温室气体排放，就必须采取国际协议的形式。随后，国际气候变化专门委员会和里约热内卢地球峰会分别促成了《联合国气候变化框架公约》的签订以及 1997 年《京都议定书》的起草。在气候变化的问题上，多边协议是必要的，但协议的制定与执行必须遵守公平正义的原则，否则不仅不利于气候环境的治理，还会造成弱势一方被发达国家或地区进一步政治裹挟，各国之间的矛盾激化，比如《京都议定书》就因为美国不愿意在碳排放问题上担负更多的责任和义务，也不愿意承认其为加速资本的发展向大气中排放过多的碳而最终变成了一纸空文。

针对解决气候变化问题过程中出现的不公平问题，当代美国气候小说作家对此进行了一定的关注。赫尔佐的《热》、罗宾逊的"资本中的科学"三部曲等都尖锐地指出美国政府以本国经济利益为中心而在国际召开的气候变化会议中缺乏公平正义原则的行为。从现实调研及科学数据中看，资本主义国家在发展时期对大气环境的破坏更大，而欠发达国家则承受了更大比例的气候灾难。比如，根据小说《资本主义：一个鬼故事》（*Capitalism: A Ghost Story*）的描述，在环境日益恶化的当今社会，有 8 亿贫困的印第安人"与地下世界的灵魂、死河流、干井、秃山和荒凉的森林幽灵生活在一起"（Roy，2015：8）。因此，在有区别地对待碳排放的问题上，发达国家与发展中国家以及其他弱小国家承担的责任比例应该以现实为依据，进行有区分的合理分配。相比于美国等西方国家依靠强势与霸权行径千方百计逃脱责任、转嫁危机的非正义行径，发展中国家以及那些低地海岛国家和贫穷的小国，他们在气候变化问题上希望以美国为首的资本主义国家在碳排放过程中承担更多的责任和义务的诉求是合理的。鉴于此，

以维护地球大气环境为终极目标，以公平正义为基本原则，国家与地区共同参与制定相应的协约规则才是全球范围内解决气候问题的有效方式。

虽然许多气候小说家已经意识到了解决气候问题需要跨国界的全球性思维模式及各国通力合作，但在美国气候小说中读者却很少能够看到发达国家与发展中国家在气候变化问题上有过多的沟通和联系。他们更多的是以具有偏向性的思维模式与观点关注资本主义国家在气候变化问题上的态度和行为。气候小说作品中对以发达国家和弱小国家为主体的关注的缺失本身也在一定程度上凸显了全球正义的缺席。

比如，在麦吉·吉（Maggie Gee）的《冰人》（*The Ice People*，1999）和萨西·劳德的《碳日记2017》（*The Carbon Diaries 2017*，2008）中，尽管全球变暖导致欧洲和北非之间爆发了严重的难民危机，但这两部作品更多地却是关注富裕的英国人的生活，完全将处境悲惨的气候难民置之脑后。另外，麦克·雷斯尼克（Mike Resnick）的《基里尼亚加：一个乌托邦的寓言》（*Kirinyaga: A Fable of Utopia*，1998）同样关注了气候变化影响下非洲经济的发展和环境的破坏问题。根据小说的描述，主人公带领未来的肯尼亚人在一个人造小行星上创造了一个乌托邦部落，而且主人公作为故事讲述者控制着小行星上的气候。这个故事看似给气候难民的生存提供了一条可能的选择道路，但是从后殖民主义的视角来看，将气候难民安置在人造小行星上的行为实则是殖民者对被殖民者的控制和规训，他们并没有真正地为自己争取到平等的人权。

克莱夫·卡斯勒与迪克·卡斯勒在《北极漂流》中追溯了加拿大一个打着绿色环保旗号，却靠着将碳泵入海底的手段赚取暴利的组织的事件。绿色地球公司的老板米歇尔·戈耶特表面是一位拥护环境保护的绿色活动者，私底下却是将"碳封存"商品化，并从中获取巨额私利的商人。而且，为了垄断"碳封存"技术，他拉拢副总统詹姆斯·桑蒂卡（James

Sandecker），并通过他拿到很多特权。被米歇尔·戈耶特抓住把柄的詹姆斯·桑蒂卡心中充满了无奈，只得一次次地为戈耶特的个人利益而枉顾国家和民众的利益。绿色地球公司不顾人类和海洋生物的生存环境而无限制地向海洋深处压缩二氧化碳的行为最终导致海洋底部二氧化碳浓度过高而泄漏，从而形成致命的"白色云朵"，造成人类的死亡和附近海洋生物的灭绝，给原本充满浪漫气息的海洋蒙上了一层死亡的阴影。与此形成鲜明对比的是化学家丽萨·莱恩。她一直希望从化学元素周期中得到灵感，能找出一种"持久的催化剂。这种催化剂可以将氧分子和碳分子分离"（70）。经过多次试验，莱恩发现，铑是目前最好的，但是它的效率不是很高，而且是一种过于昂贵的金属。一次偶然的机会，她发现"钌催化剂成功地打破了二氧化碳的组合，使这些粒子重新结合成一种叫作草酸盐的双碳化合物。而且，与早期的催化剂不同，钌/钛组合不会产生任何废料副产品"（72）。从表面来看，《北极漂流》小说中的绿色地球公司与以莱恩为代表的保护大气环境的角色是个体间的较量，但事实上却是与国家政治经济密切相关的垄断资本家与环保科学家两个阵营之间的较量。作家对于这场较量的描写看似凸出了想要促进气候变化问题解决进程的正义主题，但究其根源，这种较量实际上只是精英阶层在气候变化问题上的较量和斗争，作家并没有让处于气候危机旋涡中的底层国家民众有发言的机会。作品中他们言语的缺失再一次表达了当前全球正义的缺失。

可以看到，气候变化问题及气候危机的缓和并不仅仅是涉及气象学或其他相关学科的一种自然生态问题，由于人类社会的全球化发展态势与气候环境之间的紧密关系，它已经成为一种涉及人口、政治、经济、全球化发展等多方面的社会问题。当代美国气候小说家在以气候问题为核心的写作中不断地探索其背后的多元化诱因，也不断尝试从不同社会学视角寻找解决气候问题恶化的方法，虽然依然还存在着单边思维模式、忽视欠发达

国家及地区正义诉求等缺陷，但他们在气候问题逐步转化为社会问题的过程中，从纷繁复杂的社会现象中抽丝剥茧，试图构建全球正义以切实为气候问题在世界范围内的解决所做出的思考与独特性表达依然值得我们深入探究。

萨西·劳德在小说《碳日记2015》中构建了一个自我转型的社会图景。这个自我转型的社会没有遇到减排的巨大阻力。根据小说的描述，由于墨西哥湾水流速度的减缓以及全球天气模式的巨大改变，英国政府不得不颁布立法，规定要将温室气体排放量减少60%。为了达到这个目标，政府给每个人都发一张碳卡，上面可以记录所花费的积分，每个家庭都安装了智能电表，防止过度消耗能源。政府的这些要求迫使每个家庭开始计算自己担负的碳排放量：

> 汽车的使用频率会降低。我们能够接触到的电脑、电视、音响等每天只能使用2个小时，起居室里面的加热装置要控制在16℃，且每天只能使用1个小时。只能在周末洗澡，而且只能洗15分钟。你可以选择以下生活用品——吹风机、烤面包机、微波炉、智能手机、水壶、灯、冰箱等。坚决不坐飞机，尽量少购物、旅行等。这些都只是一种生活选择。(6)

立法制度创建了一种机制，它将大气环境、政府和个体的选择汇聚在一起。碳信用的投入迫使个体意识到一种新的经济模式，他们据此做出选择，以平衡他们的生存福祉与环境成本之间的关系。正如劳拉所言，"这已经不仅仅是钱的问题，而是关于保持你的碳卡积分低的问题"(47)。

小说《碳日记2015》采用第一人称叙事的方式来呈现读者对文中构建的碳配给制度的情感反应。劳拉意识到，气候变化问题的严峻性需要大众配合碳配给的制度。但显然，这一配给制度并不公平，因为他们占有和消耗的资源远远比不上富裕的资产阶级，而后者却和普通大众一样享有同等的碳配给。由此看来，普通大众的生存权利并未受到保护，美国政府在气候变化政策上的虚伪态度暴露无遗。劳拉的存在代表了普通大众在气候危机中的挣扎和无奈，小说《碳日记2015》正是捕捉了气候变化政治上的不公平与个体日常生活之间的矛盾，尖锐地批判了拒绝在气候变化问题上担负道德责任的政客们，从侧面反映出了气候变化语境下普通民众的悲哀。

通过塑造气候难民的形象，当代美国气候小说生动地展现了气候变化时代欠发达国家和普通民众的生存困境，直接反映了世界范围内财富分配不均及贫富差距大的现状。通过对他们生存环境的再现，小说呼吁全世界形塑"生态星球主义"的意识，呼吁秉持公平公正的道德感和使命感来解决气候变化问题。在这个问题上，巴奇加卢皮的气候小说《发条女孩》（*The Windup Girl*，2010）做了很好的回应。小说《发条女孩》详细描写了气候变化改变未来世界的经济贸易，遭受气候变化影响的欠发达国家的经济雪上加霜，气候难民数量急剧增加的场景。与其他"启示录"小说一样，巴奇加卢皮采用时空"收缩"的方式，将故事发生的时间加速至一个世纪之后。在小说的描述中，一个世纪之后已经是一个石油能源耗尽、极端天气频发、多种物种灭绝、全球化崩溃的世界。

在这个秩序混乱的未来世界里，曼谷政府还在为如何养活国内民众，如何远离不断上涨的海平面，如何处理和面对气候难民潮以及资本主义国家的资本殖民等境遇而挣扎。未来曼谷的遭遇真实映照了现实世界中欠发达国家在气候变化问题上面临的不平等待遇。不管是在全球经济贸易中，还是在全球气候问题协商谈判中，富裕国家为了自身利益而结盟，他们在谈判过程中继续压制和限制欠发达国家的利益，甚至将气候变化问题的责

任甩给其他国家。由于资本主义国家的强权政治，后者在各种谈判中总是处于被支配的地位，公平正义对他们而言只是一个虚无的口号。

在如何赋予气候难民全球正义的问题上，当代美国气候小说也给予了一定的关注。国内学者徐向东（2010：20）认为，"发达国家对全球贫困者的责任并不仅仅是人道主义援助的责任，还是正义的责任。全球贫困的起源并非与发达国家毫不相关"，换言之，发达国家与全球贫困者的关系并不是局外人与局内人的关系，当代美国气候小说在解读气候变化语境下作为"他者"的气候难民的生存困境的基础上，再次强调气候难民与发达资本主义国家及富裕阶层之间密不可分的关系。因此，气候难民并不能被视为"局外人"。只有各个国家精诚合作，站在彼此平等权益的基础上共同应对气候难民问题，才是解决全球性气候问题的最佳途径。

为了宣扬气候变化语境中的全球正义，气候小说家在内容与写作技巧上都进行了与这一主题相契合的创新。首先，当代美国气候小说打破了"地方感"的桎梏，引导读者从星球视野看待当今的气候问题，这一写作内容的变革与延伸有利于打破各个国家只关注地方利益，而忽略地方之外的其他国家和民众的平等权益的局限。正如海塞（2008：205）所言，作为全球转型的气候变化问题"需要在截然不同的空间尺度上阐明事件之间的联系"，需要通过不同的尺度空间叙述形成全球的观念。例如，有很多气候小说家将故事的背景设在对于读者来讲遥远且神秘、远离人类日常生存环境的北极和南极。在很长一段时间内，人们都视南极洲为"世界末日"（Mehnert，2016：109）的地方——遥远、危险、无人居住。罗宾逊的《南极洲》（*Antarctica*，1998）、布莱恩·弗里曼特尔（Brian Freemantle）的《冰河时代》（*Ice Age*，2002）、莎拉·安德鲁斯（Sarah Andrew）的《冷追不舍》（*In Cold Pursuit*，2007）以及让·麦克尼尔的《冰上恋人》等作品利用人物的神秘死亡来映射气候变化语境下人类与自然（冰）之间的战斗。

作家们以探险队员对极地地区的探索发现为主要情节，不仅打破了地方感，让读者的视野扩展至我们所不熟知的环境区域，对我们这个星球有了一个更加全面的认知，更是以探险者的实现为我们呈现出了一个和大众普遍认知不一样的极地环境：往日的人迹罕至与神圣的冰川仙境早已被打破，由于二氧化碳排放量的增加，极地冰川受到的影响越来越大，南极洲不再是白色的荒野，而是"脆弱的、正在融化的、不断改变、亟须救助"（Glasberg，2011：222）的地方。气候小说作家对极地地区的关注与聚焦让我们再次感受到了气候变化的全球化影响，在气候的恶变中，没有哪一个国家和地区可以幸免。作家不仅传递出了世界主义的核心观念，重构了读者的星球感，更是以颠覆人们传统认知的书写内容让读者秉承全球正义的观念，突破地方的局限，关注气候变化问题，保护我们的地球。

全球正义正是立足"世界主义"[①]的核心观点。它指的是，对于在这个世界上生存的人类个体，无论他来自哪个国度，具有怎样的公民身份，属于哪个民族，他都有获取平等关注的机会，并享有公平的人类的尊严。当代美国气候小说倡导的全球正义主题在倡导平等人权的前提下，体现的是人类命运共同体意识。它试图以气候变化为切入点，在打破地域限制的前提下呼吁全世界人类携手合作，"以同心圆模式将'自我'的范畴层层扩大"（刘娜，2020：68），而不是以自我利益为中心而割裂人与人之间的命运与共趋向。

比如，芭芭拉·金弗索在小说《逃逸行为》中就特别指出，正是由于

---

① "世界主义"：在古希腊时期，"世界主义者"通常是指的这样一些人，他们了解并尊重差异文化、到处旅行并能够与来自不同国度的人友好互动。现代意义上的"世界主义者"在强调以上意义的同时，其指导道德评价的核心思想是人人平等。这个核心思想凸显的是在全球范围内的公平正义观。

全球通信技术在社交媒体平台上的广泛应用，才从情感上链接了全球各地的人对"帝王蝶"事件的关注。这种全球性的关注触发了民众由物及人，进而深刻思索全球气候变化灾难下人们如何形塑公平正义的生态星球感。此外，巴奇加卢皮的小说《水刀子》构建了一个干旱肆虐的未来世界，彼时的美国各州为了抢夺珍贵的水源而相互战争。但在这场充满鲜血和死亡的争斗中，读者也会注意到世界主义存在的痕迹。如来自澳大利亚的记者露西，援建生态工程的中国建筑师们等，他们的存在链接了美洲与其他各州之间的关系，暗示了命运与共的重要性，暗示了在气候变化问题上只有相互合作，平等分担责任和义务，才有可能克服气候危机。在气候变化问题上，若不首先让全球秩序变得公正，这个世界就仍然会有严重贫困、暴力冲突和流血战争（徐向东，2010：32）。

总而言之，通过对气候难民生存处境的书写，当代美国气候小说强调全球正义的重要性和必要性。随着全球气候难民数量的剧增，如果世界各国不能秉承公平正义的原则来正确处理这个问题，地球的未来将会面临严重的危机。尤其是小说中多次提到的以美国为首的西方资本主义国家与欠发达国家之间在财富分配与碳排放等方面的责任担负问题。从这个方面来讲，当代美国气候小说中的全球正义主题给予我们这样的启示：只有秉持共商共建共享原则，推动各国权利平等、机会平等、规则平等，才能构建公平合理、合作共赢的全球气候治理体系，才能实现碳达峰、碳中和的目标，才能真正构建人类命运共同体。

第三节
"资本中的科学"三部曲中气候难民对全球正义的
呼吁

　　气候变化问题的紧迫性使得文学家和批评家对以公平正义原则来解决气候变化问题达成了空前的共识。面对气候灾害影响的不均衡性，世卫组织科学家经过调查估计，极端天气事件、洪灾和干旱等异常天气造成南方国家每年大约有 15 万人致死。IPCC 甚至指出，如果 21 世纪的人类还不能有效限制温室气体的排放量，大概会有 30 亿人口的生存面临严重危机，继而被迫转移，失去家园，沦为气候难民。而且，西方资本主义国家的霸权政治将导致"后殖民环境中的生态灾难比以往任何时候都更频繁地发生"（Justyna，2021：2）。由于国际上没有专门的法律文书来保障气候难民的合法权益，因此在全世界范围内，大量流离失所的气候难民陷入了法律的"真空地带"，这成为他们想要以难民身份谋求生存的首要障碍。

　　从实际情况来看，大部分气候难民来自边远地区的低地海岛国家或贫穷的弱小国家，他们并未像资本主义国家那样为了资本经济的发展而大肆燃烧化石燃料，但他们却要陷入这样的生存绝境为气候状况的恶化买单，这种不对等的责任与义务现实背后隐藏着严重的全球非正义问题。全球正义的理论基础是要消除西方的霸权政治话语，从而保障每个国家、每个个体的平等权利。这些平等权利不仅指温室气体排放的权利，还包括他们的生存权以及发展权等其他与政治、经济相关的权利。

　　针对气候变化时代的全球正义问题，罗宾逊一改往日塑造地外星球的

创作风格，首次将创作主题聚焦气候变化语境下的正义主题，深度剖析隐藏在气候难民现象背后的气候资本主义与气候帝国主义相互勾结的丑恶事实，鲜明地指出了导致当前气候变化问题难以解决的根源是国与国之间缺乏必要的公平正义原则。"资本中的科学"三部曲以气候变化日益恶劣为叙事背景，以来自康巴隆的气候难民为线索，抨击了以美国为代表的资本主义国家在气候变化问题上避重就轻、有失公平的处事原则，呼吁全世界各个国家站在世界公民的角度来共同保护全球共享的气候资源。

一、被漠视的岛国佛教徒：气候难民的生存困境

由于气候问题的全球性、气候问题产生的诱因复杂以及缓解气候持续恶化必须借助多元化路径，如何给予气候难民以公平的生存权问题需要依靠相关各方的努力。因此，全球正义从提出到实践，从一种理念到各国做出切实有效的实践性活动注定是一个需要全人类不断努力的长期过程。为了使读者更好地理解气候变化这一复合型现代议题及解决气候灾难，"资本中的科学"三部曲试图通过特定的故事情节向我们一一展现气候灾害背后复杂的社会动因，气候引发的巨大社会性灾难，以及如何站在全人类的视角，打破地区界限，为缓解气候及次生的社会问题开出"救世良方"等内容。

"资本中的科学"三部曲围绕一群来自康巴隆岛国的佛教徒展开。根据小说的描述，康巴隆是一个很小的海岛国家，面积仅"52平方公里"（Robinson，2004：110）。因为深受气候变暖导致的海平面上升威胁，以佛教徒为代表的康巴隆使团跨越千里来到美国。他们四处奔走，期望美国政府能够关注他们当前的生存困境，从而借助国际力量来共同面对气候变化带来的局部威胁。然而，美国政府却始终未给予康巴隆使团正式的接见。显而易见，在对待那些弱小的海岛国家面临的气候灾难问题上，美国政府

的态度始终是漠视和回避的。

气候变化导致的生存危机已经不是单靠科技或是某一个个人或群体、国家或地区就能解决的问题，它需要在这个星球上生存的全人类以基本及普遍的道德感与关怀意识关注气候变化，关切气候变化中无辜的弱势民众。以道德与正义的视角面对气候灾害及次生的社会危机，一方面能够使人们真正从思想意识上感知到气候变化的严重性，为此而惊恐或惋惜，从而迅速采取行动，以防止灾害扩大化，另一方面在社会现实中我们已经了解到了气候灾害进一步恶化的人为原因，以及气候问题引发的各种社会非正义行径，因此，以道德性眼光正视气候变化及气候环境治理过程中的不平等现象，才能真正共情弱小者所受到的无端伤害，突破个人中心与功利主义的迷雾，以伦理关照给予我们的同类以帮助，从环境与社会两方面共同守护我们的地球家园。

"资本中的科学"三部曲中的佛教徒大使团代表康巴隆政府来到美国，但他们的到来并未得到美国政府的热烈欢迎，反而处处受到了忽视与漠视。在以美国为首的西方资本主义国家的政治理念中，弱小贫穷的国家是被边缘化的"他者"，他们的正义诉求与合理的自我权益抗争之声常常被打压甚至忽略。作为"他者"的低地海岛小国没有足够的资金和技术对抗气候变化，也没有足够的资本得到美国政府的援助。美国政府对佛教徒使团的漠视是自上而下的，遵循了"以自我为中心"而不顾其他的经济发展理念。"资本中的科学"三部曲中，几乎每一章的前面都会有较多的有关全球气候变化状态的描述。置身这样的气候变化叙事语境下，读者能真切地感受到身边无时无刻不在变化着的气候。然而，在美国政府眼中，所谓的气温升高、冰川融化、海平面上升、频发的干旱和时不时袭击各地的飓风都不能阻碍他们经济发展的速度与野心。只要经济指数能够平稳提升，天气情况及别国的环境情况根本不在他们的考量范围之内。在小说中，作家对美

国在有关气候变化的国际性会议中的态度进行了极其真实的再现：如果国际性会议在商讨气候变化问题时涉及"预防性原则"或"生态足迹"问题，他们一概不出席。美国政府对康巴隆使团漠视及在国际气候会议上的消极态度实则就是以美国政府为代表的超级大国在政治、自然环境、经济等层面上一以贯之的非正义态度，以强权与经济地位长期对第三、第四世界国家的压制与霸权。

根据岛国佛教徒的阐述，当气候灾难爆发的时候，他们没有足够的资本和技术来抗击灾难，很多人被迫远离家园。气候难民问题凸显的并不仅仅是环境问题，更多的则是与地缘政治相关的平等生存权问题。因为作为全球共享的气候与太阳、空气一样，属于每一个人，而不只属于某个人（Abbey，1977），它是：

> 国际共享程度极高的资源——尽管同样属于环境资源的森林、河流以及固、液态废料维持能力等资源能够被国家限制在领土范围之内，气候资源却由于大气的高流动性被各个国家所高度共享。（龙运杰，2013：146）

现在的问题是，"共享"气候遭到了严重的破坏，但不同的国家和地区所承受的灾难程度却存在较大差异。占有了更多资源、技术、福利的发达国家和地区的民众在受到较小灾害的现实中沉湎于一切安好的幻象之中，对被边缘化的国家或地区民众们所遭受的巨大苦难视而不见。对此，罗宾逊在"资本中的科学"三部曲中进行了详细的阐述。比如，在崇尚回归自然的弗兰克心目中，那些在国家科学基金大楼上班的科学家虽然是"极其理性的科学家"（Robinson，2004：17），是"生物科技实验室的科学家"（36），是气候科学家等，但他们不过是"森林灵长类"。他们在

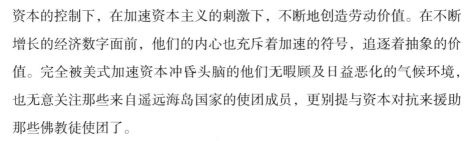

资本的控制下，在加速资本主义的刺激下，不断地创造劳动价值。在不断增长的经济数字面前，他们的内心也充斥着加速的符号，追逐着抽象的价值。完全被美式加速资本冲昏头脑的他们无暇顾及日益恶化的气候环境，也无意关注那些来自遥远海岛国家的使团成员，更别提与资本对抗来援助那些佛教徒使团了。

在气候变化时代，如果任以美国为首的资本主义国家的非正义行径继续发展下去，国家或地区之间的贫富差距将进一步扩大，一部分人的生活无法得到保障，人们共同面对的气候问题也将无法得到妥善解决。那么按照生物圈的循环法则，人类自身最终将陷入无一幸免的巨大悲剧之中。因此，在"资本中的科学"三部曲中，罗宾逊对全球范围内气候难民数量的不断增加以及气候难民生存质量的现状不断拙以笔墨，就是要促使人们深度反思"人类和地球之间的耦合关系，警醒人们重新认知人类在地球上的地位以及人类行为、文明进程对地球产生的影响"（姜礼福，2017：132）。

作为地球上最高级别的物种，人类通过数万年的不断努力创造了令自己感到舒适的生活环境。但是，当人类群体的分化导致国家之间的差距，处于上位者的发达资本主义国家在政治霸权的掩护下对地球毫无节制的索取和破坏却进一步加剧了全球气候的恶化。在全球性气候灾难面前，自然环境遭受威胁，处于劣势地位的个体及群体也只能被迫迁移，继而成为气候灾难引发的社会危机的受害者，随时面临成为气候难民的威胁。此种情况正如小说中提到的康巴隆海岛，它"在孟加拉湾，靠近恒河口"（Robinson，2004：11），这是一个"经过几代人辛苦建立起来的海岛小国，如今却由于气候变暖导致的海平面上升，他们的生存受到了威胁，他们不得不考虑迁移或寻求别国帮助"（62）。举国迁移就意味着他们要失去自己的土地，失去自己的家园，失去自己的身份，无法享有合法公平的社会权益。值得注意的是，小说中提到的康巴隆国家隶属东南亚，而东南亚被

认为是"世界上最容易受到气候变化影响"（DeLoughrey et al.，2011：26）的地区，而且，当今的东南亚地区正遭遇"一系列的气候变化影响，如冰川融化、森林大火、海平面上升、海岸侵蚀以及海水倒灌等"（Sivakumar et al.，2011：13）。

当持续上升的气温导致海平面不断升高的时候，居住在康巴隆等低地海岛国家的居民就明显感到了生存的危机。气候"变化的速度越快"，他们"适应的时间越少，影响就会越危险"（Chellaney，2011：2）。在气候变化、暴力和技术变革的时代，气候难民给我们带来一个棘手的人权问题。正如小说中提到的康巴隆国家，气候变化导致他们家园的环境退化，他们也因此陷入贫困，并不断受到海啸、荒漠化、缺水和疾病的影响，气候变化的跨地域性表明他们遭受的气候危机与全球碳排放过量有关。美国等资本主义国家在积累资本、促进经济发展的过程中向大气排放了过量的温室气体，然而，其对化石燃料的过度消耗以及对大气环境的破坏造成的后果则是世界各国共同承担的。尤其是对于那些遥远的海岛小国来讲，他们在碳排放和碳中和等相关的国际性公约中面临不公平的待遇，人权也无法得到有效保障。

气候难民为自己发声的权利被资本主义所掩埋。当求救无门的佛教徒使团在美国四处碰壁的时候，他们心中诧异"当世界陷入严重的环境危机时，这些人到底是什么样的人，能够如此平静地继续生活？专家们与政府官僚沆瀣一气，善于过滤消息，只让大众能够听到看到那些让他们的行为看起来合理的东西"（Robinson，2004：193）。这种来自上层建筑意识形态上的"漠视"势必会形成"漠视"之网，将气候变化带来的危机和潜在的危害屏蔽在"自我防线"之外。同时，这张"漠视"之网也将气候难民的生存权屏蔽在公平正义的范畴之外，致使他们陷入在经济上无所依、政治上无地位、文化上无支撑的困境。

二、"经济还是天气"：揭示全球正义失衡的真相

气候难民作为环境难民的新时代表征正以其不断扩大的规模提醒人们，在正义原则指导下的国际层面的合作减排将会是目前解决气候变化问题的有效途径。在不断升级的气候"慢暴力"面前，以美国为代表的资本主义国家能否担负起一定的道德责任成为能否解决气候变化问题的焦点。在罗宾逊的"资本中的科学"三部曲中，康巴隆的佛教徒成为气候难民的代言，他们的遭遇诉说着全球气候难民的生存非正义，揭示了造成全球非正义背后的复杂因素。

当资本与政治联姻，气候变化问题往往被束之高阁，冷漠以待。"资本中的科学"三部曲中多次提到的美国国家科学基金会掌握着政府每年下拨的资金分配。他们按照每个科研项目组提交的研究计划以及计划的可行度来确定是否给予项目组基金支持。比如，安娜的丈夫查理（Charlie）是一位气候变化研究领域的专家，他还是副总统候选人菲尔（Phil）的气候顾问，负责提交气候变化的提案并和总统就此问题进行沟通。即便如此，他的气候提案始终无法在国会通过，总统及其秘书也千方百计地质疑他的气候提案。而副总统菲尔为了获取最大数量的选票，以公众关注的气候变化问题为竞选话题，还承诺一旦竞选成功，将会切实履行降碳减排的措施，以缓解当前全球性的气温升高问题。事实却是，每次当查理的气候提案涉及资本经济利益之时，菲尔总是报以官方的微笑，并没有实际的行动。究其根源，气候变化问题始终与经济和政治密不可分。当气候变化问题成为阻碍经济发展的步伐时，资本与政治就会结盟，佯装气候变化的不存在，或者根本不愿意承认气候变化的真实性。由此延伸出的就是美国政府为了经济的发展而不愿面对气候变化的事实，不愿就此问题进行国际平等合作，也就无从谈起赋予气候难民以正义的环境及他们应该享有的人权。

人类在资本主义社会已经异化，人类与自身创造的价值之间是异化的

关系。这种异化关系在美国这样片面追求经济利益的国家体现得尤为明显，而这也必然导致他们在资本积累与气候变化的问题上避重就轻，在掩盖气候异常的情况下继续不择手段地加速经济发展。加速资本主义催生下的现代工业社会已经陷入经济和技术理性的旋涡而不能自拔。他们简单地认为资本和科技的力量能够战胜一切，包括气候变化引发的各种危机。在这样的理念的支撑下，哪怕查理无数次修改气候报告，无数次背着孩子在总统办公室争辩，他的建议却"从来没有被认真对待过"（Robinson，2004：41）。在国会看来，如果"这种转变会引起气候变化的混乱，最重要的是还会对美国的经济造成严重的负面影响"（48-49）。

在资本的操控下，气候变化加剧了全球非正义的速度，而如何实施全球正义则成为西方政治危机和制度危机的综合矛盾体。在国家科学基金大楼上班的科学家们的职责之一是讨论并决定政府年度用于科学研究的预算的分配额度。但是，在安娜看来，尽管气候变化问题演变得如此恶劣，政府每年用在缓解气候变化问题上的资金预算却并不多。她探求得知，美国政府宣称每年将有20亿美元的资金用于"美国全球变化研究项目"（111），但用于"气候整改和生物基础设施缓解方面"（151）的资金却微乎其微。换言之，美国政府表面上宣称要提供足够的资金用于缓解全球气候变化，或者用于援助那些弱小贫穷的国家抵御气候灾害，但事实上，他们醉心于资本的加速发展，完全将应该肩负的道德责任抛之脑后。

在当代资本运作的控制下，美国在气候变化问题上的任意妄为已经达到大气环境能够承受的极限。正如罗宾逊在"资本中的科学"三部曲中提到的那样，人类正在超越地球能够承载我们物种的能力。按照"资本中的科学"三部曲的叙事内容，在总统的心目中，"稳健的经济状况下，天气不重要。更甚的是，尽管大气中不断增加的二氧化碳等温室气体的浓度有可能引起气候科学家所说的突然的气候变化，但这种变化到底是何时开始的，没有人能够确定"（207）。显而易见，在经济发展和解决气候变化的问题上，美国政府采取否认事实的态度。这种态度显然就是一种不负责任的、毫无道德底线的作为。

美国政府否认和质疑气候变化问题的背后隐藏的话语就是对其他正在遭受气候灾难国家从意识到行动上进行打压与非正义对待。小说作品中的康巴隆与美国在碳排放总量上面是不均衡的，但在海平面普遍上升的影响下，康巴隆显然遭受了更加严重的气候危机。而且这种危机在短期内是无法得到有效解决的，康巴隆国家人民的生活和社会发展在未来很长一段时间内将会受到严重的影响。与之形成鲜明对比的则是美国经济的飞速发展及其向大气中释放的二氧化碳等温室气体总量的不断增加。两相对比，如何平等地分配温室气体排放的空间、如何平等地为本国的碳排放量肩负起应有的责任等就成为各个国家在气候变化背景下尤为重要的问题。

依据"资本中的科学"三部曲中构建的美国政府在气候变化问题上的不作为可知，美国政府把解决气候变化问题仅仅看作是一个经济代际核算的问题，把气候环境质量看作是一种可以用金钱和技术购买的商品，而不是全球人类和非人类物种赖以生存的必要物质。归根结底，在美国，在政治与资本合谋的骗局里，"人口中极富有的人只占很少的一部分，有些人很富裕，很多人只是过得去，更多的人却是在受苦。我们称它为资本主义，但在它的内部却掩藏着封建主义和旧等级制度的残余模式，每个人都生活在现实情况的假想关系中：这是我们的世界"（313），一个"濒危的世界"。全球正义的目的就是要求每个国家主体通过平等契约的方式有差别地承担自己应该承担的责任，以此保障遭受气候变化最为严重的弱小国家的生存权和发展权，拯救大家共同生活的世界，而不仅仅是以本国利益为出发点而忽略世界其他国家享有公共气候资源的权益。解决气候变化问题并不能单纯以经济代价来换算，而是要站在人类命运共同体的高度去思考如何维

护地球的生态可持续发展。

三、携手命运共同体：构筑全球正义的美好愿景

"资本中的科学"三部曲中的佛教徒使团是气候危机下全球气候难民的缩影，他们的存在在表征气候难民生存和发展困境的基础上，揭露了以美国为首的西方资本主义国家在解决气候变化问题上的不公平行为。由于海平面的不断上升，康巴隆国家陷入被淹没的危机。康巴隆政府委派以德朋（Drepung）等为代表的佛教徒来到美国华盛顿，希望获取美国政府的帮助，以共同对抗全球变暖的趋势。根据小说的描述，初到美国华盛顿的康巴隆佛教徒们并没有得到美国政府的接见，而是自行找到地方下榻。佛教徒在华盛顿活动的过程中结识了在国家科学基金会大楼上班的安娜以及弗兰克等人，他们也从佛教徒口中逐步了解到气候变化对美国以外的其他海岛国家和欠发达国家造成的巨大影响。同时，佛教徒们的流离失所让他们产生了共情的心理：当气候灾难到来的时候，任何人都不可能置身事外。然而，反观美国政府在气候变化问题上的漠视和否认态度，让他们放弃经济的快速发展来承担更多的碳排放义务，或者让他们给康巴隆一类的国家提供足够的资金和技术援助几乎是不可能的。如何让美国政府意识到气候变化问题的严重性，如何让他们正视海岛国家和欠发达国家遭遇的气候非正义等成为影响全球正义实施的关键。

气候危机的逼近，陷入两难当中的人类是选择"合作还是竞争""自私还是慷慨"（118）？这种矛盾和冲突源于资产阶级的意识形态，是资本主义社会发展的内在推力。康巴隆的佛教徒使团未能引起美国政府的关注，但当突如其来的洪水袭击华盛顿之后，极目所见，到处都是无家可归的普通民众，到处是濒临死亡的动物。对于坚守"与自然交战"（Robinson，2005：2）的美国政府来讲，他们清楚地知道，突发的暴雨灾害和之后异常的高温是他们不得不面对的气候问题。气候变化已然置民众于困境，人类的生活方式也受到了前所未有的挑战。正如小说中提到的那样，菲尔他们也被卷入了这样的一个历史时刻——"气候变化对自然世界的破坏以及人类普遍的苦难，正以一种有毒和易燃的混合方式交织在一起"（5）。要想解决这一系列的危机，美国政府"需要与发展中国家合作"（Robinson，2004：149）。但这种合作的前提是公平，只有遵循公平正义的原则，勇于承担本国应该承担的责任，全球正义才有可能普及世界的每个角落。

气候变化的公共问题属性导致其超越了单纯的自然/科学的范畴。当其与政治、经济、文化等要素相互结合起来的时候，解决气候变化问题就成为一项集体的行动，而非个体能够担负。那么，当代美国气候小说倡导的全球正义主题必然与各个国家在碳排放正义的方面不可分割。具体到罗宾逊的"资本中的科学"三部曲，小说中副总统菲尔的气候顾问查理曾经多次表示，美国在碳排放方面应该承担更多的责任。美国的高消耗必然伴随碳的高排放，但大气层容纳温室气体的量度是有限的。以美国为首的资本主义国家向大气层排放了过量的温室气体，这直接破坏了大气系统的平衡，对生态环境造成了不可逆转的恶劣影响。然而，被破坏的大气环境往往并没有对美国本土造成极大的影响，反而是那些遥远的低地海岛国家或者欠发达国家承担了大气环境遭到破坏的后果。正如小说中一再提及的康巴隆。康巴隆消耗的能源总量远远不及美国，其向大气排放的碳总量也不及美国，但他们却最先成为遭遇气候危机的群体，他们国家民众的生存权和发展权遭遇了前所未有的危机。

在解决气候变化问题的过程中，履行全球正义是缓解气候危机、赋予全世界人类的"博爱"之举。在罗宾逊"资本中的科学"三部曲中，为了全面了解康巴隆国家面临的气候危机，查理和弗兰克一行跟随佛教徒来到他们的国度。他们目睹了康巴隆国家的民众举步维艰的生活处境以及他们

为了缓解大气中温室气体浓度增加而做的努力。回到华盛顿的气候科学家
们深深地意识到，"清洁能源才是最终出路，尤其是太阳能"（Robinson，
2007：17），"中国、摩洛哥和毛里塔尼亚成为第一批采用太阳能电池板的
国家。其他中亚国家也加入了进来"（253）。此外，对于热衷消费的美国
民众来讲，他们还需要从根本上认识到自身的高消费到底对地球的大气环
境以及其他的国家造成了怎样的危害。

气候问题并不是一个国家的问题，它需要人类摒弃一国之利，站在人
类命运共同体的高度去兼爱其他国家民众的生存权利。对此，小说中的气
候顾问查理结合康巴隆的遭遇以及华盛顿遭遇的洪水和极寒等气候灾难，
不无感慨地说，"我们需要站在全球的视野看待当今的环境问题"（32）。
当气候"慢暴力"加速成瞬时发生的灾难时，我们要清醒地认识到，"我
们没有与任何人交战。事实上，我们面临全人类必须共同面对的挑战"
（63），"这一代人的决策与命运相关"（63）。的确，气候变化问题事关全
球人类命运，我们需要构建人类命运共同体理念，这个理念不仅契合全球
正义的要求，更契合应对全球气候变化的价值诉求。

气候危机的紧迫性促使全球正义实施的可能性增大。罗宾逊的"资
本中的科学"三部曲以宏观视野鸟瞰气候变化时代发达国家与低地海岛
国家以及欠发达国家之间在事关气候变化利益与责任担负中的正义问题。
换句话说，在气候变化的问题上实现全球正义的唯一方式就是"将全体
人类看作是一个正义的政治共同体"（史军，2011：77）。就像小说中
提到的"被淹没国家联盟"或者是为了解决气候变化问题而专门成立的
"政府间气候变化专门委员会"等，这些机构成立的初衷就是维护政治共
同体之内的各个国家的利益。但是，由于各个国家国情不同，在制定气
候变化政策的过程中遵循的"共同但有区别的责任"原则往往被发达国
家歪曲，最终导致不公平现象的产生。针对此点，"资本中的科学"三部

曲中多次提到美国政府为了逃避气候变化的责任问题，数次拒绝参加国际性的气候变化协商大会。尤其是康巴隆的佛教徒使团遭遇美国政府的冷漠对待这一细节更让读者意识实现全球正义之路的艰难。然而，伴随美国国内极端天气现象的频繁出现，美国政府逐渐意识到如果继续忽视气候问题，"我们现在面临的极端气候变化危机以及生物圈的破坏危机真的是危险的事情"（Robinson，2007：62）。鉴于气候变化问题的全球性影响，美国政府认识到解决气候变化问题"是一项全球工程"（63），"这就是我们与中国达成协议的原因。这是有史以来最伟大的双赢的协议"（361）。从这个方面来看，全球共同应对气候变化问题的现实需求"促使各国摒弃传统权利政治和零和思维，超越利己的国家和民族至上的利益价值观，从全球'命运与共'的视角来思考和应对气候变化问题"（肖兰兰，2022：36）。

　　总之，在当前气候危机愈加严重的情况下，当代美国气候小说倡导的全球正义主题有利于打破发达国家与欠发达国家在气候变化问题上的自我与"他者"的矛盾对立关系，有利于秉持公平正义的原则，着意关注气候难民的基本生存和发展权。气候变化对全球生态系统及人类的居住环境造成的影响"使得任何国家面对生态系统恶化都难以独善其身，全球气候变化作为一个外在的、客观的现实因素正促使世界各国共呼吸、共命运的认知和共识进一步增强"（38）。可以说，当代美国气候小说从最为广泛的层面为世界各国人民平等参与气候变化治理提供了一个平台。在这个平台上，无论我们是"来自东方还是西方，是富裕还是贫穷，是进步还是保守，是宗教信徒还是无神论者，都不能逃避这一无所不包的过程：大气和海洋污染、臭氧层减少、毒物聚集和全球变暖"（转引自赵建红，2014：153），谁都不能保证自己不会是下一个气候难民。在气候危机逼近的时刻，如果每个国家、每个个体都秉承"地球客人"（司徒博等，2009：69）的理念，

摒弃"自我"与"他者"之分，以平等的身份来面对和解决气候变化问题，"形成拯救地球家园的社会'共有观念'"（肖兰兰，2022：38-39）的话，全球正义的美好愿景终将成为现实。

第六章

善待未来世代人的生存环境：当代美国气候小说中的代际正义

全球气候变化改变了地球生态系统的重要参数，其不可控性及带来的深远影响对当代人与未来世代人之间的关系提出了严峻的挑战。当我们谈及当代人要如何做才能为未来世代留下一个好的气候条件的时候，很多人都会因为时空的局限而无法在代际正义层面回答这个问题。在许多富有远见的科学家看来，在对待未来世代人的生存环境的问题上，我们需要秉承公平正义的原则，赋予未来世代人平等的生存和发展机会。

在善待未来世代人的生存环境的问题上，美国环境文学家卡逊在其《寂静的春天》中就指出，人为活动造成的环境污染和破坏将阻碍人类自身的生存和发展，将会对人类世界的未来造成不可逆的破坏性影响。1987年，世界环境与发展委员会在其报告《我们共同的未来》中正式提出"可持续发展"的观点。按照该报告的阐述，"可持续发展"指的是既满足当代人的需要，又不对后代人满足其需要的能力构成危害的发展。此观点的实质就是提醒大众在涉及生态环境、资源等全球性问题上关注当代人与未

来世代人之间的代际关系问题。坚持"可持续发展"的理念可以应对当代人面临的生态环境问题，是在遵循公平正义的基础上赋予未来世代人的代际正义。

当代美国气候小说在书写当代人面临的气候危机的前提下，又以对生态末日的叙事来警示当代人要维护"我们共同的未来"，不能为了成全当代人自身的利益而将未来世代置于"他者"或者边缘化的位置而伤害未来世代人的居住环境，更不能为了当代人的利益而剥夺未来世代人应当享有的权益。大部分的美国气候小说都将故事的时间设定在未来，关注的是气候变化的继续恶化导致"未来世的人们失去国家、流离失所等问题"（Wright et al.，2013：28）。罗尔斯顿在《哲学走向荒野》中指出，生命是一个具有整体性的"流"，我们

> 此时已有了未来之可能性的现实的载体，这个未来不再属于抽象的、设想出来的别人，而是我们自己的未来。这个未来是由我们现在存在着的人承载和传递着的。它不是从虚无中硬造出来的，而是由我们贯穿起来的。它是我们这一代的未来，是由我们生发出来的未来，是我们生命之河的下游。（97）

从这个意义来讲，正义的原则不仅适用于当代人之间，还体现在人类的整个历史长河中，它涉及"人类'在场'的各代与已经'退场'和尚未'出场'的各代，即人类前、后代的关系领域"（廖小平，2004：18-19）。因此，在诸多美国气候小说家看来，身处气候变化时代的当代人应该承认未来世代人享有的合法气候权利的主体性，以此时此在为基础，保护气候环境，将气候快速变化给未来可能造成的巨大隐患降至最低。

该章在论述气候变化语境下当代与未来世之间"自我"与"他者"关

系的基础上，指出当代人不应该为了满足自身过多的需求而忽视未来世将要继承的生存环境。当代美国气候小说彰显的代际正义主题旨在促使当代人认真审视自身的活动将会对子孙后代的生存环境造成的伤害。这种伤害是不平等的，并且有碍人类文明的健康传承。因此，在解决气候变化的问题上，当代人只有秉承代际正义的原则，才有可能缓解气候恶变的速度，才有可能守护未来世的生存和发展权。

第一节
气候变化语境下的未来世"他者"

"他者"作为一个哲学概念，其意义在柏拉图的《巴门尼德篇》（*Parmenides*）指的是"世界之外只存在一个单一的、永恒的、不动的神，神就是'一'"（胡亚敏，2015：461）。在柏拉图有关"他者"的哲学思想中，"他者"一直处在"一"和"存在"之下，这成为之后西方思想家将"他者"从属化和次要化的源头。西方哲学从笛卡尔开始向认识论和本体论转向，并最终在黑格尔的同一哲学中达到巅峰。黑格尔在其《逻辑学》一书中对"他者"做出如下界定："假如我们称一实有为甲，另一实有为乙，那么乙就被视为他物了。但是甲也同样是乙的他物。用同样的方式，两者都是他物。"（111）在黑格尔考察的甲乙两个"他物"的二元关系中，甲只有在与乙相互联系的过程中才能确定自身的本质，只有通过乙才能反映自身的价值。但是在黑格尔有关甲乙双方关系的论述中，甲与乙之间并不是一种对等的关系，而是带有一定的偏向性与先后性，甲往往占据主导地位，是二元关系中的主体方，而乙则处于被动地位，是被边缘化的一方。

继黑格尔之后，从胡塞尔（Husserl）的"他人就是我本人的一种'映现'"到海德格尔将"人的存在"称为"此在"，再到萨特从存在主义视角来解读"他者"的意义，"他者"的概念已演变为"他人成为一种与我争夺自由的力量，他人与我总是处于互为对象化的纠缠和矛盾之中"（胡亚敏，2015：465）。在对胡塞尔、海德格尔以及萨特等哲学家有关"他者"概念论述的基础上，列维纳斯（Levinas）认为，"他人"或"他者"是陌生的、他异的，是由"他性"建构的，是未可知的，自我与"他者"之间"有一种神秘的关系"，"我与他人之间是一种非对称性的伦理关系。正是这种责任心构成了人的伦理本质，在为他者的责任中，主体失去了唯我的中心地位"（466）。从列维纳斯的观点我们可以看到，自我与"他者"之间的关系并非是简单的复制与同化，也不是单纯的对立与冲突。换言之，在承认自我与"他者"二元相互对立又相辅相成关系的前提下，我们需要以伦理、道德等兼具人类理智及情感特质的中介力量来调和二者的关系，达到既能一方面保证自我与"他者"各自的主体性，又能和谐共处，互为补充，互通互识。这才是较理想的自我与"他者"之间的交互关系。

在气候危机日益严重的当下社会，气候资源作为全球性共享资源，其本身具有非排他性。换句话说，对于地球上的所有生命体来讲，他们都有权利平等地享有气候资源。但因为大部分当代人在攫取自然界的物质资源时，考虑的只是自身的需求，这就导致地球上的非人类物种以及地球上的未来世代将会遭受不可预测的潜在危机。当代人类破坏自然环境的行为潜藏着对未来世代的权益的掠夺与透支，这一行为严重忽视了未来世代享有公平正义的生存和发展权。对此，恩格斯（1984）曾指出，"我们不要过分陶醉于我们人类对自然界的胜利。对于每一次这样的胜利，自然界都对我们进行了报复"（305）。

温室气体浓度过高造成了全球气温升高等系列危机，这种危机带来的影响是不可逆的，也将随着时间的推移而给未来人类的生存环境造成更加不可控的威胁。气候变化对各方面的影响也会持续几个世纪（Dessler，2011：25），但遗憾的是，很多当代人却并未能够打破"此在"的生存局限，而是选择刻意忽略或漠视未来人类的生存权利。依照西方哲学家有关自我与"他者"二元关系的论述，在气候变化的问题上，许多当代人显然将自己视为中心，一切以满足自身需求为首要目标，而未来世代人则被视为"他者"，是处于被动的、边缘化的地位的。这种不对等的关系在纵容当代人继续破坏自然环境的同时，又将未来世代人的权益排除在正义原则之外，造成未来世代人在开发和使用自然资源方面的不平等现象。

在当代人与未来世如何才能平等地享有自然资源的问题上，国内环境文学研究者龙娟（2009）指出：

> 我们当代人与后代人并不是完全孤立的两个实体。后代人就是我们生命之流的一个部分，只不过他们是我们生命之河的下游。他们和我们一样需要一个良好的自然环境，需要从自然中获取生存所需的资源，所以我们当代人应该承认和尊重后代人的环境权利。（176）

当代人不能以自我为中心而剥夺未来世代人享有资源的权利。在自然的永恒发展和人类文明的传承维度上，未来世代人与当代人是拥有同等地位的，都是人类共同体（Chakrabarty，2009：222）不可分割的一部分。如果当代人以自我为中心而不顾未来世代人的生存空间，就会造成不可逆的伤害。

当全球气候危机成为当代人类无法回避的问题时，当代人对气候危机以及未来世代人的道德责任成为环境文学家和批评家关注的议题。因为这

直接关系到人类历史的生态可持续发展，关系到未来世代人面临的生存环境。当代美国气候小说家为了表现当代人与未来世代人之间应有的伦理正义，他们一方面通过作品中人物的故事情节来引出当代人与未来世代人之间存在的正义问题，另一方面采用生态末日叙事的方式来暗喻未来世代人遭受的代际非正义。

阿瑟·赫尔佐在《热》中明确提出当代人是否应当为了未来世代人的生存环境而做出适当牺牲的话题。在赫尔佐的描述中，尽管气候变化已经成为不争的事实，但美国政府为了本国经济不受降碳减排措施的影响，一再忽视扰乱气候正常发展态势的生态破坏行为来换取经济的快速发展。他们讨厌道德层面上的说教，也"义正词严"地拒绝讨论未来，只是想当然地把气候治理的责任与义务转嫁给后代的人。在当代人是否应该为未来世代人做出应有的牺牲的问题上，社会学家瑞塔在美国汉兹伯勒（Huntsboro）针对当代人如何看待未来生态灾难的议题进行了现场调查。按照小说的描述，汉兹伯勒的人口只有2.5万人，他们当前生活在安稳富足的生活环境中。针对当地居民的生活现状，瑞塔提出的问题是："他们是否相信未来会发生生态灾难，如果发生，他们是否同意以牺牲全民利益来避免灾难，是否会为了未来一代的利益而自愿降低当前的生活水平？"（144）有些人质疑灾难发生的可能性，有些人对灾难的到来不屑一顾。而针对是否会为了避免下一代陷入更大的生态危机而放弃自己当下的生活方式的问题，大多数人都选择了否定的答案。

在小说中，绝大部分的当代人对未来世代人的生存处境持漠视的态度，认为未来世界与当代人无关，认为"一个人所生活的时代本身显然不能影响他的幸福量值"（西季威克，1993：428）。但在时间的链条上，未来世代人与当代人的存在只是前后的关系，不存在自我与"他者"的二元对立矛盾。这就提醒我们需要明确地将正义的主题扩展到未来世，因为这有助于解释"我们对未来人所负的义务"（Green，1977：260）。按照这样的理解，当代人为了满足自身的需求而向大气排放过量的二氧化碳等温室气体，气候异变导致的灾难不仅仅损害了当代人的生存空间，更对未来世代人的生存造成了潜在的威胁。这种忽视"他者"与自我的联系性，仅以自我为中心的利己主义就是一种非正义的行为。

如果能够站在人类历史发展的时间轴上来看待气候变化语境下当代人与未来世代人之间的关系问题，我们就能意识到作为"此在"的当代人必须要从根本上意识到他们与未来世代人之间有着不可或缺的责任传承关系。当我们认识到当代人与未来世代人之间存在不可分割的纽带之时，我们就会思考如何赋予未来世代人公平享有适宜气候条件的权益，而不是简单地以自我为中心而肆意地剥夺和破坏所有生命体共享的气候环境。

全球气候变化的影响是持续而不可逆的，如果任其恶化，它将会在未来引发资源短缺、人类生存空间遭受巨大冲击等更严重、更复杂的现实问题。从道德关怀和公平正义的角度来看，这就是当代人剥夺了未来世代人应当拥有的各项权益，将他们置于边缘化的"他者"地位，致使他们被迫遭受不公平的危机转嫁，深陷不可控的恶劣气候环境之中。当代美国气候小说对此进行了再现。罗宾逊在《未来发展部》中创造了一个未来世代人的居住环境。这个居住环境于当代人而言并不是一个遥远的未来，而是一个可以想象得到的"近未来"时空。在这个"近未来"的世界里，人们为了应对更加恶劣的气候变化，根据《巴黎气候协定》设立了一个专门的机构。这个机构的使命就是倡导世界上的人类以公平公正的视角正确看待气候变化问题，正确认识自身活动对他们的子孙后代将会产生多大的影响，希冀以此改变现代人们的生活和生产方式，为子孙后代留下一个美好的世界。一批学者采取会议笔记、苏格拉底式的研讨会等方式来尝试缓解人们内心的焦虑和恐惧，试图在人们心中种下关怀"他者"的种子。

　　罗宾逊的这部小说突破了以往只聚焦当前气候变化状况的作品，采用稍带讽喻的口吻依据现实基础对未来世极端恶劣的环境进行了合理想象，正视并反思了如何赋予未来世的人们平等的生存权益。这种突破时空的限制来反思代与代之间在气候变化问题上的道德责任问题更有利于当代人重新审视自身的行为，正确认识人类与自然万物之间的关系，准确理解人类历史的各个世代应该具有的价值观念和道德责任。"一部分人的发展不能以削弱另一部分人发展的能力为代际，当代人的发展不能削弱后代人发展的可能性。"（杨信礼，2007：143）对于未来世代人而言，他们继承的不应该只是已经成为过去式的当代人的高度文明，更是当代人应该拥有的公平正义的道德品质。每一个世代的人如果能够承认自己在环境问题上的过错，将被自己视为"他者"的未来世代人的权益作为道德依据，那么，人类社会和地球环境才能一同进入生态可持续发展的和谐轨道。

　　为了向读者传递当代人与未来世代人之间紧密的生态可持续发展关系，当代美国气候小说家往往通过对未来世恶劣生存境况的书写间接向我们展现当代人破坏气候环境的非正义行径对后世造成的巨大负面影响。比如，在众多气候小说家创造的未来世环境中，干旱或者洪水成为常态，异常的炎热和伴随炎热的暴雨天气的频率已经达到了峰值。显然，这样糟糕的气候状况并非短期造成的。当代人崇尚的工业化发展道路催生了化石燃料的大量使用，这直接导致了大气中温室气体浓度随着时间的推移而逐步增加，全球气温连年攀升，多个国家和地区开始频繁出现极端炎热或者大暴雨等天气状况。博伊尔的《地球的朋友》中的时间维度设定在了2025年。此时的地球生命体每日面对的是持续不断的暴雨和"死寂无声"（17）的世界。这个年代的人早已不知道自然为何物，不知道动物为何物。因为在未来的那个世界里，气候变化已经导致物种多样性丧失，"葡萄不见了"（29）"阿拉斯加蟹不见了""海洋里游的、爬的生物几乎都灭绝了"（4），未来世代人继承的这个世界已然是一个"寂静"的世界。卡逊在其《我们周围的大海》（*The Sea Around Us*，1989）中也曾描述，"在海岛上生存的本土生物物种都是唯一的。这些物种经过了漫长的生物进化过程才演变至此，一旦消亡，就意味着无可挽回的灭绝，就是永恒的消失。这是海岛的悲剧"（96）。海岛生物"永恒的消失"悲剧也是未来世代人的悲剧，人们对海岛生物造成的永久性伤害直接影响未来世代人的生存和发展环境。

面对极有可能变为现实的可怕未来场景，气候小说家们不仅以合理化的想象去再现它，更是在反思当代环境状况的过程中积极地寻找避免未来悲剧的方法。在他们看来，无论是对当代人而言，还是对未来世代人而言，只有站在公平公正的角度去解决气候变化问题才可能拯救这个世界的未来。在通向未来的时间轨道上，当代的"我们"与未来世代的我们的子孙后代之间应该是文明的传承关系，责任和义务的道德关爱关系。如果人类不能有效履行道德正义的原则，不能以关爱之心善待并延续未来世代人的生存环境，那么这个世界的美将不复存在，当代人享有的适宜的气候环境也终究逝去。

当代人对气候环境造成的破坏程度是未来世代人无法估计的，如果气候灾难真的降临，他们也极有可能陷入措手不及的绝望之中。在气候变化的问题上，未来世代人只有被动地接受，毫无选择的权利。他们拥有的与当代人平等的生存权利是由当代人赋予的，但这并不意味着在历史发展的过程中，处于当下的这一代人就可以随意破坏养育整个地球生命体的气候环境，剥夺未来世代人呼吸健康空气的权利。"现在"总是与"未来"相互联系的。

事实上，对于存在于当世的人类文明来讲，其存在的重要意义还在于为未来留下一个健康的生存环境。当代人赖以生存的环境也不过是从曾经的过去继承而来，是从过去的自身释放出来的当代。因此，从根本上来说，

处在"现在"时态的当代人只有与未来世代的"他者"联系起来才能建立
人类历史的真正意义。因此，我们应该保障未来世代人作为社会主体与现
代人共享公平生存和发展机遇的权利。即便是以当下的现实眼光来看，年
龄尚小的孩童是现代人的未来，代表的是对未来的希望。如果当代人毫无
道德责任感，剥夺了孩子享受美好生活的权利，那同样是斩断了人类的未
来。总而言之，对现代人而言，气候变化不仅仅需要在我们生存的时空中
对此进行关怀，更需要我们以更加长远的目光放眼未来，以生态可持续发
展的目标保护我们身边的下一代，从自身实际需要出发，切实维护未来世
代人平等的生存和发展权益。

第二节
代际正义在当代美国气候小说中的隐射

对于当代人而言，工业化的确促进了社会生产力的快速发展，人们获取的物质财富也达到了前所未有的峰值。然而，就在当代人沉浸于富足的物质生产资料中时，他们以牺牲生存环境为代价换取的胜利果实在未来极有可能面临气候灾难的摧毁。在如何赋予未来世公平正义的问题上，美国环境文学家和批评家康芒纳（1997：165）指出：

> 当社会上的某些成员的活动把危害强加在那些在这件事上已无选择的人身上时，这个变化反映了一种更为严格的公共道德。对环境所进行的各种新的伤害加剧了这个道德上的因素。我认为，公众现在已经开始认识到，新的环境污染物不仅标志着由现今一代人加给非自愿的生物牺牲者身上的伤害……而且也加害于那尚未出生从而也是毫无抵抗能力的诸代人身上。……这是对侵害环境整体性的道义性反应，这种侵害威胁着子孙后代的幸福，甚至生存。

康芒纳清醒地认识到当代人对环境的破坏是对未来世的非正义行为。在保护环境的问题上，当代人要秉承正义的原则，公正公平地给予未来世应有的权益。相应地，在气候变化的问题上，当代人不应该以牺牲未来世平等享有适宜气候的权利来换取当代物质富足的社会，"任何一种有关正义的理论都应该将后代人……囊括在内，只有这样才有可能实现正义共同

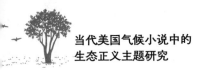
体"（Dobson，1998：66）。代际正义"要求我们每个人以消耗尽量少的地球资源和尽量少的废物为原则来做出各自的消费选择，要求我们为了我们这一代人及后代子孙，自觉地挑战并改变我们的生活方式，以确保自然界的和谐"（曾建平，2007：11）。

首先，按照卢卡斯·梅耶（Lukas Meyer）对代际正义的理解，代际正义包括广义和狭义两个意义范畴。广义的代际正义指的是以当代人为参照，过去的世代赋予现代人的公平权利，当代人对未来世应该肩负的道德正义。狭义的代际正义指的是当代人对未来世应该肩负的道德正义。此外，学者米歇尔·沃雷克（Michael Wallack）认为，代际正义就是如何处理现在世代从一些科技中获得收益和这些科技给后代人带来的非故意的成本之间（刘雪斌，2010）的不同代之间的正义问题，是"当代人和后代人之间怎样公平地分配各种社会和自然资源、享有和传承人类文明成果"（曹锦秋，2010：96）的正义问题。代际正义要求当代人要自我"节制"，在自我"节制"的基础上为未来保留足够多的自然资源以及相对好的生存环境。例如，不要过度消费、不要为了获取利益而破坏环境，要将对地球资源的消耗以及向大气中排放二氧化碳等温室气体的量控制在合理的范围内等，从而保障后代人可以与当代人平等地享有生存和发展的空间。

代际正义本身是一个动态的发展过程，因为"代本身就是一个连续的过程……任何一代都要经历进场、在场和退场的过程，这一过程反映了代的生存时空的变化"（廖小平，2004：32）。在人类历史的每一个节点，各个世代都要经历过去、当下或者将要成为当下的过程，当代人在资源消耗上的节制、在气候保护上的进步无一不代表着整个人类历史的道德正义。对此，国内学者庄贵阳等（2009：101）如是说：

在现有文明状态下，人类似乎陷入了一个两难的抉择：现在

才去行动，防止气候变化会使当代人承担成本，留下的物质财富
相对也会减少，却可以为后代留下一个相对适宜的气候环境；反
之，如果不采取行动，当代人可以不承担成本，也许会给后代人
留下更多财富，但同时也会给后代留下一个更加不同也可能更加
糟糕的气候环境。

依据国内外学者对代际正义概念的理解，本书认为，在气候变化的问
题上践行代际正义的原则，我们需要明确的是，首先，代际正义处理的是
当代人与后代人之间的正义关系问题。也就是说，在面对和解决气候变化
问题以及气候变化带来的诸多危机时，"当下社会的人对于儿童以及那些
将要出生的未来人负有什么样的义务"（Epstein，1989：1465）。对于当代
人来讲，我们能做的就是在保障当代人生存发展所必需的物质资料的基础
上，尽力为子孙后代留下一个相对美好的气候环境。其次，在工业化飞速
发展的当下社会，人为活动造成的气候变化已经引起全球气温升高、海平
面上升等危机，对于暂时还未到场的未来世代人来讲，他们只能被动地去
承受这些危机给他们造成的伤害。因此，他们需要的平等权利只能由当代
人去赋予，他们的利益直接受当代人行为活动的影响。这就要求我们以长
远的反思与规划去正确处理未来世代人应当享有的公平正义问题。

代际正义意味着当代人与未来世代人同属于一个跨代的道德共同体。
詹姆斯·雷切尔斯等认为，在这个道德共同体中，"无论人们是现在还是
在遥远的将来被我们的行为所影响，这都不会造成差别。我们的义务是
平等地考虑他们所有人的利益"（James Rachels et al.，2019：204）。因此，
代际正义从跨代、权益、道德等多方面阐述了当代人类与未来世代人之间
实现公平正义的可能性。当代美国气候小说倡导的代际正义主题指的就是
当代人类主体应当认识到当代人与未来世代人是平等地享有气候资源的权

利的共同体关系。当代人不是孤立存在的个体，而是与未来世代人相互依存的关系，没有所谓的"自我"与"他者"的二元矛盾。因此，在理解道德共同体的基础上去理解代际正义就能更好地强调当代人对未来世代人应该负有的道德责任和道德关爱。

当代美国气候小说倡导的代际正义还包含着生态可持续发展的理念，也就是强调在改善而非牺牲当下人类生活方式的基础上，以一种一脉相承的生态保护理念将正义的生存权承继给未来世代人。"可持续发展"不仅要求当代人管理好自身行为，尽可能少地向大气排放温室气体，而且要求他们学会从公平正义的维度来更好地思考和理解气候变化将会对当代人和未来世代人产生怎样的影响。否则，如果当代人为了攫取经济利益而肆意排放温室气体，那他们就"同时毁掉了当代人和未来世代人赖以生存的自然与生活环境"（Benson et al.，2000：14）。对此，国内学者李春林（2010）指出，气候变化问题"实质乃人的问题"（63）。如果气候状况继续恶化，当世界各地遍布飓风、干旱或洪水，当地球生物灭绝殆尽，当世界最终沦为"寂静的春天"，当我们熟知的世界逐渐离我们远去，"人类就进入了一个漫长而寒冷的夜晚"（Moore，2016：17）。这个"漫长而寒冷的夜晚"不仅是当代人将要面临的生存空间，也是我们的子孙后代将要面临的生存环境。"可持续发展"就是对代际间利益分配的一种伦理反思，它要求当代人以正义的道德原则来协调当代与未来世之间的利益关系。

在理解代际正义的基础上，当代美国气候小说多通过表征未来世恶劣的生存环境来呼吁当代人对未来世代人应该肩负的责任和义务，促使当代人反思自身行为对气候造成的破坏及其背后代际非正义的实质。巴奇加卢皮擅长创造未来世界来刺激当代人对环境问题的思考。他的气候小说《发条女孩》就描写了一个被各式各样疫病侵袭、大部分陆地被海水淹没的未来世生存境况。根据小说的描述，由于当代人对自然资源的无限制掠夺以

及对气候环境的破坏，在未来世界，化石燃料资源已经枯竭，大气中温室
气体浓度过高导致的海平面上升已经淹没了地球上绝大部分的低地海岛国
家。未来世界里的人类面临的不仅仅是自然资源的短缺，还有频繁发生的
气候灾害。在气候灾害的不断袭击下，干净卫生的水源几乎无法获取，农
作物产量严重下降，根本无法满足人们的日常生活所需。未来世的人类为
了抢夺有限的资源和生活空间，彼此之间不断进行战争，而战争又导致了
更加严重的环境破坏。《发条女孩》中未来世界的人类为了生存而不断逃
亡的情节直接反映了未来世代人遭受的各种非正义现象。

《发条女孩》描述的未来世界是一片灰色、了无生机的荒原。生活在
水深火热之中的未来人类遭受着极大的心理焦虑。未来世界的大气中二氧
化碳等温室气体的浓度已经达到峰值，为了暂缓气候变化的步伐，政府要
求公众减少能源的消耗量，希望以此减缓海平面上升的速度。然而，全球
气温升高已经成为不可遏制的事件，沿海国家泰国遭受了洪水的肆虐，国
内的人民日夜祈祷，希望这座城能够永远高于海平面。长期的气候灾害已
经导致物种多样性丧失，未来世界的人类只有依靠转基因来创造新物种。
在未来世界濒临灭亡的处境中，人类为了增加劳动力，创造了军用发条人，
依靠发条人优于普通人类十倍的速度和力量去争夺稀少的资源。在巴奇加
卢皮创作的未来世界里，不管是人类还是被人类创造出来的“发条人”，
他们的生活环境都是极度贫乏的。在无法控制的全球气温升高以及海平面
继续上升等气候变化导致的灾难面前，他们都无法真正掌控自己的命运。
对于未来世界的人类和“发条人”来说，尽管他们的未来也未可知，但不
可否认的是，他们所在的地球上的生态环境已经全然崩溃，无论他们逃亡
至何方，等待他们的将会是下一个人间地狱。从一定程度来说，未来世代
人生活的这个世界是由当代人改造的，当代人对自然环境的破坏、对大气
的污染等才是最终导致地球环境被破坏的罪魁祸首。

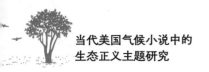

　　文学作品的"意义"只能在读者大脑中探寻到（刘文，2014：91），小说《发条女孩》通过对未来世界的自然环境的恶劣进行细致的描绘，希望带给读者全新的理解世界的手段。这种叙事方式带给读者的感官刺激是持久而深远的，它能够刺激读者心怀下一代，将当代人的生活环境与未来世代人的生存环境统一起来。与未来世代人的生存环境相比，尽管当代人的生活处境暂时优于他们，但作品中对未来的想象也是作家基于当下的现实，基于科学的合理性预测而描绘的，所以这种合理化想象将会迫使读者对当前全球气候变化已经导致世界上的很多地区干旱、洪水、极寒或极热天气等频繁发生的气象灾害产生警觉。如果当代人类无法改变气候变化的速度，无法改变目前的消费模式，那么，当代人的自身活动对环境的持续破坏将是导致未来世界生存环境恶劣的重要原因。从代际正义视角来看，当代人认为道德关怀的理念仅适用于当下的思维本就在一定程度上剥夺了未来世代人应当享有的公平权益。从历史发展的角度来看，人类社会文明的持续发展需要当代人承担起对代内其他物种的责任、对后代人的道德责任。试想，如果当代人都出于自身利益考虑而无形中剥夺他人的权利，或者只考虑当代人共享的社会环境而忽略子孙后代将要继承的地球环境的话，全球气候恶化的速度只会越来越快，我们的孩子的未来或许就是小说《发条女孩》中描述的未来。

　　气候小说家对未来世界气候灾难的预警式描绘的核心要义就是期望每一代人都能超越以自我为中心的罗格斯主义，以平等的关爱之心看待周围的生命体，以对孩子之爱来关爱未来世人类和非人类物种的生存环境，以求最大限度地改变当前气候变化的步伐。帕特里克·克武在《锋利之北》中创造了一个值得当代人反思的未来世界。小说中的"人物"分为两类：一类是若干年后在气候灾难中幸存下来的人类；另一类则是由幸存下来的人类创造出来的"克隆人"。这两类人分属不同的阵营。依据小说的描述，

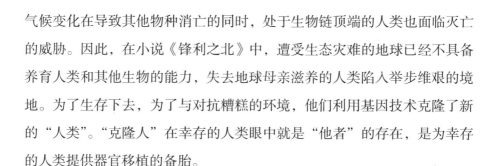

气候变化在导致其他物种消亡的同时，处于生物链顶端的人类也面临灭亡的威胁。因此，在小说《锋利之北》中，遭受生态灾难的地球已经不具备养育人类和其他生物的能力，失去地球母亲滋养的人类陷入举步维艰的境地。为了生存下去，为了与对抗糟糕的环境，他们利用基因技术克隆了新的"人类"。"克隆人"在幸存的人类眼中就是"他者"的存在，是为幸存的人类提供器官移植的备胎。

小说《锋利之北》中以自我为中心的人类为了掌控这个世界，极力压制甚至捕杀那些违反规定的"克隆人"。小说的主人公是一位叫作米拉的少女。她目睹神秘人枪杀一位老妇人，而且她从枪杀现场捡到了一张写有她名字的纸条。为了解开纸条掩藏的秘密，最终解开自己的身世之谜，米拉踏上了逃亡之旅。她在逃亡的过程中终于知道她只不过是一个等待着为人类捐献器官的"克隆人"。对于掌控这个世界的"圣徒"家族来说，这些"克隆人"只是牺牲品而已，完全没有自己的身份和地位，更别提所谓的公平和正义。很明显，克武将气候变化给这个星球带来的灾难无限放大之后，创造了一个真正的人类与"克隆人"并存的未来世界。在这个充满杀戮的未来世界里，人类幸存者仍旧是以地球主宰者的姿态而存在的，他们为了一己之利，在不断压榨地球上仅剩的自然资源的同时，还不断迫害那些被视为"他者"的"克隆人"。

小说《锋利之北》中的代际正义不仅仅体现在未来世界的人类遭受的非正义上，也体现在以"圣徒"家族为代表的幸存的人类与以米拉为代表的"克隆人"之间的非正义上。换言之，克武以气候灾难为背景创造了诸多"可能世界"[①]。小说中人物所在的各个"可能世界"构成了一个个独立

---

① "可能世界"是模态逻辑的基本概念，指的是一种可以想象的事物状态的总和，它既可以指我们生活在其中的现实世界，也可以指与现实世界不同但可以想象的其他世界。

的"嵌入叙事",嵌入文本表征的现实世界中。由此,小说中描述的幸存的人类与"克隆人"之间的对抗既可能是未来世的状况,也间接披露了当代人对大气环境的破坏将会引发的末日危机。《锋利之北》依靠不同的"可能世界之间的冲突以及它们与现实世界的冲突构成了情节动力学的基础"(刘文等,2014:156),也为读者正确理解当代人与未来世代人在气候变化问题上的不对等关系提供了依据。当读者将现实世界的气候变化与未来世界人类与代表未来时空观的"克隆人"的生存环境并置起来的时候,必然会在读者心中造成一种情感张力,从而推动情节的发展,进而激发读者深思当下人类对气候的破坏以及当代人对未来世代人造成的代际非正义现象。对于当代人而言,气候变化的问题不仅仅局限在代内正义层面,而是要将其扩展至代际正义的时间维度上,从而实现"每一代在实现正义制度和自由的公平价值所需的条件的过程中,都要尽自己公平的份额,但是不能要求超出这一点的更多的东西"(罗尔斯,1988:288)。

为了表征未来世遭受的代际非正义,当代美国气候小说家经常采取"启示录"修辞来警示当代人——当前的人类和非人类物种正"在末世生活"(Žižek,2010:23)。气候变化带来了迫在眉睫的"灾难性事件"或"灾难性后果"(Global Humanitarian Forum,2009:ii)的危险,其中包括不可预测的非线性事件可能导致的生态灾难。但由于未来世代人生活在距离当代人较为遥远的未来时空中,当代人很难切身体会到未来世代人将会遭遇的气候灾难程度。在这样的情况下,如何赋予未来世代人应当有的公平权益成为困扰伦理学家和文学家的难题。当代美国气候小说通过"启示录"修辞事实上就是作家们通过文学创造的未来世界来关照现实的典范。

这些小说作品通过描述气候变化导致的末日图景,从而对未来做出了极具说服力的"灾难预期"。对此,批评家查克拉巴蒂认为,艺术和小说可以帮助我们通过想象来理解和体验人类活动对地球气候环境产生的影响。从现实出发，当代人的生活方式、思想意识等已经成为威胁地球环境的主要因素，而如果当代人不能及时意识到自己的错误，不能及时更正自身对气候环境造成的破坏，这势必会影响地球的未来发展。由此，当代美国气候小说通过"启示录"的生态"末日"叙述，实际上也是在质问"人类是否意识到自己作为一个物种对地球的主体义务和所需承担的责任"（姜礼福，2017：132），是否意识到当代人在人类历史的长河中所承担的道德责任。

当代美国气候小说为当代人提供了一种参与未来世的情感系统的方式。它通过描述全球变暖对人们的家园或他们重视的事物造成的严重后果来激发人类在气候变化问题上的责任心和道德感。"启示录"修辞的作用则是按下了气候变化的快捷键，为当代人呈现了气候变化的灾难性本质，以及其可能给未来世带来的苦难。也许只有像《后天》那样描写出无限逼近于真实而扣人心弦的恐怖场景，当代人才能意识到气候变化潜在的灾难性本质，以及其对未来世造成的负面影响。为了生动描述当代人造成的气候变化对未来世造成的破坏，罗宾逊在《纽约2140》中虚构了美国大都市纽约城的未来。未来的纽约由于遭受气候变化引发的海平面上升的影响而被洪水全部淹没。生活在未来世界中的人们不但遭受了频繁的极端天气袭击，还要忍受洪水引起的一系列生活问题。没有干净的水源、没有适宜的居住环境、没有充足的生活资料等，他们拥有的只有不断暴发的洪水和持续上升的海平面。如此来讲，未来世界的人类遭受的气候危机源于当代人枉顾后代的生存权利，让他们无法意识到"后代人和当代人具有同样重要的地位"（刘雪斌，2010：43）。为了避免出现这样的未来，当代人应该赋予后代人以善意，应该本着公平正义的原则尽可能地减缓气候变化的步伐，以此促进当代人与未来世代人之间的正义。

在世界"末日"想象的引导下，当代美国气候小说家将气候变化问题

的解决与伦理正义联系起来，再一次明确指出"没有任何挑战比气候变化对后代构成的威胁更大"（Fagan，2017：229），而气候变化"并不是一个政治问题，而是一个伦理道德的问题"，在这个问题上，"我们必须被激励而去做一些事情"（Fagan，2017：230），而不是继续对自然环境进行无休止的索取和破坏。因为"所有生命都有其内在价值，他们都有权力拥有一个健康和维持生命的星球。这一权力压倒了少数人毫无节制地掠夺共同遗产和破坏地球未来的假定权力"（Moore，2016：20）。但对于当代人而言，尽管他们已经感受到了气候的异常变化，尽管有关气候变化的报告随处可见，但他们仍旧无法感知气候变化的潜在危害及其到底会对地球环境的未来造成怎样的影响。为此，赫尔佐在《热》中试图通过气候科学家们建构的未来"末日"灾难景观模型向现代人具象化展示未来世面临的气候危机。对此，环保分子、部分政治家等认为，人类有必要站在未来世的主体地位来全面认知气候变化的危害，改变以往以当代人为中心而忽视未来世代人的生存权益的事实。除此之外，气候小说《纽约2140》《被淹没的世界》《水刀子》《困惑》（Bewilderment，2021）等都通过各种写作技巧与写作方法构建"末日"场景来驱动当代人直面气候变化对未来世的巨大影响，直面当代人与未来世代人之间应当有的代际正义问题。当代美国气候小说倡导的代际正义主题为当代人"提供了一种潜在的、进步的、替代性的回应以应对世界末日般的生态未来的威胁"（Hulme，2009：354）。

具体来说，当代美国气候小说家借助科学家对气候变化以及地球未来的预测，将当代人从现有的外部关系和文明中剥离，以此强调当代人应当对未来世肩负的道德责任。在《热》中，劳伦斯带领科学家团队提出了未来地球的五种难度阶梯式递进的生存模式。科学家预测，在第五种地球生存模式中，由于大气中二氧化碳的浓度达到了峰值，科学家们已无法控制全球气候升高的现实。而"最致命的是海洋……由于水温的升高，海洋植物的光合作用将会减慢，因为生物都无法到达海面。如果光合作用受到足够的伤害，所有的水生生物都会死亡……大海会死去，变成一个臭水坑"（126）。这个可怕的"末日"场景是科学家依据当前的气候环境推测出来的模型，直接反映出了当代人对气候环境的大肆破坏。在小说中，科学家建构"末日"灾难模型的目的并不是在当代社会制造恐慌的氛围，而是为了凸显当代人与未来世代人之间的平等权利的问题，警示当代人气候变化在时间上的紧迫性。为此，赫尔佐还将小说中来自不同领域的四位科学家称为"末日四骑士"，旨在表明在气候变化问题上，我们需要正义的使者来调和当代人与未来世代人之间的关系。

"启示录"中的"末日"场景往往给读者带来"时间快没了"（Skrimshire，2010：238）的紧迫感。赫尔佐在《热》中也制造了这种"死亡丧钟"即将敲响的时间紧迫感。例如，小说中的科学家们在实验室里挂了一个日历钟。

"启示录"的生态灾难预言实际上并不是为了制造生态焦虑，而是为了激发人类内心深处的道德感。因为步入文明高度发展的现代社会之后，强人类中心观念遮蔽了人们对于"他者"的注视与关怀。眼界与时空的局限让他们对遭受气候灾难的"他者"群体视而不见，各种名义上的遮蔽与漠视、自大与狂妄进一步麻痹了人类的心理，直到灾难真正来临的时候，一切都为时已晚。因此，"启示录"的生态灾难预言残酷却又真实，它就是在去"蔽"，就是在试图警醒人们灾难的钟声已近，死亡的乐音早已开始飘向未来。所以，当代美国气候小说中的"末日"场景描写最终就是为了引领读者在恐怖情绪的共情之后思考气候变化问题与伦理道德的脱节关系，倡导气候正义的回归。可以说，气候小说家采取"启示录"的叙述方式连通了现在与未来，以一个已经被破坏的现在为根基（Claire，2012），以对未来的关怀为目标，以精彩的未来世想象与真挚的代际伦理情感为支

撑，赋予未来世代人应该享有的代际气候正义。正如赫尔佐在《热》中描写的那样，当为气候变化的紧迫性而忧心忡忡的劳伦斯听到埃德蒙斯顿的反应时，他严厉地质问埃德蒙斯顿，"100年后，当那个时代的人发现20世纪的人类其实已经知道气候即将发生什么，但又对即将发生的气候灾难守口如瓶的时候，他们会作何感想？他们会感到痛苦吧。想想你们的座右铭吧——未来是我们的责任"（58）。为此，将未来世代人应该享有的平等生存和发展权看作当代人类需要肩负起的重要责任，这就是当代美国气候小说通过"启示录"的写作技巧想要构建的代际正义内涵。

第三节
《逃逸行为》中"帝王蝶"事件的代际正义隐喻

在气候变化问题引起的各种非正义中，如何准确表征代际正义成为当代美国气候小说家关注的主题。代际正义并非当代社会特有，早在古希腊时期，柏拉图就指出："每个人以及每个人的财产实际上都不属于他本人，而是属于他的整个家族，包括他的先辈们以及他的子孙后代。"（转引自柯彪，2008：11）柏拉图对于代际正义的理解带有"集体自我保存本能"（11）的意义。对此，德国哲学家尼古拉·哈特曼（Nicolai Hartmann）认为，"集体自我保存本能"是一种关爱之情，这种关爱要求的不仅仅是爱护自己，更要无私地关爱子孙后代。他们倡导的对自我之外的人和非人类物种的关爱凸显了代际正义的内涵。雅典城的公民们在宣誓时说道："我们将会为这个城市的美好以及神圣而努力……我们要把这个美好的城市传承给子孙后代，不能比我们当初从先辈那里传承下来的时候更差，而是更强大、更美好和更完善。"（George，1994：457）美国伦理学家罗尔斯在其《正义论》中提到了"正义的储存原则"，该原则认为上一代人有责任和义务为下一代的持续发展留出适度的实际资本。换言之，我们的前辈留给我们的是一个四季分明的气候环境，我们就应当将这种良好的环境传承下去，而不能留给未来世一个充满飓风和暴风雨、物质极度匮乏的地球环境。

芭芭拉·金弗索的《逃逸行为》借助异常飞行的"帝王蝶"事件来书写气候变化导致的代际正义问题。在异常的气候变化的影响下，原本依靠

代际间的传承来完成迁徙飞行的"帝王蝶"遭遇了严重的种群危机，通过对异常气候条件下"帝王蝶"艰难的生存境况的描述，金弗索试图在全球气候变化环境下以"帝王蝶"在时间纵轴上的种群灭绝威胁来映射人类的代际危机。当代人类社会以维护现代人的利益为借口而剥夺未来世应当拥有的生存和发展权的非正义行径将有可能造成人类社会的未来如同"帝王蝶"一般深陷灭种灭族的生存危机。本小节将从小说中"帝王蝶"的异常出现与气候环境恶变之间的关系、黛拉洛比娅深陷如何保护孩子们未来的生存环境的生态焦虑以及"编织地球"的环保活动来形塑生态可持续发展的代际正义三个层面来具体分析《逃逸行为》中的代际正义主题。

一、"帝王蝶"的异常出现：气候变化之隐射

在《逃逸行为》中，"帝王蝶"成为连接"地方"与全球人类与非人类物种关系的纽带，成为表征气候变化、呼吁代际正义的特殊能指。按照小说的描述，不同于自然界中的其他物种，"帝王蝶"的繁衍生息是在跨越大陆的过程中，依靠代际间的不断更新而完成的。小说将其称为"代际动力"，认为这是"帝王蝶"在千百年来的演化过程中形成的特有的代际间传承模式。生物学家奥维德（Ovid）将其视为"一个系统，一个复杂的系统"（145）。奥维德在北美大陆研究"帝王蝶"长达20年，他清楚地知道，每一代"帝王蝶"的生存周期"一般只有6个星期"（145），但它们每年还要完成跨越大陆的迁徙飞行。于"帝王蝶"而言，正常的迁徙路径应该是每年的8月左右从加拿大和美国的北部出发，10月左右到达墨西哥州中部的米却沃肯州，在那里开始冬眠。等到第二年春天到来，它们又开始北上，沿途产卵，"'帝王蝶'产的卵孵化成为毛毛虫，成年'帝王蝶'死亡。幼虫成长，继续向北飞行"（146）。整个的迁徙之路要经历4代"帝王蝶"的生死，这是一个悲壮的物种繁衍的例子。但就是在这不断的死亡

与重生的过程中，"帝王蝶"不断地更新换代，延续着下一代的成长。

依靠生物体对周围环境的习惯性反应，数代"帝王蝶"遵循自然生态的引导，可以跨越大陆而不会改变原有的迁徙路径。然而，随着全球气候发生巨变，原有的生态系统失衡，为了寻找更加适宜的栖息地，"帝王蝶"的飞行路径进一步向加拿大内部推进。因为"气候变暖导致季节性变化，这一变化促使'帝王蝶'开始提前离开墨西哥的栖息地"（147）而飞向下一个栖息地。但是，由于气候变化对各个地区和国家的气候影响是不同的，提前离开墨西哥栖息地的"帝王蝶"可能会被异常的天气误导而飞向错误的栖息地。作为一种全球性的转变，气候变化"需要（读者和批评论家）在不同的尺度上把事件之间的联系构建起来"（Heise，2008：205）。换言之，气候变化已经改变了原有的生态模式，"帝王蝶"的异常迁徙就是气候变化发生改变的重要表征。但是，对于长期局限在"地方感"意识中的大部分人而言，他们很难根据"帝王蝶"的异常出现而推导出异常现象背后的原因，他们也无法意识到"帝王蝶"的异常出现与人们的生活之间、与地球的未来环境之间将会有多大程度的关联。

"帝王蝶"跨代飞行轨迹的改变不仅表现出气候变化语境下非人类物种面临的危机，更在读者大脑中构建出了一幅气候异变环境下地球生物未来的生存图景。小说中的"帝王蝶"遭到异常天气的影响，错误地降落在一个同样遭受异常天气影响的农庄。众人眼中的"帝王蝶"呈现出了一种惊艳的美，殊不知，此时的"帝王蝶"物种正面临物种灭绝的危机。全球气温升高扰乱了季节转换的规律，而温度的变化又对弱小的生物体造成了致命性的伤害。按照《逃逸行为》中奥维德的描述，腾保农庄出现的"帝王蝶"对人类来说是一个警示，它以种群的濒危来向这个世界呐喊，是人类对气候环境的肆意破坏导致了它们的危机。作家希望通过"帝王蝶"事件促使读者理解当代人应该如何维护生态平衡，如何保护人类和非人类物

种共同生存的地球环境，如何为子孙后代留下一个美好的地球。

阿巴拉契亚山脉的地理环境和气候环境与"帝王蝶"在墨西哥栖息地的气候环境存在极大的不同。而"气候变化轻易就超越了界限和类别"（Hulme，2010b：268），它跳脱出"地方"的限制，轻易地将其影响扩大到全球范围。作家通过对"帝王蝶"及其异常迁徙的细致描写将书中提到的不同地方联系了起来，以此凸显气候变化对不同地方的影响。腾保农庄位于阿巴拉契亚山脉，此地已经出现四季混乱的现象。在主人公黛拉洛比娅的眼中，冬天和夏天似乎错乱了，冬天时而过于暖和，时而极端寒冷。气候变化通过改变生态系统的极限、季节性事件的时间（生物的孵化时间和植物的发芽时间）以及湖泊、河流和海洋的温度和化学特征来影响生物种群的生存和发展。生态系统的脆弱性不断增强，这导致"物种生态互动中断，生态系统结构和扰动机制发生重大变化"（Archer et al.，2010：163）。当物种和周围环境的互动出现偏差时，物种按照原有的生态轨迹进行繁衍生存的习性就被打破了。奥维德教授感叹这些"曾经横跨大陆，从加拿大到墨西哥，在广阔的土地上来回穿梭"的脆弱的生灵就这样死在了腾保农庄的后山，这种死亡是致命的，因为它们失去了唯一的繁衍后代的机会。

美国环境伦理学家奥尔多·利奥波德（1997）的"大地伦理"观启示我们，非人类的生物体与人类之间是不可分割的整体。换言之，当生物体的生存状况出现问题的时候，人类自身也难逃环境破坏带来的危险。《逃逸行为》中的"帝王蝶"受到异常气候的影响，其代际传承遭遇了危机。以物及人，"帝王蝶"遭遇的代际非正义是由人为活动引起的，而人类的子孙后代将要面临的危机则是由人类自身引起的。由此可见，在气候变化问题上，当代人要为当下的生命体及未来世界的生命体负责，不能为了满足当下的需求而给后代留下一个"美景消逝，且不再复归"（Carson，

1989：96）的世界。

总的来说，金弗索借助"帝王蝶"迁徙过程中遭遇的代际传承危机现象促使读者思考人类的代际传承问题。在气候变化背景下，如果自然界的非人类物种遭遇物种灭绝危机的话，人类也极有可能如同"帝王蝶"一样要面对因为气候的改变而导致的自身生理机能的紊乱。在自然环境中，无论是人类个体还是非人类物种个体，他们并非单独存在的，一方的消亡有可能导致另一方也会陷入濒临消亡的境地。

在纵横交错的社交网络中，个体与群体、当代人与后代人将会在不同的交往中产生联系。而这种联系将会促使个体的身体和心理发生不断的变化，并最终认识到当代与未来世之间是历史文明的传承关系，当代人对万物赖以生存的环境的善终将在未来的历史文明进程中得以验证并传承下去。因此，金弗索对"帝王蝶"这一代际异变事件的描写目的在于促使现代人类重视当前的气候变化问题，认真思考如何通过每个个体的自律与自省来缓解当前的气候变化问题，以为我们自身提供一个适宜的生存环境以及为我们的子孙后代营造一个美好的世界。

二、如何向子孙后代交代：黛拉洛比娅的生态焦虑

气候变化问题的急剧发展导致人类普遍出现了"生态焦虑"[①]。这种焦虑不单单是"一种对环境危机议题的回应"（姜礼福，2014：57），还是对当代人生存环境的担忧，更是对未来世代人生存环境的忧虑。面对气候变化的复杂性和不可控性，稍具环保意识的人就会陷入"生态焦虑"的心理状态，因为子孙后代"将无法用更多的人为资金来抵消这类环境破坏"

---

① "生态焦虑"指的是由于人类对环境状况的认知程度不够而产生的各种困惑和两难的情绪。然而，由于"环境"这个词弹性能指较大，所以"生态焦虑"更易于被大众接受。

（Helm，2008：31-33）。金弗索在《逃逸行为》中生动刻画了农妇黛拉洛比娅这一形象，她在"帝王蝶"这一事件中经历了从"生态焦虑"到最终领悟到了当代人对子孙后代应该担负起道德责任这一心路历程的转变与升华。根据小说的描述，遇到"帝王蝶"之前的黛拉洛比娅整日为生活的单调枯燥而郁闷。然而，异常出现在后山的"帝王蝶"改变了她原本死水般的生活，给予她保护"帝王蝶"的动力，促使她思考当代人应该如何做才能为未来世代人留下一个健康的生存环境。

在《逃逸行为》中，黛拉洛比娅所在的腾保农庄遭遇了异常暴雨的袭击，已经处于颗粒无收的状态。由于没有晴朗的好天气，供牛羊越冬的材料都没来得及晾晒，农庄处在一片汪洋之中。由于农场收成不好，家里的经济状况一落千丈，黛拉洛比娅感到周围的一切都是"让人困惑的"（5）。例如，农场后山数百年的树木在雨水的不断浸湿下已经东倒西歪，"地面吸收了太多的水，已经变成了柔软的海绵"。在"这个奇怪的时代里"（5），一切都变得跟以前不一样了。黛拉洛比娅为农庄的未来感到担忧，为自己两个未成年的孩子感到担忧。她这种潜意识里对异常天气产生的对未来环境的担忧实则是一种无意识的"生态焦虑"。面对林地被一些唯利是图之人砍伐殆尽，这种焦虑既让她愤怒又无可奈何。这种焦虑也让黛拉洛比娅周围的居民在维持温饱与保护环境之间，在究竟是为了后代奋起抗争还是安于现状之间陷入了巨大的内心拉扯与矛盾之中。

黛拉洛比娅的心理模式与行为让我们看到了人与自然休戚与共的存在模式被打破了，人类个体不仅无可避免地陷入了对自身生存状况的忧虑之中，更为下一代的生存而焦虑。精神分析学家哈罗德·瑟尔斯（Harold Searles，1972）指出，"当（一个人）在应对环境危机的时候，他往往受到一种严重而普遍的冷漠阻碍。这种冷漠主要建立在他无意识的情感和态度上面"（365）。在《逃逸行为》中，"帝王蝶"的出现改变了黛拉洛比娅原本躁动的心，对"帝王蝶"之美的惊叹促使她进一步去认识"帝王蝶"
这一气候灾难影响下"不幸的流亡者"（143）。与这群"流亡者"遭遇同
样困境的是来自墨西哥的约瑟芬（Josefina）一家。约瑟芬是黛拉洛比娅
的儿子普勒斯顿（Preston）的同学，他们一家原本住在墨西哥的米却肯
州。而"帝王蝶"就来自米却肯州，她的父亲当时还是"帝王蝶"向导，
"他专门为科学组织提供有关'帝王蝶'的生活情况"（100）。然而，随着
气候变化的加剧，"洪水来了，一切都完了"（101）"一切都没有了……房
子、学校、人们……一切的一切都没了。山谷，还有'帝王蝶'"（102）。
失去家园和学校的约瑟芬不得不和家人一起背井离乡，到处寻找适合居住
的地方。约瑟芬一家的遭遇加深了黛拉洛比娅的无助与焦虑，非人类生物
与人类同等的遭遇第一次连通了黛拉洛比娅的"生态焦虑"，她开始意识
到，气候变化不仅会扼杀"帝王蝶"这样的非人类生物代际传承，更会以
直接或间接的方式扼杀人类子孙后代的未来。

在"帝王蝶"事件上，黛拉洛比娅后来得到了科学家奥维德的指引，
这进一步加深了她对气候变化产生的次生危机及代际危机的认知，而这种
不断深化的认知成为她将自己的"生态焦虑"转变为实际行动的催化器。
奥维德告诉她，"帝王蝶"的出现是"系统混乱的证据……（有些人）只
看到表面的美是很肤浅的……不合时宜的温度变化、干旱、觅食者与宿主
之间的关系被打破，这一切都取决于气候"（365-366），是气候变化导致
了"帝王蝶"的异常出现。当黛拉洛比娅目睹约瑟芬一家的处境与亲历
"帝王蝶"的死亡之后，她再次意识到，"天气只会越来越坏，而不会稳定
下来……我们污染大气的时间长了，大气就会把这些污染反噬到我们身
上"（337）。当自然的反噬真正开始的时候，受到伤害的不仅仅是当代的
人，更有那些无辜的孩子以及孩子的未来。她在担心，孩子们的"未来是
否如一个在巨浪冲刷下的精致的沙堡"（341）一般脆弱。因此，为了保护

地球的未来，为了维护子孙后代平等拥有这片天空的权利，黛拉洛比娅将
自己的"生态焦虑"转变为了现实行动，面对失去树林的后山将会面临的
山体滑坡危险，岌岌可危的农庄以及因山林资源锐减而可能遭受的生存环
境伤害，她拼尽全力说服婆婆和丈夫不要卖掉后山的树林，以可持续发展
的生态之举切实保护未来世代人的利益。

　　气候变化影响深远，可持续发展才是创造光明未来的唯一出路，因此
当代人与生物圈的关系应该带有对子孙后代的关怀意识。显然，面对人为
活动导致的气候变化问题，作为孩童的和没有出生的后代人没有能力针对
当下的气候问题提出自己的看法和要求，以当代的孩子为代表的未来世代
人缺乏公平表达自我利益需要的能力，他们只能被动地接受当代人留给他
们的生活环境，比如，小说《逃逸行为》中黛拉洛比娅的两个孩子、逃难
到美国的约瑟芬等。罗宾逊的"资本中的科学"三部曲中副总统的气候顾
问查理为了"要求美国政府能够根据国际气候变化专门委员会的某些建议
采取相应的措施和行动"（40-41），整日背着孩子来回奔波，无数次修改
气候报告。遗憾的是，当气候变化问题遭遇美国经济问题时，前者只能被
视为不真实的存在。他们的呼吁和报告"从来没有被认真地对待过"（41）。
沃特斯的《冷的安慰：在气候变化中寻爱》中的女孩汤米深陷气候危机造
成的心理焦虑而无法自拔。麦卡锡的小说《路》中与父亲相依为命的无名
男孩在生态"末日"中疲于奔命以求生机。

　　所以说，在气候变化问题上，如果当代人不能采取积极的措施来减少
矿物质化石燃料的使用，不能有效降低温室气体的排放量，"未来世代人
将存在失去生命本身的可能性"（诺斯科特，2010：202）。因此，正如黛
拉洛比娅由"帝王蝶"事件联想到孩子们未来的生存环境一样，当代人应
该自觉地将自己置于一个重大的历史责任链条之中，从而怀着关爱自己孩
子的心去关爱我们的子孙后代，去关爱同时生存在这个地球上的万物生灵。

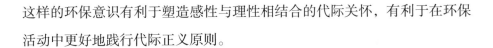

这样的环保意识有利于塑造感性与理性相结合的代际关怀，有利于在环保活动中更好地践行代际正义原则。

三、"编织地球"环保活动：形塑生态可持续发展的代际正义

生态可持续发展反映了代际正义的本质诉求，是代际正义在当代社会发展目标的具体表现。具体来讲，为了维护人类社会及地球环境的健康，人类的各个时代都只能是地球资源的托管者，人类有责任和义务为其后代及未来世的其他人类和非人类物种留下足够的环境资源。反言之，如果当代人为了满足自身享受的要求而无限制地向大气排放二氧化碳等温室气体，就会间接影响生态可持续发展，从本质上来说这就是对未来世的代际非正义。美国学者布莱恩·巴利（Brian Barry）在《可持续与代际正义》（*Sustainability and Intergenerational Justice*，1999）一书中详细阐述了可持续发展与代际正义之间的关系。他认为，地球环境的可持续发展间接赋予了未来世代人公平享有自然环境的权利。在可持续发展的条件下，平等正义意味着当代人在消耗地球自然资源的时候，要坚持适度原则，在发展经济的过程中，要坚持不污染大气环境原则，在意识形态上要坚持生态星球主义的原则，将当代人与未来世代人视为星球上的有机整体。

代际正义和生态可持续发展是相辅相成的，生态可持续发展保障了代际正义的实现，而代际正义为生态可持续发展过程中如何把握当代人与未来世代人之间的关系奠定了坚实的理论基础。在气候变化议题中，遵循代际正义与可持续发展的观念不仅有利于保障当代人合适的生活方式，还能确保未来世代人享有舒适的生存环境。因此，这两个概念自然也就成为气候小说作家在作品中所倡导的理念与内涵。在《逃逸行为》中，初识"帝王蝶"的黛拉洛比娅直觉感到的是蝴蝶的美，她并没有意识到后山突然出

现的大片"帝王蝶"意味着生态系统的失衡，意味着这个物种面临灭亡的危机，她更不知道正是人类活动对气候的破坏才导致了"帝王蝶"种群濒危。显而易见，对此时的黛拉洛比娅而言，可持续发展观念与代际正义观念是缺席的，个人中心主义与"地方感"意识的局限让她很难去观照及维护代际的气候环境。

具体到小说呈现的内容来看，常年在腾保农庄生活的黛拉洛比娅从未坐过飞机，从未去过欧洲，也很少吃外国进口的食品。她与土地仅有的那种紧密联系和依赖是出自生存的本能需求，而不是环保意识。这样的生活环境很难让她跨越"地方感"意识，从星球生态可持续发展的视野来看待"帝王蝶"的悲剧，去思考农庄遭遇极端天气背后的原因。大部分人听说"帝王蝶"事件之后，也只是抱着观赏的态度前来看稀奇，完全没有考虑到"帝王蝶"正面临死亡的危险。农庄上黛拉洛比娅的婆婆和丈夫最初考虑的也是农庄的经济，希望借助"帝王蝶"来获取钱财。可见，在认知生态可持续发展的问题上，黛拉洛比娅式的人有很多，他们缺乏星球感，不能站在人类社会健康发展的时间长河中去看待当代人与未来世代人之间的关系，不能正确认识生态可持续发展与代际正义之间的联系。

为了拯救"帝王蝶"，以奥维德及其科研小组为首的环保主义者成立了"编织地球"环保组织，以切实行动激发更多的人去思考"帝王蝶"事件背后的原因，去思考"帝王蝶"与全球气候变化之间的关系，以及与人类自身和星球未来发展的关系。黛拉洛比娅在与奥维德科研小组的日常接触中逐渐认识到，腾保农庄的后山并不是"帝王蝶"适宜的迁徙之地，气候变化改变了"帝王蝶"的习性。气候变化是一场超越地方性力量的全球性危机，我们只有站在"帝王蝶"的整个生存路径的视角才能理解"帝王蝶"真正面临的问题。作家通过描写黛拉洛比娅思维方式的转变告诉读者，在全球气候变化面前，当代人需要打破物种之间的界限、代际之间的障碍，才可以真正地创造更加美好的现在与未来。

　　文化理论学家弗雷德里克·詹姆逊（Fredric Jameson）在其《后现代主义或晚期资本主义的文化逻辑》（*Postmodernism or the Cultural Logic of Late Capitalism*，1984）一文中，深刻阐述了世界主义对个人"地方感"的挑战。无论是基于共享人性的思考，还是基于对文化差异的获取和评估，生态星球主义触及了一些环境作家和哲学家所称的"不仅仅是人类世界"，即还有非人类物种的领域，建立起了与未来世保持生态可持续发展的关系。生态星球主义意识暗含生态可持续发展的意蕴，它试图把个人与群体想象成人类和非人类的"想象共同体"的一部分，把未来世的生存发展想象为共同体的一部分。金弗索的《逃逸行为》以农庄出现的"帝王蝶"悲剧为引线，最终就是为了牵引出强烈的生态星球主义意识，表征了作家希冀当代人怀有对未来世的公平正义的伦理内涵。

　　"编织地球"环保组织带领公众跳出了对"地方"的依恋，并"将其文化想象力的核心从地方意识转移到更系统化的星球意识"中去。毕竟，在这个"一切都与其他一切相联系"（Commoner，1971：38）的世界里，对"地方"依恋的过分强调和单一关注将有碍跨文化和跨国家所带来的文化价值的转变，有碍生态可持续发展理念支撑下的代际正义的实现。传统环境写作和环境批评倡导的人们对"地方"的依恋才是环境意识的关键。然而，温德尔·贝里（Wendell Berry）曾经指出，在土地上耕作是一个人的身份组成部分，这对"品格的培养至关重要。而品格的培养又产生了能够在明确界定的国家范围内成为负责人的公民个人"（Fiskio，2012：302）。但是，随着全球气候变化问题的加剧，"地方感"的重要性进一步受到怀疑。很明显的就是小说中的黛拉洛比娅在一次电视采访中解释说："我太关注自己的小生活了。只关注一个人，而事实上，除了个人，还有更宏大的东西。"（209）"编织地球"环保组织使她意识到，过去对家庭、

对农场的过分关注无形中限制了她的思维模式。这项活动转变了她的意识，促使她融入一个更为广阔的、互动的、多层次的星球环境。

环保志愿者用来自世界各地的人送给他们的用过的橙色毛衣编织小蝴蝶，并把它们悬挂在树枝上，以纪念那些在遭遇异常气候而濒临灭绝的蝴蝶。编织的蝴蝶代表了集体应对气候变化问题所做的努力。这种努力作为一种"非嵌入机制"（Giddens，1991：23）的象征符号，打破了"地方性"限制，并通过在线"编织地球"的活动方式将全球环保力量联系在一起，从而使大众了解了当地（黛拉洛比娅农庄的后山）是如何被全球（蝴蝶飞行轨迹的改变）所影响和改变的，以及当代人对气候造成的破坏是如何潜在地影响和伤害地球生物的未来发展的。

意识到我们与其他非物种，与后代之间的多元化联系是改善环境的第一步，我们还需要进一步深化认识，以新的指导纲领与理念去维护与巩固我们与其他生物及代际之间的联系。可持续发展理念就此诞生，成为最终达到和谐生存环境，促进地球环境长远健康发展的指导理念。面对气候环境的异变，气候小说作家在自己的小说作品中积极地形塑及倡导这种理念，以此张扬这种理念在代际之间保护气候环境的重要性与价值。

在形塑生态可持续发展理念的过程中，联动性、互通性、全球性思维强化了全球化在人们头脑中的时空压缩，使人们能够在不在场、不需要与相关人员交流沟通的情况下获知此事并就此事发表相关意见，正如黛拉洛比娅一样，当她具备全球思考能力之后，即使到了商店，她也会觉得"她正在用一种新的眼光审视她买的东西"（162）。她不仅开始以批判的眼光看待她自己在生活中的选择，而且越来越习惯于她的生活与遥远的世界之间的联系。例如，她在偶然间发现了一个中国制造的蝴蝶形状的布袋子。她马上就想："中国也有'帝王蝶吗'吗？""是不是在遥远的中国也有人'坐在缝纫机前'（175）缝制蝴蝶？""帝王蝶"作为一个象征物，象征着全球互联的世界。事实上，蝴蝶产生的"编织地球"的环保效应与海塞的生态星球主义并无二致。在全球气候变化引起的诸多危机面前，尽管我们已经没有办法回到以前的状态，也没有办法回到无风险的环境，但我们可以用不同的方式为子孙后代留下一个生态可持续发展的未来世界，为他们留下一个可以平等享有资源的生存环境。

总而言之，《逃逸行为》通过"帝王蝶"异常飞行的事件警示当代人，气候变化影响的不仅仅是当前生活在地球上的非人类物种。如果当代人不能正确认识和解决当前的气候变化问题，地球生命体的未来将面临更加严重的伤害。因此，作为时间长河中的一个点，当代人有责任和义务维护未来世代人的平等权益，而不是剥夺他们生存的机会。当代人在调节自身利益和未来世代人的权益的过程中，要将整个人类历史的发展视为一个有机整体，不能以强调自身价值来贬低其他物种的存在价值。"我们要维持地球生态整体平衡，让子孙后代既能享有丰富的物质财富，又能遥望星空、看见青山、闻见花香。"（习近平，2019：7）只有"取之有度，用之有节"，充分考虑当代人和后代人的福祉，才能真正做到生态的可持续发展，才能真正缓解当前不断恶化的气候变化问题，才能为后代留下一个适宜生活的气候环境。习近平总书记在 2019 年中国北京世界园艺博览会开幕式上指出：

> 建设美丽家园是人类共同梦想。面对生态环境挑战，人类是一荣俱荣、一损俱损的命运共同体，没有哪个国家能独善其身。唯有携手合作，我们才能有效应对气候变化、海洋污染、生物保护等全球性环境问题，实现联合国 2030 年可持续发展目标。只有并肩同行，才能让绿色发展理念深入人心、全球生态文明之路行稳致远。（7）

由此可见，"拥抱一种将我们作为人类团结在一起的感觉，拥抱共同的风险和可能性，拥抱共同的责任"（Tomlinson，1999：194）才是构建生态可持续发展模式的最佳状态，才有可能最大程度地实现代际正义原则。

结　语

　　气候变化问题是当前所有环境问题中最为突出也是最受全球关注的议题之一。气候变化导致的后果具有跨国家、跨地域的全球性特征，但由于各国在经济水平、政治地位、人口组成等方面存在差异，气候变化实际上对各个国家和地区造成的影响是不均衡的。从现实情况来看，那些由于当下人类的认知局限、自身身份的边缘化或自身力量弱小而被主流群体定义为"他者"的非人类物种、少数族裔、女性、欠发达国家及未来世代人等往往成为气候变化问题中承担最多次生灾害而又难以为自己争取权益的最大受害者，他们在一定程度上正承受着来自不同社会主体的非正义。因此，国内学者董伟武（2014）指出，"人类需要伸出马克思生态正义的'拯救之手'，需要充分发挥自身特有的主体能力，自觉处理现代性过度膨胀带来的生态危机问题，力求实现人与自然的和解以及人与人本身的彻底和解"（56），需要赋予"他者"群体以平等的生存和发展权益。鉴于此，当代美国气候小说在有效回应当下气候变化状况的前提下，聚焦"他者"在气候变化中遭受的非正义对待，以对生态正义缺失的批判、对以生态正义为中介缓解气候恶变态势的诉求为核心要义，引导读者走进"他者"的世界，在气候小说家构建的极寒、极热以及未来的"可能世界"中试图为"他者"

言说，为"他者"赋权，体悟自我与"他者"之间命运与共的生态共同体
关系。

生态正义主题在当代美国气候小说中占据重要地位。它不仅扩大了美
国环境文学的创作空间，而且将气候变化问题纳入环境批评的范畴，对气
候变化时代的环境批评研究起到了极大的促进作用。对当代美国气候小说
中的生态正义主题进行全面把握和阐释不仅能扩大正义主体的范围，而且
可以深度关切气候危机中的"他者"处境，继而对当前国际气候协议中的
不平等现象等起到积极的反思作用。通过对当代美国气候小说的文本细
读，本书从宏观与微观视角对其凸显的生态正义主题进行了较全面的认知
与剖析。

人为活动导致的气候变化改变了生态系统的平衡，导致非人类物种在
失去原有栖息地的同时，其自身已经稳固的繁衍生息规律也日渐紊乱，生
物多样性面临濒危的境地。美国社会根深蒂固的以白人为中心、少数族裔
为边缘"他者"的种族歧视导致美国的少数族裔群体在气候灾害来临时遭
受了更加严重的非正义。而对于生活在男权世界中的女性来讲，在气候危
机愈加严重的当下社会，女性本就已经因为特有的生理及心理特征成为气
候灾害中更易受到伤害的一方，却依然因为男权社会中的"他者"身份而
备受歧视，无力为自己争取平等参与气候决策的权利。全球性的碳排放不
均衡问题势必影响国际的有效合作，全球正义理念无不契合当今世界各国
努力寻求国际气候合作的现实努力。气候变化对地球环境的影响是长期和
滞后的，当代人类在自我中心与狭隘的利己主义的心理动机驱动下，无视
未来生命体的生存环境，甚至剥夺他们的生存权，这是极其不负责的行为。
以上种种最终促成了当代美国气候小说家书写生态正义主题并呈现其多元
化内涵。本书以当代美国气候小说的代表性文本为分析对象，深度剖析其
生态正义主题就是为了更全面地认识并归纳其中的多样化意蕴，确立气候

小说的文学与现实价值。本书最终得出以下结论：

第一，气候变化的紧迫性及其影响的不均衡性导致了不公平现象的出现，这促使当代美国气候小说家试图通过文学创造的方式做出回应。对此，劳伦斯·布伊尔指出，"在气候变化问题上，小说可以完成气候报道和科学数据无法达到的目的：它可以塑造人们对气候灾难的思考方式，进而有利于人们更好地应对环境危机"（转引自 Justyna，2021：13）。当代美国气候小说搭建起了沟通气候科学与文学的桥梁，用文学性的表达技巧与审美视角等来表征科学领域的气候变化知识，将气候变化的客观事实与小说虚构的故事情节相结合，以文学特有的魅力传达出科学领域关于气候研究的概念及结论，更以生动的故事情节与人物形象塑造传递着伦理正义观。当代美国气候小说本着真实再现气候变化现状的原则、怀着关切气候灾难中所有处于"他者"地位的弱势人群及非人类物种的精神，真正凸显了富有想象力的文学语言对书写气候异变下正义主题的独特性与生动性。当代美国气候小说家构建的内涵丰富的正义主题正是通过文学语境引导读者意识到气候变化问题不仅是一个科学命题，更是一个伦理命题。它需要人类自觉消解自我与"他者"之间的隔阂，自觉从人类中心论中解放出来，积极认识到人类应该"建立维护自然秩序的伦理规范，担负保护自然和解决生态危机的道德责任"（聂珍钊，2020：24）。

对当代美国气候小说中的生态正义主题的研究能够引导我们进一步了解这一新兴文学体裁的独特性。当代美国气候小说以关注社会现实与人类生存环境为基础，将气候变化这一抽象的环境现象以文字的方式具象化，将气候变化的现状经由故事情节的陌生化与隐喻化、人物塑造的典型化与立体化，将对气候变化问题的创新性、独特性审美等多种创作技法的综合性运用全方位地向读者展现出来，让读者深刻意识到气候变化数据背后那些遭受更多气候灾难后果的边缘化群体的血泪史，以及他们在生态失衡、

极端天气频发却又缺乏足够正义关照的环境中挣扎的苦难现状。当文学作品中呈现的气候变化景观与自然科学中的气候变化现实相互碰撞并加以融合时，这将在满足读者对于气候小说这一文学体裁的审美体验的同时，加深读者对气候变化问题的认知，促使他们在获得对于气候现象的认识、气候异变中的未来想象等多重阅读体验的同时思考处于气候危机中的"他者"群体遭受的非正义生存困境。

第二，当代美国气候小说中的生态正义主题聚焦"他者"群体，成为气候变化语境下关照非人类物种、少数族裔、女性、国际层面的气候难民及未来世代人生存困境的有力武器。通过详细展布"他者"群体遭受的非正义，当代美国气候小说家强烈呼吁要尊重"他者"应有的平等权益，在公平公正原则的指引下赋予"他者"平等的生存权和发展权。同时，通过对多部具有代表性的美国气候小说的分析可知，正义原则在连通、调节、促进自我与"他者"之间的关系，重塑彼此尊重、爱护、和谐的交互沟通渠道过程中起着重要的作用。而且，对当代美国气候小说中的"他者"群体的关注在一定程度上能够扭转公众将气候变化问题视为单一生态问题的认知，使大众能够在更广阔的社会领域认识到"如果不解决我们社会的组织方式，我们就无法阻止全球变暖的进一步恶化——为气候正义而战和为社会正义而战是同一件事"（Jafry，2019：18）。

探讨当代美国气候小说中的生态正义主题有利于读者发现并关注气候灾害中更易受伤的弱势群体的生存权和发展权，从而将所有遭遇不平等对待的边缘人群和非人类物种囊括在正义关怀的伦理情感范围之内。并且，气候小说对异常气候现状的描写贴近人类的日常生活，这满足了读者认识周围世界的期待视域。小说作品对气候灾难中"他者"群体遭受的不平等待遇的生动还原，使读者能够在共情及同理心的心理机制下感受"他者"群体在气候灾难中的无力挣扎，促使他们反思在气候变化时代该如何正确看待"自我"与"他者"之间的关系，如何站在公平正义的立场去理解包括非人类物种在内的地球生命体之间的伦理关怀。

这种基于生态正义原则的关爱有利于贯通"自我"与"他者"之间存在的矛盾与隔阂，有利于站在彼此的角度由己及彼地认识到正义原则的重要性。当代美国气候小说极大拓展了生态正义主体的范畴，不但将那些因为性别、种族、阶级等原因被视为边缘人和"他者"的群体纳入正义的主体范围，而且将动植物等非人类物种纳入享有平等权利的范围之内，这不仅保障了处于"大地金字塔"基部的非人类物种的生存权，更保障了人类历史文明的生态可持续发展进程。所以说，当代美国气候小说对人类与自然之间相互依赖、不可分割的共生关系的强调是极其必要的，它再次使大众深刻地意识到非人类物种在整个生态系统中的重要性。

当代美国气候小说彰显的生态正义主题在解构"自我"与"他者"之间矛盾的同时，引导处于气候危机中的人类重新思考人与自然、白人与少数族裔、男性与女性、发达国家与欠发达国家、当代与未来世之间如何协调气候责任担当的问题。当以生态正义为圆心的同心圆扩大到地球上的每一个生命体并将每一个被视为"他者"的存在物都视为生态正义的主体之时，人类才能自觉消解强人类中心论的思想，自觉抛弃"自我"的意识，真正达到万物和谐的终极生存发展目标。

第三，当代美国气候小说中的生态正义主题具有极强的批判性和开放性。当代美国气候小说家在创作的过程中不仅汲取了西方哲学传统的正义观，而且在汲取美国环境文学倡导的环境正义的基础上，尽可能地拓宽正义的主体范围，逐一表现身处气候困境中的"他者"群体对正义的渴求。当代美国气候小说以美国加速资本主义经济发展对大气环境造成的不可逆破坏为背景，揭露出这种破坏对非人类物种、美国国内处于底层的少数族裔及女性群体，以及其他边缘海岛小国等欠发达国家的生存和发展权造成

的严重次生灾害。由于边缘化意识、霸权意识、强人类中心主义意识、消费主义至上等极具偏向性与主观性的理念及思想长期盘踞在美国社会中的经济、文化、政治等领域，所以各种非正义现象在美国等发达资本主义国家长期存在并逐渐呈现出泛滥态势。当涉及具体的气候变化问题时，诸多气候小说家发现，这些非正义行径又有了新的变体及表现形式。

为了揭露并对抗这些非正义行径，当代美国气候小说家通过对气候灾难袭击下非人类物种的日益减少，国内少数族裔遭受的气候非正义，女性在气候危机下的困境、低地海岛国家面临的海平面上升、未来世将要被动承袭日渐崩坏的气候环境等迫在眉睫的气候危机的呈现，向读者具体展现了"生态他者"在气候变化时代所遭受的非正义。这些小说家以痛心及愤懑的情感基调对以美国为首的资本主义国家面对二氧化碳等温室气体的过度排放采取的漠视及消极态度进行了真实的再现与批判，并一针见血地指出了在这所有的"无视"背后，是以美国为首的西方资本主义国家强烈的自我意识与生态帝国主义的霸权本质。可以说，当代美国气候小说家围绕着气候变化问题，以宣扬生态正义理念为核心，不仅对自然环境进行了描写，也对政治、经济、文化等社会的各个领域进行了延展与探讨，对包含少数族裔等在内的不同的社会群体的生存境遇进行了书写，使其最终呈现出的正义主题内涵具有极强的包容性与复数性特征。

在当代美国气候小说家的笔下，当下全球性的气候变化问题加剧了人类与非人类物种之间、阶层之间、性别之间、当代人与未来世代人之间、发达国家与欠发达国家之间在气候责任担负上的不平等现象。而气候变化问题的跨学科特征要求当代美国气候小说在凸显正义主题的过程中将生态、政治、女性主义、伦理等多学科知识体系进行交叉融合，以此构建气候变化小说的生态正义主题。这种跨学科创作的特性既实现了"人文学科与科学之间扎实的跨学科研究的文学生态批评未来"（胡碧媛，2015：

88），又决定了其生态正义主题呈现出一定的多元性与开放性。的确，在全球气候变化的语境下，"我们的世界充斥着不同文化、不同经济体和不同生态价值观之间的相互依存和尖锐较量。这种依存和较量最终诉诸多元化的声音来解决当今世界面临的问题"（Roos et al., 2010：2-3）。

当气候"慢暴力"达到"临界点"、气候灾难频繁来袭之时，"他者"群体丧失了生存和发展权，由阶级权力控制下的生态环境也将面临崩溃的危机。由此，当代美国气候小说通过"启示录"的"末日"修辞揭示出了正义原则的重要性，并以此构建气候变化语境下的少数族裔、女性、未来世代人、欠发达国家以及人类世界与非人类世界之间的生态正义观。当代美国气候小说通过描写不同主体"他者"在气候变化环境中的生存困境来影响现实，以呼吁公众关注弱势人群及非人类物种应享有的生存权益，保障他们不再因气候变化引发的系列危机而遭受深层次的生存和发展危机。此外，当代美国气候小说中塑造了众多敢于反抗不平等待遇的个体和群体，其目的在于鼓励更多处于底层的"他者"为自己发声，让全世界更多的人感受到他们遭受的非正义、听到他们为获取正义而发出的呐喊。

当代美国气候小说彰显的生态正义主题为解决全球性气候变化问题以及构建命运共同体起到了一定的积极作用。当代美国气候小说凸显的生态正义主题在一定程度上引导人们正视气候问题解决过程中存在的非正义问题，呼吁参与气候政策的制定者在制定相关气候政策的过程中尽可能地考虑弱势人群的生存处境，在最大程度上遵循公平正义原则。当代美国气候小说曾不无讽刺地提到，当前美国国内和国际社会并不缺乏正义的原则，而是"缺少国际社会一致同意且实际可操作的气候正义原则"（曹晓鲜，2011：35）。这与美国在气候变化问题上惯有的回避气候变化的事实和推脱责任问题的态度相关。此外，历届气候变化峰会以及制定的气候公约等都提出了正义原则的规约，但是由于解决气候变化问题与各国利益紧密相

关，这就导致很多碳排放条款实际上具有明显的不公平性。而且，就当前国际社会出台的各项气候公约和协议内容来看，国际社会也尚未协商出切实有效、合乎公平正义的政策约束机制来监督国际气候公约的执行情况。在这个问题上，尽管当代美国气候小说倡导的正义原则不可能左右美国在气候变化政策制定过程中的公平性，也不能监督国际气候公约和协议是否有倾向于大国和富国的情况，但气候小说凸显的生态正义主题有利于构建公平正义的气候文化，这种"气候文化"具有一定的社会和政治实践功能，能够教育和塑造人类对气候变化的认知模式，从而有效协调经济、政治与气候之间的关系。

当代美国气候小说的"去地方化"特征促使读者和批评家转向星球视野，真正站在星球的当下和未来的发展方向上来认识和接受气候变化问题以及问题背后深层次的人为因素。特雷克斯勒（2011）认为，气候变化的问题超越了地方，影响波及全球。气候变化的客观事实导致人类对新形势的星球归属感或生态星球主义的呼吁，这促使当代美国气候小说家通过文学的语言创作人类和非人类物种深受气候影响的"想象的共同体"。在这个"想象的共同体"中，读者深刻地感悟到：

> 作为全球治理的一个重要领域，全体国家携手一致应对气候变化的努力将会是一面镜子，它给我们提供了思考和探索未来全球治理模式的契机，也将为我们致力于建设人类命运共同体的美好愿景带来很大的启发意义。（319）

同理，通过对生态正义主题的探讨，当代美国气候小说凸显了生态正义原则在构建命运共同体过程中的重要性。因为命运共同体的特征就是你中有我，我中有你，命运与共。但如果这种休戚与共的关系缺乏公平正义原则的支撑，那必将是一盘散沙，更不可能摒弃零和思维来共同应对气候安全问题。由此，当代美国气候小说为"他者"赋权的思想有利于增强绿色文化与世界各种文化的融合，促进世界各国在平等的前提下建立共同的气候安全观，从而维护人类赖以生存的地球环境。

以上结论充分说明，对生态正义主题的探究和关注正是当代美国气候小说的文学魅力和现实价值所在。通过对"生态正义"这一富有哲学意蕴和时代精神的主题的探索与表现，当代美国气候小说不仅成功延续了美国环境文学书写人与自然、人与人之间由于环境破坏而导致的不平等现象的传统，革新了环境批评的时代意义，更为深受异常气候影响的当代人的生存和发展提供新的思路。同时，随着气候小说的不断涌现，越来越多的人会更加了解和关注气候变化问题以及深受气候变化影响的弱势人群及非人类物种的生存处境。这在一定意义上会增强关怀"他者"群体的社会舆论，进而调和在全球气候治理过程中日益突出的国与国之间的矛盾，从文化和生态的向度促进命运共同体的建构。

虽然当代美国气候小说中的生态正义主题有其独特的理论意义和现实价值，但它同样存在一些有待提升的方面。

首先，当代美国气候小说在呈现生态正义主题的过程中将更多的内容聚焦在美国国内，对国与国之间在气候变化问题上出现的不公平现象问题关注不够。说到底，气候变化的全球特性要求世界各国联合起来共同应对，而不是站在各自的立场谋取最大利益。尤其是对以美国为首的西方资本主义国家来说，他们在历史的资本积累过程中已经向大气排放足够多的二氧化碳等温室气体。如果抛开这点来谈碳排放、碳达标以及气候责任担负问题，这明显是对其他国家的非正义。以美国为首的资本主义国家往往在国际气候公约的制定上有失公允，或者根本不遵循绝大多数国家认同的"共同但有区别的责任担当"原则。这诸多行为本身就是对其他国家的非正义、

对其他国家民众生存环境的不负责。

其次，当代美国气候小说家在呈现生态正义主题的过程中，尤其是在展布全球正义的部分，有意回避了中国政府和其他国家政府在促进国际公平的气候协议签订过程中的努力。对此，本书认为，美国气候小说家之所以在创作的过程中安排这样的情节，一方面与其自身的国家身份密不可分，另一方面这间接反映出美国一贯坚持的"漠视"态度。而这种态度实则反映出了美国在气候变化问题上惯有的生态帝国主义本质。因此，这种行为对开展全球范围内的气候合作毫无益处。与美国政府选择在气候变化问题上"沉默"的行为相比，中国政府一直坚持"在气候外交中坚定贯彻正确的义利观和共商共建共享的政治理念，坚持'义'字当头，处理好与美国和欧盟的气候合作"（肖兰兰，2022：42）。中国政府倡导的"义"与西方哲学有关"正义"的概念有异曲同工之妙。既然如此，当代美国气候小说家就不能回避中国在气候变化问题上做出的巨大努力。而今，面对全球日益频繁的异常天气的肆虐，世界各国唯有消除隔阂，抛却以自我为中心的利己主义，以"博爱"之心兼顾地球上所有生命体的生存和发展权，才有可能蹚出一条有效应对气候变化问题的正义之路。

再次，当代美国气候小说呈现生态正义主题的艺术技巧有待丰富。由于气候变化以及正义主题的跨学科性，气候小说家在创作的过程中难免对气候变化进行了过多的描述，这直接导致小说作品的文学性有待加强。同时，由于气候小说的创作和研究尚处于起步阶段，大部分作家采用的创作艺术趋于雷同。因此，对美国气候小说家和其他国家的气候小说家而言，如何创新性地丰富创作技巧也是一项巨大的挑战。

最后，鉴于目前国内外关于当代美国气候小说的研究尚处于探索阶段，探索生态正义主题的过程又是气候科学、环境伦理学、环境文学等多学科知识交叉与融合的过程，而本书对这些相关知识和理论的理解和掌握还远未达到应该有的广度和深度，这无疑会为本研究留下诸多可供深度拓展的空间。本书将秉承上下求索的精神、沿着我国政府倡导的绿色之路，在人类命运共同体及人与自然生命共同体理念的指引下，以孜孜不倦、不懈追求的精神持续关注美国气候小说的创作动向，继续挖掘其中的多元化内涵，以澄澈之心期待人类能够在不远的未来有效遏制气候恶变的态势，逐步迈向清洁美丽的新世界。

参考文献

中文文献

阿莱达·阿斯曼，2016. 回忆空间：文化记忆的形式和变迁［M］. 潘璐，
　　译. 北京：北京大学出版社.

安·莫宁，丹尼尔·萨巴格，项龙，2006. 从剑到犁：美国使用种族分类
　　进行种族歧视和反种族歧视的情况［J］. 国际社会科学杂志（中文版）
　　（1）：57–73.

安德·鲁米尔纳，J. R. 伯格曼，2021. 人类世小说与世界体系理论［J］.
　　时光，译. 中外文化与文论（4）：125–146.

安东尼·吉登斯，2009. 气候变化的政治［M］. 曹荣湘，译. 北京：社
　　会科学文献出版社.

奥尔多·利奥波德，1997. 沙乡年鉴［M］. 侯文蕙，译. 长春：吉林人
　　民出版社.

巴里·康芒纳，1997. 封闭的循环：自然、人和技术［M］. 侯文蕙，译.
　　长春：吉林人民出版社.

柏拉图，2002. 理想国［M］. 郭斌和，张竹明，译. 北京：商务印书馆.

包存宽，2021. 破解当前全球气候治理之困的新思路［J］. 人民论坛，33

（x）：56-59.

保罗·巴奇加卢皮，2019a. 柽柳猎人［M］. 刘斯万，译. 成都：四川科学技术出版社.

保罗·巴奇加卢皮，2019b. 水刀子［M］. 穆卓芸，译. 上海：文汇出版社.

彼得·S. 温茨，2007. 环境正义论［M］. 朱丹琼，宋玉波，译. 上海：上海人民出版社.

波伏娃，1998. 第二性［M］. 陶铁柱，译. 北京：中国书籍出版社.

伯格森，1989. 时间与自由意志［M］. 吴士栋，译. 北京：商务印书馆.

布莱恩·巴利，2004. 正义诸理论［M］. 孙晓春，曹海军，译. 长春：吉林人民出版社.

蔡守秋，2005. 环境公平与环境民主：三论环境资源法学的基本理念［J］. 河海大学学报（哲学社会科学版）（3）：12-17，39-92.

曹锦秋，2010. 法律价值的绿色转向：从人类中心主义法律观到天人和谐法律观［M］. 北京：北京师范大学出版社.

曹明德，2008. 环境与资源保护法［M］. 北京：中国人民大学出版社.

曹晓鲜，2011. 气候正义的研究向度［J］. 求索，12：72-74.

曾建平，2007. 环境正义：发展中国家环境伦理问题探究［M］. 济南：山东人民出版社.

陈婧，2011. 人口因素对碳排放的影响［J］. 西北人口，32（2）：23-27，33.

陈诗凡，姜礼福，2021. 气候危机中的共同体崩溃：人类世小说《水刀》研究［J］. 文化与传播，10（1）：43-48.

程虹，2014. 寻归荒野［M］. 北京：生活·读书·新知三联书店.

程立显，2000. 论加强社会公正论与应用伦理学的研究：关于可持续发展

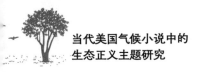
的伦理学思考［J］. 哈尔滨工业大学学报（社会科学版）（3）：99-105.

董伟武，2014. 超越现代性的"阿克琉斯之踵"：论全球性生态正义的实现［J］. 大连海事大学学报（社会科学版），13（1）：55-58.

董岩，2016. 生态正义的价值评价研究［M］. 北京：中国商业出版社.

恩格斯，1984. 自然辩证法［M］. 北京：人民出版社.

高林萍，2020. 从生态女性主义角度解读《水刀子》［J］. 文学教育（11）：120-121.

葛悠然，姜礼福，2020. 气候变化与推想记忆：论巴奇加卢皮《柽柳猎人》中的人类世叙事［J］. 鄱阳湖学刊（4）：77-84，127.

海因兹·科胡特，2017. 自体的重建［M］. 许豪冲，译. 北京：世界图书出版公司北京公司.

韩卫平，黄锡生，2012. 全球气候治理的新理念：生态女性主义伦理观［C］// 可持续发展·环境保护·防灾减灾：2012 年全国环境资源法学研讨会（年会）论文集. 重庆：重庆大学法学院.

郝时远，2013. 类族辨物："民族"与"族群"概念之中西对话（中国社会科学院学部委员专题文集）［M］. 北京：中国社会科学出版社.

何晶晶，2015. 气候变化的人权法维度［J］. 人权（5）：84-101.

黑格尔，1976. 逻辑学（下卷）［M］. 杨一之，译. 北京：商务印书馆.

亨利·西季威克，1993. 伦理学方法［M］. 廖申白，译. 北京：中国社会科学出版社.

胡碧媛，2015. 科学与文学的邂逅：评芭芭拉·金索芙新作《逃逸行为》［J］. 外国文学动态研究（2）：88-90.

胡塞尔，2001. 笛卡尔式的沉思［M］. 张廷国，译. 北京：中国城市出版社.

胡亚敏，2015. 西方文论关键词与当代中国［M］. 北京：中国社会科学出版社.

胡亚敏，肖详，2013. "他者"的多副面孔［J］. 文艺理论研究，33（4）：166-172.

霍尔姆斯·罗尔斯顿，2000a. 环境伦理学［M］. 杨通进，译. 北京：中国社会科学出版社.

霍尔姆斯·罗尔斯顿，2000b. 哲学走向荒野［M］. 刘耳，叶平，译. 长春：吉林人民出版社.

霍米·巴巴，2002. 黑人学者与印度公主［M］. 生安锋，译. 文学评论（5）：170-176.

姜礼福，2014. 后殖民生态批评：起源、核心概念以及构建原则［J］. 南京航空航天大学学报（社会科学版），16（2）：55-59.

姜礼福，2017. 人类世生态批评述略［J］. 当代外国文学，38（4）：130-135.

姜礼福，2020. 气候变化小说的前世今生：兼谈人类世气候批评［J］. 鄱阳湖刊（24）：56-66，126.

姜礼福，2021. "人类世、气候变化与文学再现"专题学术论坛综述［J］. 鄱阳湖学刊（2）：120-123，127.

姜礼福，2022. 人类世批评话语体系的建构：21世纪西方气候小说面面观［J］. 当代外国文学，43（3）：116-123.

姜礼福，孟庆粉，2018. 人类世：从地质概念到文学批评［J］. 湖南科技大学学报（社会科学版），21（6）：44-51.

姜礼福，孟庆粉，2021. 人类世权力话语的建构：论21世纪西方气候小说中的中国形象［J］. 湖南科技大学学报（社会科学版），24（1）：53-58.

姜文振，2020. 反乌托邦小说之"反"的二重性论略［J］. 贵州师范大学

学报（社会科学版）（3）：109–115.

金进，朱钰婷，2022. 1990年代以来中国科幻小说中的气候灾难书写［J］.
南方文坛（3）：116–122.

金秋容，2019. 超越生态反乌托邦：论气候小说《纽约2140》［J］. 东吴
学术，5：93–98.

金秋容，2021. 反思生态纯粹：论当代北美人类世小说［D］. 上海：华
东师范大学.

卡尔·博格斯，2001. 政治的终结［M］. 陈家刚，译. 北京：社会科学
文献出版社.

柯彪，2008. 代际正义论［D］. 北京：中共中央党校.

克里斯托弗·司徒博，牟春，2009. 为何故、为了谁我们去看护？：环境
伦理、责任和气候正义［J］. 复旦学报（社会科学版）（1）：68–79.

克瑞斯汀·丝维斯特，2003. 女性主义与后现代国际关系［M］. 余潇枫，
潘一禾，郭夏娟，译. 杭州：浙江人民出版社.

莱辛，1979. 拉奥孔［M］. 朱光潜，译. 北京：人民文学出版社.

郎廷建，2019. 生态正义概念考辨［J］. 中国地质大学学报（社会科学
版），19（6）：97–105.

雷芳，2017. 马克思恩格斯生态正义思想研究［D］. 南京：南京师范
大学.

李春林，2010. 气候变化与气候正义［J］. 福州大学学报（哲学社会科学
版），24（6）：45–50，108.

李家銮，2020. 走向生态世界主义共同体：气候小说及其研究动向［J］.
鄱阳湖学刊（4）：67–76，126–127.

李家銮，韦清琦，2019. 气候小说的兴起及其理论维度［J］. 北京林业大
学学报（社会科学版），18（2）：98–104.

李珂，2021. 气候小说的"人为"原因与人类中心主义：兼谈中国气候小说［J］. 广播电视大学学报（哲学社会科学版）（2）：64-71.

李银河，1997. 妇女：最漫长的革命：当代西方女权主义理论精选［M］. 北京：生活·读书·新知三联书店.

廖小平，2004. 伦理的代际之维［M］. 北京：人民出版社.

林而达，2010. 气候变化与人类：事实、影响和适应［M］. 北京：学苑出版社.

刘彬，2018. 动物批评：后人文时代文学批评新方法［J］. 文学理论前沿（1）：19-42.

刘晶，2018. 勒奎恩关于时间问题的思考：以两部瀚星小说为例［J］. 外国文学（3）：151-158.

刘娜，2020. 生态批评关键词环境公正及其批评实践研究［D］. 济南：山东大学.

刘文，赵增虎，2014. 认知诗学研究［M］. 北京：中国文史出版社.

刘雪斌，2010. 代际正义研究［M］. 北京：科学出版社.

刘英，朱新竹，2022. 关系空间与气候小说［J］. 广东外语外贸大学学报，33（4）：34-42，157-158.

龙娟，2009. 美国环境文学：弘扬环境正义的绿色之思［M］. 北京：外语教学与研究出版社.

龙运杰，2013. 气候变化与全球正义［J］. 云南社会科学，4：145-155.

陆寒，2011. 试析 N.弗雷泽的政治正义理论［J］. 华中科技大学学报（社会科学版），25（5）：48-53.

罗斯玛丽·帕特南·童，2002. 女性主义思潮导论［M］. 艾晓明，等，译. 武汉：华中师范大学出版社.

马君，2014. 基督教生态正义思想研究［D］. 太原：山西大学.

马克思，恩格斯，1974. 马克思恩格斯全集［M］. 中共中央编译局，译. 北京：人民出版社.

马克思，恩格斯，1995. 马克思恩格斯选集（1—4 卷）［M］. 北京：人民出版社.

玛格丽特·阿特伍德，2016. 洪水之年［M］. 陈晓菲，译. 上海：上海译文出版社.

迈克尔·诺斯科特，2010. 气候伦理［J］. 左高山，等，译. 北京：社会科学文献出版社.

毛凌滢，向璐，2021. 多物种共同体的建构：人类世视野下的《回声制造者》，［J］. 天津外国语大学学报，28（4）：87-96，160.

苗福光，2015. 后殖民生态批评：后殖民研究的绿色［J］. 文艺理论研究，35（2）：197-204.

莫尔特曼，2002. 创造中的上帝：生态的创造论［M］. 隗仁莲，苏贤贵，宋炳延，译. 北京：生活·读书·新知三联书店.

纳日碧力戈，2015. 万象共生中的族群与民族［M］. 北京：中国社会科学出版社.

娜奥米·克莱恩，2017. 改变一切：气候危机、资本主义与我们的终极命运［M］. 李海默，等，译. 上海：上海三联书店.

南希·弗雷泽，2009. 正义的尺度:全球化世界中政治空间的再认识［M］. 上海：上海人民出版社.

聂珍钊，2020. 从人类中心主义到人类主体：生态危机解困之路［J］. 外国文学研究，42（1）：22-33.

申丹，2021. 双重叙事进程研究［M］. 北京：北京大学出版社.

史军，2011. 气候变化背景下的全球正义探析［J］. 阅江学刊，3：75-79.

世界环境与发展委员会，1997. 我们共同的未来［M］. 王之佳，柯金良，等，译. 长春：吉林人民出版社.

斯蒂夫·芬顿，2009. 族性［M］. 劳焕强，等，译. 北京：中央民族大学出版社.

斯科特·斯洛维克，2010. 走出去思考：入世、出世及生态批评的职责［M］. 韦清琦，译. 北京：北京大学出版社.

孙承，李建福，2019. 美国气候正义：立场变迁与实质辨析［J］. 山西大学学报（哲学社会科学版），42（2）：101-111.

坦嫩鲍姆·舒尔茨，2008. 观念的发明者：西方政治哲学导论［M］. 叶颖，译. 北京：北京大学出版社.

唐·德里罗，2002. 白噪音［M］. 朱叶，译. 南京：译林出版社.

唐建南，2015. 立足地方的生态世界主义［J］. 理论月刊（7）：66-70，98.

唐伟胜，2019. 谨慎的拟人化、兽人与瑞克·巴斯的动物叙事［J］. 英语研究，2：30-39.

唐晓忠，2012. 斯皮瓦克的后殖民生态批评解析［J］. 当代外国文学，33（3）：25-32.

王虹日，2022. 尺度批评·非人类能动性·网状纠连：气候变化小说研究方法述论［J］. 国外文学（3）：11-22.

王慧慧，刘恒辰，何霄嘉，等，2016. 基于代际公平的碳排放权分配研究［J］. 中国环境科学，36（6）：1895-1904.

王建明，2008. 谁之正义：生态的还是社会的［J］. 思想战线（3）：47-52.

王鲁玉，2022. 马克思恩格斯生态正义思想研究［D］. 长春：东北师范大学.

王苏春，徐峰，2011. 气候正义：何以可能，何种原则［J］. 江海学刊（3）：130-135.

王岩，2013. 创伤记忆的历史复活与公共建构：论电影《一九四二》的见

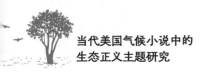
证叙事［J］. 创作与评论（6）：80-83.

薇尔·普鲁姆德，2007. 女性主义对自然的主宰［M］. 马天杰，等，译.
重庆：重庆出版社，2007.

吴蓓，2005. 印度妇女与抱树运动［J］. 环境教育，12：54-55.

西雅图酋长，2012. 西雅图酋长的宣言［M］. 柯倩华，译. 石家庄：河
北教育出版社.

习近平，2019. 共谋绿色生活，共建美丽家园：在2019年中国北京世界
园艺博览会开幕式上的讲话［J］. 中国生态文明（2）：6-7.

习近平，2021. 共同构建人与自然生命共同体：在"领导人气候峰会"上
的讲话［J］. 环境科学与管理，46（5）：1-2.

肖爱平，2012. 现代西方女性主义正义观研究［D］. 长沙：湖南师范
大学.

肖兰兰，2022. 碳中和背景下的全球气候治理：中国推动构建人类命运
共同体的生态路径［J］. 福建师范大学学报（哲学社会科学版），2：
33-42.

肖邵明，2021. 从"第二性"发展为主体性的"他者女性"［J］. 山东女
子学院学报，6：26-33.

谢超，2018. 英语文学中的气候书写研究述评［J］. 鄱阳湖学刊（2）：
104-114，128.

熊野纯彦，龚颖，1998. 自我与他者［J］. 哲学译丛（4）：45-52.

徐向东，2010. 全球正义［M］. 杭州：浙江大学出版社.

薛德震，2009. 论马克思的"物我一体"哲学［J］. 马克思主义与现实
（6）：156-162.

亚历山大·基斯，2000. 国际环境法［M］. 张若斯，编译. 北京：法律
出版社，2000.

闫建华，2017．当代英美生态诗歌的气候书写研究［J］．解放军外国语学
　　院学报，40（3）：129-136，158，160．

杨梅，朱新福，2020．《水刀子》中的反乌托邦城市书写和人类世想象［J］．
　　当代外国文学，4（3）：20-27．

杨信礼，2007．科学发展观研究［M］．北京：人民出版社．

叶海英，郑桂眉，2009．全球气候变暖威胁北极熊［J］．环境保护与循环
　　经济，29，（2）：58-59．

叶舒宪，1998．水：生命的象征［J］．批评家，4（5）：1998．

叶文彦，高慧颖，2009．生态女性主义对罗格斯中心主义的双重夹击［J］．
　　中华女子学院山东分院学报（6）：9-12．

余谋昌，王耀先，2004．环境伦理学［M］．北京：高等教育出版社．

于尔根·莫尔特曼，2002．创造中的上帝：生态的创造论［M］．隗仁莲，
　　苏贤贵，宋炳延，译．北京：生活·读书·新知三联书店．

袁霞，2022．气候变化小说的文化价值［J］．中国社会科学报（4）：1-2．

袁源，2020．人类纪的气候危机书写：兼评《气候变化小说：美国文学中
　　的全球变暖表征》［J］．外国文学（3）：165-172．

袁源，2021：关于世界文学中气候变化书写热潮的冷思考：评《气候变化
　　与当代小说》［J］．中国比较文学（3）：211-215．

袁源，2022：气候变化批评：一种建构世界文学史的理论视角［J］．文艺
　　理论研究，42（3）：68-79．

袁源，阿德琳·约翰斯－普特拉，2022．21世纪气候小说与人类世批评
　　的语境化：阿德琳·约翰斯－普特拉访谈录（英文）［J］．外国文学研
　　究，44（3）：1-17．

苑银和，2013．环境正义论批判［D］．青岛：中国海洋大学．

约翰·罗尔斯，1988．正义论［M］．何怀宏，何包钢，廖申白，译．北

京：中国社会科学出版社.

詹姆斯·雷切尔斯，2009. 道德的理由［M］. 斯图亚特·蕾切尔，修订.
　　杨宗元，译. 北京：中国人民大学出版社.

张冬梅，傅俊，2008. 阿特伍德小说《使女的故事》的生态女性主义解
　　读［J］. 外国文学研究，5：144-152.

张慧荣，朱新福，2020. 气候小说《突变的飞行模式》的代际正义追
　　寻［J］. 苏州大学学报（哲学社会科学版），41（2）：159-165，192.

张建萍，2011. 凯伦·沃伦生态女性批评观研究［J］. 国外社会科学（6）：
　　50-55.

赵建红，2014. 从对话到建构：读《后殖民生态：环境文学》［J］. 外国
　　文学（6）：145-153，160.

赵银姬，2016. 比较文化视域下的东亚水意象［D］. 杭州：浙江大学.

郑湘萍，2005. 生态女性主义视野中的女性与自然［J］. 华南师范大学学
　　报（社会科学版）（6）：39-45，158.

周辅成，1987. 西方伦理学名著选辑（上卷）［M］. 北京：商务印书馆.

朱迪斯·巴特勒，2011. 身体之重：论"性别"的话语界限［M］. 李钧
　　鹏，译. 上海：上海三联书店.

朱建峰，2019. 跨界与共生：全球生态危机时代下的人类学回应［J］. 中
　　山大学学报（社会科学版），59（4）：133-141.

庄贵阳，朱仙丽，赵行，2009. 全球环境与气候治理［M］. 杭州：浙江
　　人民出版社.

英文文献

ABBEY E, 1977. The journey home[M]. New York: E. P. Dutton.

ADAM B, 1996. Re-vision: the centrality of time for an ecological social science perspective[M]// LASH S, SZERSZYNSKI B, WYNNE B. Risk, environment, and modernity: towards a new ecology. London: Sage Publications.

ADAMSON J, 2001. American Indian literature, environmental justice, and ecocriticism: the middle place[M]. Tucson: University of Arizona Press.

AMSTERDAM S, 2009. Things we didn't see coming[M]. New York: Anchor Books.

ANDERSEN G, 2020. Climate fiction and cultural analysis: a new perspective on life in the anthropocene[M]. New York: Routledge.

ARCHER D, RAHMSTORF S, 2010. The climate crisis: an introductory guide to climate change[M]. Cambridge: Cambridge University Press.

ATAPATTU S, 2008. Global climate change: can human rights (and human beings) survive this onslaught?[J]. Colorado journal of international environmental law and policy, 20 (3): 35-67.

ATAPATTU S, 2020. Climate change and displacement: protecting "climate refugees" within a framework of justice and human rights[J]. Journal of human rights and the environment, 11 (1): 86-113.

AUSTIN M, 2006. A voice in the wildness: conversations with Terry Tempest Williams[M]. Logan: Utah State University Press.

BAILEY C A, 2018. Through the lens of accelerationist utopia: the critical role of science fiction in the transition to a post-capitalist world in Kim Stanley Robinson's Mars Trilogy[D]. Newport RI: Salve Regina University.

BALLARD J G, 1962. The drowned world[M]. London: Berkley.

BARBOUR I G, 1980. Technology, environment, and human values[M]. New York: Praeger Publishers.

BARNARD A, SPENCER J, 2010. The Routledge encyclopedia of social and cultural anthropology[M]. 2nd ed. London: Routledge.

BARRY B, 1999. Sustainability and intergenerational justice, in fairness and futurity[M]. Oxford: Oxford University Press.

BECK U, 1992. Risk society: towards a new modernity[M]. London: SAGE.

BENSON L M, SHORT J R, 2000. Environmental discourse and practice: a reader[M]. Oxford: Blackwell Publishers Inc.

BERTAGNA J, 2002. Exodus[M]. London: Young Picador.

BOGARDI J, WARNER K, 2009. Here comes the flood[J]. Nature report climate change, 3: 9-11.

BOOKCHIN M, 1990. The philosophy of social ecology: essay on dialectical naturalism[M]. Palo Alto: Black Rose Books.

BOYLE T C, 2001. A friend of the earth[M]. London: Bloomsbury Publishing PLC.

BRACKE A, 2019. Climate crisis and the 21st-century British novel[M]. London: Bloomsbury Academc.

BROOKS T, 2020. The Oxford handbook of global justice[M]. Oxford: Oxford University Press.

BROWN D, LEMONS J, 2006. The importance of expressly integrating ethical analyses into climate change policy formation[J]. Climate policy, 5: 549-552.

BUELL F, 2004. From apocalypse to way of life: environmental crisis in the American century[M]. New York: Routledge.

BUELL F, 2010. A short history of environmental apocalypse[M]// SKRIMSHIRE S. Future ethics: climate change and apocalyptic imagination. London: Continuum Inter.

BUELL L, 1996. The environmental imagination: Thoreau, nature writing, and the formation of American culture[M]. Cambridge: Harvard University Press.

BUELL L, 1998. Toxic discourse[J]. Critical inquiry, 24 (3): 639-665.

BUELL L, 2005. The future of environmental criticism: environmental crisis and literary imagination[M]. Oxford, MA: Blackwell Publishing Ltd.

BUELL L, 2001. Writing for an endangered world: literature, culture and environment in the U. S. and beyond[M]. London: The Belknap Press of Harvard University Press.

BUTLER O E, 1995. Parable of the sower[M]. New York: Seven Stories Press.

BUZAN B, 2010. America in space: the international relations of Star Trek and Battlestar Galactica[J]. Millennium: journal of international studies, 39 (1): 175-180.

CALLICOTT J B, 1988. Do deconstructive ecology and sociobiology undermine Leopold's land ethic?[M]// ZIMMERMAN M, CALLICOTT E J B. Environmental philosophy: from animal rights to radical ecology. Englewood Cliffs, N. J.: Prentice Hall.

CARSON R, 1962. Silent spring[M]. Boston: Houghton Mifflin.

CARSON R, 1989. The sea around us[M]. Oxford: Oxford University Press.

CAVE P, 2004. Sharp north[M]. New York: Atheneum Books for Young Reaners.

CHAKRABARTY D, 2009. The climate of history: four theses[J]. Critical inquiry, 35 (2): 197-222.

CHELLANEY B, TELLIS A J, 2011. A crisis to come? China, India, and Water Rivalry[J]. The Carnegie endowment for international peace, 13: 1-3.

CLAIRE C, 2012. Not symbiosis, not now: why anthropogenic change is not

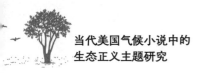
really human[J]. Oxford literary review, 34 (2): 185-209.

CLARK T, 2010. Some climate change ironies: deconstruction, environmental politics and the closure of ecocriticism[J]. Oxford literary review, 1: 131-149.

CLARK T, 2011. The Cambridge introduction to literature and the environment[M]. Cambridge: Cambridge University Press.

CLARK T, 2015. Ecocriticism on the edge: the anthropocene as a threshold concept[M]. New York: Bloomsbury Academic.

COHEN T, 2012. Telemorphosis: theory in the era of climate change[M]. London: Open Humanities Press.

COLLINGS D A, 2014. Stolen future, broken present: the human significance of climate change[M]. London: Open Humanities Press.

COMMONER B, 1971. The closing circle: nature, man, technology[M]. New York: Alfred Knopf.

COOKE S, 2009. In mortal hands: a cautionary history of the nuclear age[M]. New York: Bloomsbury Academic.

COWPER R, 1978. The road to Corlay[M]. London: Gollancz.

CRAPS S, CROWNSHAW R, 2018. The rising tide of climate change fiction[J]. Studies in the novel, 50 (1): 1-8.

CRONON W, 1995. The trouble with wilderness; or, getting back to the wrong nature[M]// CRONON W. Uncommon ground: toward reinventing nature. New York: WW Norton & Company.

CRUTZEN J, STEFFEN W, 2003. How long have we been in the anthropocene era?[J]. Climate change, 61: 251-257.

CURTIN D, 2005. Environmental ethics for a postcolonial world[M]. Lanham, MD: Rowman & Littlefield.

CURRIE M, 2007. About time: narrative, fiction, and the philosophy of time[M]. Edinburgh: Edinburgh University Press.

CUSSLER C, CUSSLER D, 2008. Arctic drift[M]. New York: Penguin Group.

DE GOEDE M, RANDALLS S, 2009. Precaution, preemption: arts and technologies of the actionable future[J]. Environment and planning D: society & space, 27(5): 859-878.

DE RIVERO O, 2001. The myth of development: the non-viable economics of the twenty-first century[M]. London: Zed Books.

DELOUGHREY E M, HANDLEY G B, 2011. Introduction: toward an aesthetics of the earth[M]// DELOUGHREY E M, HANDLEY G B. Postcolonial ecologies: literatures of the environment. Oxford: Oxford University Press.

DESSLER A E, 2011. Introduction to modern climate change[M]. Cambridge: Cambridge University Press.

DEVALL B, SESSION G, 1985. Deep ecology: living as if nature mattered[M]. Salt Lake: Peregrine Smith Books.

DOBSON A, 1998. Justice and the environment: conceptions of environmental sustainability and dimensions of distributive justice[M]. Oxford: Oxford University Press.

DRENGSON A, 2005. The selected works of Arne Naess[M]. Berlin: Spinger.

DUBEY M, 1999. Folk and urban communities in African-American women's fiction: Octavia Butler's parable of the sower[J]. Studies in American fiction, 27 (1): 103-128.

DUNLAP R E, BRULLE R J, 2015. Climate changes and society: sociological perspectives[M]. Oxford: Oxford University Press.

ELLIOTT A, CULLIS J, DAMODARAN V, 2017. Climate change and the humanities: historical, philosophical an interdisciplinary approaches to the contemporary environmental crisis[M]. London: Palgrave Manmillan.

EPSTEIN R A, 1989. Justice across the generations[J]. Texas law review, 67: 1465-1489.

EVANS R, 2017. Fantastic futures? Cli-Fi, climate justice, and queer futurity[J]. Resilience: a journey of the environmental humanities, environmental futurity, 4 (2-3): 94-110.

FAGAN M, 2017. Who's afraid of the ecological apocalypse? Climate change and the production of the ethical subject[J]. The British journal of politics and international relations, 19 (2): 225-244.

FISKIO J, 2012. Rethinking agrarianism, place, and citizenship[J]. American literature, 84 (2): 301-325.

FOUST C R, 2010. Transgression as a mode of resistance[M]. Lanham: Lexington Books.

GABRYS J, YUSOFF K, 2012. Arts, sciences and climate change: practices and politics at the threshold[J]. Science as culture, 21 (1): 37-41.

GAINES S M, 2001. Carbon dreams[M]. Berleley, CA: Creative Arts.

GAGOSIAN R, 2003. Abrupt climate change: should we be worried?[J]. Woods hole oceanographic institute (12): 1-15.

GARRARD G, 2004. Ecocriticism[M]. New York: Routledge.

GEE M, 2004. The flood[M]. London: Saqi.

GELBSPAN R, 1998. The heat is on: climate crisis, the denial, the prescription[M]. Jackson, TN: Perseus Books.

GEORGE F H, 1994. "The Athenian oath" in "can public officials correctly

be said to have obligations to future generations?"[J]. Public administration review, 54 (5): 457-464.

GHOSH A, 2016. The great derangement: climate change and the unthinkable[M]. Chicago: University of Chicago Press.

GIDDENS A, 1991. Consequences of modernity[M]. Oxford: Blackwell Publishers.

GIDDENS A, 2009. The politics of climate change[M]. Cambridge: Polity Press.

GIUNTA A, 2016. IBA (international bar association) climate change justice and human rights task force report, achieving justice and human rights in an era of climate disruption[J]. Journal of human rights and the environment, 7 (1): 159-164.

GLASBERG E, 2011. "Living ice": rediscovery of the poles in an era of climate crisis[J]. WSQ: women's studies quarterly, 39 (3-4): 221-246.

GLEASON P W, 2009. Understanding T.C.Boyle[M]. Columbia: University of South Carolina Press.

Global Humanitarian Forum, 2009. The anatomy of a silent crisis[M]. Geneva: Global Humanitarian Forum.

GLOTFELTY C, 1996. Introduction: literary studies in an age of environmental crisis[M]// GLOTFELTY C, FROMM H, BRANCH M P. The ecocriticism reader: landmarks in literary ecology. Athens: University of Georgia Press.

GOODPASTER K E,1978. On being morally considerable[J]. Journal of philosophy, 76 (6): 308-325.

GREEN R M, 1977. Intergenerational distributive justice and environmental responsibility[J]. Bioscience, 27 (4): 260-265.

GREWE-VOLPP C, 2013. Keep moving: place and gender in a post-apocalyptic environment[M]// GAARD G, ESTOK S, OPPERMANN S. International perspectives in feminist ecocriticism. New York: Routledge.

GUHA R, 1989. Radical American environmentalism and wilderness preservation: a third world critique[J]. Environmental ethics, 11(1): 71-83.

GUHA R, 2000. The unquiet woods: ecological change and peasant resistance in the Himalayas[M]. Berkeley, CA: University of California Press.

GUIBERNAU M, REX J, 1997. The ethnicity reader: nationalism, multiculturalism and migration[M]. Cambridge: Polity Press.

HABERMAS J, 1988. Legitimation crisis[M]. MCCARTHY T, trans. Cambridge: Polity Press.

HANSEN J, 2004. Defusing the global warming time bomb[J]. Scientific American, 290: 68-77.

HANSEN J, 2005. A slippery slope: how much global warming constitutes "dangerous anthropogenic interference"?[J]. Climatic change, 68: 269-279.

HARAWAY D J, 2007. When species meet[M]. Minneapolis: University of Minnesota Press.

HARTMAN S, 2017. Climate change, public engagement, and integrated environmental humanities[M]// SIPERSTEIN S, HALL S, LEMENAGER S. Teaching climate change in the humanities. New York: Routledge.

HEISE U K, 2002. Toxins, drugs, and global systems: risk and narrative in the contemporary novel[J]. American literature, 74 (4): 747-778.

HEISE U K, 2006. The hitchhiker's guide to ecocriticism[J]. PMLA, 121 (2): 503-516.

HEISE U K, 2008. Sense of place and sense of planet: the environmental imagination of the global[M]. Oxford: Oxford University Press.

HEISE U K, 2010. Lost dogs, last birds, and listed species: cultures of extinction[J]. Configurations, 18 (1-2): 49-72.

HELM D, 2008. Climate-change policy: why has so little been achieved?[J]. Oxford review of economic policy, 24 (2): 211-238.

HERRERA-SOBEK M, 1995. Epidemics, epistemophilia, and racism: ecological literary criticism and the rag doll plagues[J]. Bilingual review/la revista bilingue, 20 (3): 99-108.

HERZOG A, 2003. Heat[M]. New York: Authors Choice Press.

HOGAN L, 1998. Power[M]. New York: W.W.Norton & Company, Inc.

HUGGAN G, TIFFIN H, 2007. Green postcolonialism[J]. Interventions: international journal of postcolonial studies, 9 (1): 1-11.

HUGGAN G, TIFFIN H, 2015. Postcolonial ecocriticism: literature, animals, environment[M]. 2nd ed. New York: Routledge.

HULME M, 2009. Why we disagree about climate change: understanding controversy, inaction and opportunity[M]. Cambridge: Cambridge University Press.

HULME M, 2010a. Four meanings of climate change[M]// SKRIMSHIRE S. Future ethics: climate change and apocalyptic imagination. London: Continuum Inter.

HULME M, 2010b. Cosmopolitan climates: hybridity, foresight and meaning[J]. Theory, culture & society (27): 1-3.

HUNTINGTON E, 1907. The pulse of Asia: a journey in central Asia illustrating the geographic basis of history[M]. Boston: Houghton Mifflin.

IPCC, 1990. Climate change: the IPCC impacts assessment[R]. Geneva: World

Meteorological Organization: United Nations Environment Programme.

IPCC, 2001. Synthesis report[M]. Cambridge: Cambridge University Press.

IPCC, 2007. Climate change 2007: synthesis report[M]. Valencia: N.

IRIGARAY L, 1985. Speculum of the other woman[M]. Ithaca: Cornell University Press.

IRIGARAY L, 1993. An ethic of sexual difference[M]. Ithaca: Cornell University Press.

JAFRY T, 2019. Routledge handbook of climate justice[M]. New York: Routledge.

JENKS C, 2003. Transgression[M]. New York: Routledge.

JOHN M, 2004. Encyclopedia of world environmental history: A-E[M]. New York: Routledge.

JOHNSON S, 2009. Climate change and global justice: crafting fair solutions for nations and peoples[J]. Harvard environmental law review, 33: 297-301.

JOHNS-PUTRA A, 2019. Climate change and the contemporary novel[M]. Cambridge: Cambridge University Press.

JOHNS-PUTRA A, 2010. Ecocriticism, genre, and climate change: reading the utopian vision of Kim Stanley Robinson's science in the capital trilogy[J]. English studies (91): 744-760.

JUSTYNA P-W, 2021. Climate change, ecological catastrophe, and the contemporary postcolonial novel[M]. New York: Routledge.

KALLHOFF A, 2021. Climate justice and collective action[M]. New York: Routledge.

KANBUR R, SHUE H, 2019. Climate justice: integrating economics and philosophy[M]. Oxford: Oxford University Press.

KAPLAN E A, 2020. Is climate-related pre-traumatic stress syndrome a real condition?[J]. American imago, 77 (1): 81-104.

KARL B, 1964. Church dogmatics: the doctrine of god[M]. Edinburgh: T & T Clark.

KILLINGWORTH M J, PALMER J S, 1996. Millennial ecology: the apocalyptic narrative from silent spring to global warming[M]// HERNDL C G. Green culture: environmental rhetoric in contemporary America. Madison: University of Wisconsin Press.

KING D A, 2004. Climate change science: adapt, migrate or ignore?[J]. Science, 303 (9): 176-177.

KINGSOLVER B, 2012. Flight behavior[M]. New York: HarperCollins Publishers.

KLARE M, 2012. The race for what's left: the global scramble for the world's last resources[M]. New York: Picador.

KLEIN R, 2013. Climate change through the lens of nuclear criticism[J]. Diacritics, 41 (3): 82-87.

KUTTING G, 2004. Globalization and the environment: greening global political economy[M]. New York: State University of New York.

LE GUIN U, 1989. Women/wilderness[M]// PLANT J. Healing the wounds: the promise of ecofeminism. Philadepphia: New Society Publishers.

LEMENAGER S, 2017. Climate change and the struggle for genre[M]// MENELY T, TAYLOR J O. Anthropocene reading: literary history in geologic times. University Park: Penn State University Press.

LEONARD P, MCLAREN P, 1993. Paolo Freire: a critical encounter[M]. New York: Routledge.

LERNER B W, LERNER K L, 2008. Climate change: in context[M]. New

York: Gale, Cengage Learning.

LEWIS J F, BULLARD R D, 1994. Unequal protection: environmental justice and community of color[M]. San Francisco: Sierra Club Books.

LLOYD S, 2008. The carbon diaries 2015[M]. London: Hodder Children's.

MACGREGOR S, 2010. Gender and climate change: from impacts to discourses[J]. Journal of the Indian ocean region, 6 (2): 223-238.

MCCARTHY C, 2006. The road[M]. New York: Vintage.

MCEWAN I, 2010. Solar[M]. London: Jonathan Cape.

MCGREGOR J, 1993. Refugees and the environment[M]// BLACK R. Geography and refugees: patterns and processes of change. London: Belhaven.

MCGUIRE R, 2014. Here[M]. Marylebone: Penguin Books Ltd.

MCGURL M, 2012. The posthuman comedy[J]. Critical inquiry, 38 (3): 533-553.

MCGURL M, 2012. The posthuman comedy[J]. Critical inquiry, 38 (3): 533-553.

MEHNERT A, 2016. Climate change fictions: representations of global warming in American literature[M]. Switzerland: Palgrave MacMillan.

MENA M C, 1997. John of god, the water-carrier[M]// DOHERTY A. The collected stories of María Cristina Mena. Houston, Texas: Arte Público Press.

MERTENS M, CRAPS S, 2018. Contemporary fiction vs. the challenge of imagining the timescale of climate change[J]. Studies in the novel, 50 (1): 134-153.

METHMANN C, DELF R, 2013. Apocalypse now! From exceptional rhetoric to risk management in global climate management[M]// STEPHAN B, METHMANN C, ROTHE D. Interpretive approaches to global climate

governance: (de) constructing the greenhouse. London: Routledge.

METHMANN C, 2012. Politics for the day after tomorrow: the logic of apocalypse in global climate politics[J]. Security dialogue, 43 (4): 323-344.

MILLER J H, 2018. Western literary theory in China[J]. Modern language quarterly (3): 341-353.

MOELLENDORF D, 2012. Climate change and global justice[J]. WIREs climate change, 3: 131-143.

MORTON T, 2010. The ecological thought[M]. Cambridge, MA: Harvard University Press.

MORTON T, 2007. Ecology without nature: rethinking environmental aesthetics[M]. Cambridge: Harvard University Press.

MORTON T, 2013. Hyperobjects: philosophy and ecology after the end of the world[M]. Minneapolis: University of Minnesota Press.

MOORE K D, 2016. Great tide rising: towards clarity and moral courage in a time of planetary change[M]. Berkeley: Counterpoint.

MURPHY P D, 2000. Farther Afield in the study of nature-oriented literature[M]. Charlottesville: University Press of Virginia.

MYERS N, 1993. Environmental refugees in a globally warmed world[J]. Bioscience, 43: 752-761.

NAKADATE N, 1999. Understanding Jane Smiley[M]. Columbia: The University of South Carolina Press.

NEELY B, 1998. Balance cleans up[M]. New York: Penguin.

NIXON R, 2011. Slow violence and the environmentalism of the poor[M]. Cambridge: Harvard University Press.

NORGAARD K M, 2011. Living in denial: climate change, emotions, and

SELF W, 2006. The book of dave: a revelation of the recent past and distant future[M]. London: Viking.

SEMPLE E C, 1911. Influences of geographic environment[M]. New York: Holt.

SESSIONS G, 1995. Deep ecology for the twenty-first century[M]. London: Shambhala.

SILKO L M, 1996. Yellow woman and a beauty of the spirit[M]. New York: Simon & Schuster.

SINGER J D, 2011. All too human: "animal wisdom" in Nietzsche's account of the good life[J]. Between the species, 14 (1): 18-39.

SIPERSTEIN S, 2016. Climate change in literature and culture: conversion, speculation, education[M]. Eugene: University of Oregon.

SIVAKUMAR M V K, STEFANSKI R, 2011. Climate change in South Asia[M]// LAL R, SIVAKUMAR M V K, FAIZ S M A, et al. Climate change and food security in South Asia. Berlin: Springer.

SKRIMSHIRE S, 2010. Future ethics: climate change and apocalypse imagination[M]. London: Continuum Inter.

SKRIMSHIRE S, 2014. Climate change and apocalyptic faith[J]. Wiley interdisciplinary reviews: climate change, 5 (2): 233-246.

SLUYTER A, 2003. Neo-environmental determinism, intellectual damage control, and nature/society science[J]. Antipode, 35 (4): 813-817.

SMILEY J, 1991. A thousand acres[M]. New York: Randon House, Inc.

STERNLING B, 1994. The heavy weather[M]. New York: Bantam.

STERN N, 2007. The economics of climate change[M]. Cambridge: Cambridge University Press.

STILLMAN P G, 2003. Dystopian critiques, utopian possibilities, and human purposes in Octavia Butler's parables[J]. Utopian studies, 14 (1): 15-35.

STOEKL A, 2013. After the sublime, after the apocalypse: two versions of sustainability in light of climate change[J]. Diacritics, 41 (3): 40-57.

SUVIN D, 1979. Metamorphoses of science fiction: on the poetics and history of a literary genre[M]. New Haven: Yale University Press.

SWYNGEDOUW E, 2010. Apocalypse forever?: post-political populism and the spectre of climate change[J]. Theory, culture & society, 27 (2-3): 213-232.

SZE J, 2008. The question of environmental justice[M]// PLUNZ R. Urban climate change crossroads. Farnham: Ashgate.

SZE J, 2013. Boundaries of violence-water, gender, and development in context[M]// ADAMSON J. American studies, ecocriticism, and citizenship: thinking and acting in the local and global commons. New York: Routledge.

TAYLOR, 2011. Respect for nature: a theory of environmental ethics[M]. Princeton: Princeton University Press.

TERRY G, 2009. Climate change and gender justice[M]. Oxford: OxFAM GB, Practical Action Publishing.

THOREAU H D, 2004. Walden, or life in the woods[M]. Shanghai: Shanghai Foreign Language Education Press.

THORNBER K L, 2012. Ecoambiguity: environmental crises and East Asian literatures[M]. Ann Arbor, MI: University of Michigan Press.

THORNBER K L, 2020. Global healing: literature, advocacy care[M]. Leiden, Boston: Brill Rodopi.

TOMLINSON J, 1999. Globalization and culture[M]. Chicago: University of Chicago Press.

TREXLER A, 2011. The climate change novel: a faulty simulator of environmental politics[J]. Carnegie council, 7: 309-321.

TREXLER A, JOHNS-PUTRA A, 2011. Climate change in literature and literary criticism[J]. Wiley interdisciplinary reviews: climate change, 2:185-200.

TREXLER A, JOHNS-PUTRA A, 2014. Mediating climate change: ecocriticism, science studies and the hungry tide[M]// GARRARD G. The Oxford handbook of ecocriticism. Oxford: Oxford University Press.

TREXLER A, JOHNS-PUTRA A, 2015. Anthropocene fictions: the novel in a time of climate change[M]. Charlottesville: University of Virginia Press.

TURNER G, 1987. The sea and summer[M]. London: Faber.

UMBERS L, MOSS J, 2021. Climate justice beyond the state[M]. New York: Routledge, Taylor & Francis Group.

US National Research Council, 2002. Committee on abrupt climate change, abrupt climate change: inevitable surprises[M]. Washington DC: National Academies Press.

VANDERHEIDEN S, 2008. Atmospheric justice: a political theory of climate change[M]. Oxford: Oxford University Press.

VIDAL F, DIAS N, 2015. Endangerment, biodiversity and culture[M]. New York: Routledge.

WATERS S, 2006. Cold comfort: love in a changing climate[M]. London: Doubleday.

WEBER E, 2006. Experienced-based and description-based perceptions of long-term risk: why global warming does not scare us (yet)[J]. Climatic change, 77: 103-120.

WENNERSTEN J R, ROBBINS D, 2017. Rising tides: climate refugees in the twenty-first century[M]. Indiana: Indiana University Press.

WENZ P S, 1988. Environmental justice[M]. New York: State University of New York Press.

WEISSBECKER I, 2011. Climate change and human well-being: global challenges and opportunities[M]. Washington, DC: Springer.

WELLEK R, WARREN A, 1956. Theory of literature[M]. New York: Harcourt, Brace & World, Inc.

WELZER H, 2012. Climate wars: why people will be killed in the twenty-first century[M]. CAMILLER P, trans. Cambridge: Polity Press.

WHEELER S M, 2012. Climate change and social ecology: a new perspective on the climate change[M]. New York: Routledge.

WHITE J R, 2009. Trouble with time. Contemporary American literature and environmental crisis[D]. New York: Columbia University.

WHITEHEAD C, 2006. Migratory spirits[J]. New York times, 10 (23): 22-23.

WILLIAMS T T, 1991. Refugee[M]. New York: Pantheon.

WORSTER D, 1993. The wealth of nature: environmental history and the ecological imagination[M]. Oxford: Oxford University Press.

WRIGHT A, ZABLE A, 2013. The future of swans[J]. Overland, 213: 27-30.

YOUNG I M, 1990. Justice and the politics of difference[M]. Princeton: Princeton University Press.

ŽIŽEK S, 2010. Living in the end times[M]. New York: Verso.